노을빛 스커트

노을빛 스커트

박유하 소설집

도화

노을빛 스커트

초판 1쇄인쇄 2020년 3월 7일
초판 1쇄발행 2020년 3월 10일

저   자 박유하
발행인 박지연
발행처 도서출판 도화
등   록 2013년 11월 19일 제2013 - 000124호
주   소 서울시 송파구 중대로34길 9-3
전   화 02) 3012 - 1030
팩   스 02) 3012 - 1031
전자우편 dohwa1030@daum.net
인   쇄 (주)현문

ISBN | 979-11-90526-08-1 *03810
정가 13,000원

도화道化, fool는
고정적인 질서에 대한 익살맞은 비판자,
고정화된 사고의 틀을 해체한다는 뜻입니다.

차 례

작가의 말

변명

유신시절, 고국으로 유학 온 재일 동포 형제가 있었다. 동생
의 이름은 서준식.

형제는 학생 운동에 휩쓸렸고, 형은 분신을 시도했으며, 화상
에 일그러진 몸으로 감옥살이를 했다. 형과 함께 영어의 시간을
보낸 동생은 고난을 자서전 형식으로 출판했다. 오래전 기억이
어서 그의 고통은 희미하지만 그가 가난한 학생과 나눈 상담 내
용은 또렷하게 남아 있다.

서준식은 시장 노점상인 엄마를 위해 학업을 포기해야 할 것
같다는 중학생에게 자신의 미래를 위해 학업을 계속하는 것이
엄마와 스스로를 돕는 길이라고 대답했다. 개인의 인생이 눈앞
의 딱한 현실인 어머니에 대한 도리를 유보해야 할 정도로 엄정
하다는 조언이 신선하고 충격적이었다.

나는 늘 기존의 질서에 비중을 두고 눈앞의 현실에 급급해하

는 상황에서 헤어나지 못했다. 만난萬難을 무릅쓰고 문학의 길을 줄기차게 걷지 못했다. 문학이 천재가 전 인생을 걸어도 성취의 보장이 없는 분야라는 인식도 없이 내면의 소리에 초점을 맞추지 못하고 우왕좌왕했으며, 기존의 틀을 뒤집지 못하고 순응했다. 늦게 작품집을 내는 변명을 열심히 해 본들 무슨 소용인가. 문학에 깊이 머리를 조아리면서 낮은 성적표를 공개하는 마음 춥기만 하다.

노을빛 스커트

동대문 주변에는 패션 빌딩들이 우뚝우뚝 모여 있었다. 사람들이 패션 빌딩 오라예로의 입구로 우르르 빨려들어 갔다. 나도 휩쓸려 들었다. 혈기왕성하게 돌아가는 패션 빌딩의 뱃속이다. 왁자지껄 떠드는 소리, 쿵쾅거리는 음악 소리, 고객들의 구매 열기와 매장 언니들의 달콤한 미소, 벽에 걸린 화려한 옷들, 매장은 미증유의 열기에 부풀어 올랐다. 어느새 꿀꿀한 기분은 사라지고, 가슴이 짱짱해졌다. 나는 (ㄹ)자로 굽이 도는 통로를 따라 매장을 돌았다. 통로 양편에 하모니카 속처럼 박힌 매장 칸칸에 명함판 사진처럼 상체만 내놓은 〈언니〉들의 눈동자는 반짝반짝 빛났다. 각양각색 옷들이 유혹의 손짓을 나풀거렸다. 나는 궁원의 꽃그늘 아래를 걸어가는 왕녀처럼 쓱쓱 지나갔다. 하지만 싸고 예쁜 옷은 냉큼 나타나지 않았다.

옷과 나는 이 세상에서 제일 친한 존재이다. 옷은 엄마보다 나와 더 친하다. 옷은 언제나 제일 먼저 나를 감싸주고, 나를 새롭게 해주며, 내 어깨를 으쓱으쓱 부추겨 준다. 아무리 생각해도 엄마는 옷에 미치지 못한다. 꽃은 보아 달라고 예쁘게 피고, 옷은 입어달라고 아름답게 탄생했다. 엄마 말대로 세상에는 갈아치울 수 없는 것뿐이지만 옷은 거침없이 갈아치울 수도 있다. 옷은 시원시원 씩씩하고 경이로운 존재이다.

옷은 내 연인이다. 나는 옷을 무지 사랑한다. 옷의 매력은 셀 수 없이 많다. 옷은 정직하고 싹싹하고 순진하다. 옷은 나의 가면을 벗기고 나를 드러내준다. 옷은 내 취향, 나이, 신분, 빈부 차이를 여지없이 드러낸다. 옷은 투덜거리지 않는다. 오늘 나는 새로운 디자인을 만나야 한다는 핑계로 아버지의 심부름을 미뤄두고 동대문으로 왔다. 내 마음을 아는지 모르는지, 매장의 〈언니〉들이 허겁을 떨었다.

"이거 막스마란데 인기 많아요. 가져가요."

이건 아주 공짜로 주겠다는 투이다. 단 몇 푼이라도 깎자고 덤비면 차디차게 돌아설 위인들이 활짝 웃고 있다. 하지만 즐겁다. 옷을 파는 〈언니〉들이니까 무조건 귀엽다.

나는 속으로 생각했다. 세계적으로 촌스러운 북한이라면? 세계적으로 지적 재산권에 철저한 미국이라면? 짝퉁 막스마라가 존재할까. 문득 대한민국에서 태어난 행운에 감사했다. 돈 없는 나를 막스마라 근처에 기웃거리게 하는 대한민국에 대한 사랑이 부글부글 끓어오른다. 가짜도 짝퉁도 좋다. 나는 내게 막스마라를 입게 하는 대한민국이 무궁무진 발전하기를 이 한목숨 다 바쳐 빌어 마지않겠다.

"아이, 언닌 찍어도 꼭 아르마니라니까. 사이즈 이거 하나 남았어요, 가져가요."

"이거 반응 좋아요. 빠지기 전에 가져가요."

모두들 명품이 동나기 전에 가져가라고 아우성이다. 인심 하나는 끝내주는 동네이다. 고맙다.

"이 원피스 도나 카란인데 사이즈 있을 때 가져가, 언니!"

도나 카란 검정 원피스를 발견했을 때부터 할랑거리는 가슴을 진정하느라고 우두커니 서 있는 내게 매장의 언니가 허겁스레 권했다. 나는 기다리고 있었다. 〈언니〉는 벌레잡이제비꽃처럼 샐샐 웃었다. 내가 흥분기를 보이면 언니는 잽싸게 꽃잎을 오므려 나를 가두고 녹여 먹을 것이다. 이 동네는 말 잘 듣는 사람을 졸로 만드는 선수들만 바글거린다. 하지만 나는 누구 말도 잘 듣지 않는 종족이다. 이거 맞수끼리 죽여주게 생겼다.

백화점에서 눈이 아프게 쳐다보기만 하고 돌아서야 했던 도나 카란 원피스가 내게 눈웃음을 치고 있다니 꿈을 꾸는 것 같았다. 간밤 꿈에 도나 카란 원피스를 만져보기만 하고 돌아서야 했던 아쉬움이 아직 생생한데, 놈은 정품에 뒤지지 않는 품위를 지니고 지긋이 나를 쏘아보고 있다. 도나 카란이 알면 놀라 놀라 자빠지겠지. 소재도 디자인도 정품 도나 카란과 거의 비슷했다.

다른 점이라면 포인트인 폭 3센치미터 가량의 스커트 아랫단뿐, 정품은 와인색이고 짝퉁은 회보라색이라는 점만 다르다. 짝퉁은 지적 재산권을 살짝 피해 가면서 검정의 기품은 기품대로 살리고, 블랙의 무거움과 단조로움을 회보라색으로 희석시켜 중용의 미를 갖추고, 은은히 미소 짓고 있다. 나는 〈언니〉에게 쪽 팔리고 있다는 걸 알면서도 짝퉁 도나 카란에 시선을 떼지 못했다. 상의는 둥근 목선에 스탠더드한 소매를 심플 처리하고, 스커트 부분은 회보라 색 아랫단을 부채꼴로 궁굴려 마무리했다. 모방이 기가 막혔다. 짝퉁 도나 카란은 우리 집이 잘나가던 시절에 사귀던 친구들이 내게 파티 초대장이라도 날린다면 나를 그들과 같은 부류로 만들어줄 일등 공신이라도 되겠다는 듯 친근한 미소를 짓고 있다.

짝퉁은 정품과 무늬나 색상이 약간 다르거나 브랜드의 실루엣과 이미지만 살리고, 디자인 일부를 살짝 변경한 것이 대부분이지만 도나 카란은 정품 못지않게 시크하다. 말 그대로 왕재수를 만났다. 브랜드 불량품을 라벨을 자르고 파는 경우에 버금가는 횡재이다. 라벨을 잘라 파는 경우, 가게에서도 브랜드를 당당하게 내세우고 소비자들도 미세한 흠집 따위 신경 쓰지 않았다. 디자이너에게 거액 연봉을 지불하는 브랜드 회사만 죽 쑤게 생겼다. 망구, 걱정은 웬 걱정? 백화점 고객과 시장 패션 이용자는 인종이 다르다는 걸 알아야지. 망구는 친구들이 내게 붙여준 별명이다.

잘나가는 집 애들에게 브랜드 옷값은 껌값에 지나지 않았다. 그 애들은 벌거벗는 한이 있어도 짝퉁이나 동대문표 따위 쳐다보지 않는다. 폭풍도 비껴가는 안전지대에 살고 있는 아이들이 동대문표를 쳐다볼 리가 없다. 오늘도 내일도 그 애들은 최고급과 공주 대접에 거금을 투자하며 호텔 드레스 숍이나 백화점에서 어깨를 으쓱거릴 것이다.

열대어가 살랑살랑 헤엄을 치고, 수초가 일렁이는 어항 속 같은 집에서 살 때, 내게도 돈은 꼭지만 틀면 나오는 수돗물처럼 거리낌 없이 쓸 수 있는 것이었다. 아버지가 엄마에게 돈을 흘려보내면 엄마가 가방을 열고 우리에게 돈을 주던 시절은 먼 옛날의 꿈일 뿐이다.

눈 깜짝할 사이에 '그까짓'이던 돈이 거금으로 둔갑했다. 절약하라는 아버지의 잔소리가 내 손발을 꽁꽁 묶었다. 개업의인 아버지가 돈줄을 조이기 시작했을 때까지만 해도 돈은 부르면 등장하는 도우미 아줌마처럼 우리를 약간 불편하게 만드는 종이 쪼가리에 불과했다. 정작 도우미 아줌마가 오지 않고, 반찬이 줄고, 옷도 사지 못하게 되자, 돈은 장대한 도깨비처럼 우리를 가로막아 섰다. 그즈음 친구들은 돈을 아껴 쓰는 나를 망구라고 부르기 시작했다. 망할 것들, 내가 늙은이 같은 말만 한다고 '할'자를 떼고 망구라고 불렀는데 무지 억울했다. 그 외에도 억울한 것은 많았다. 친지들에게 나는 유학준비생이고, 아버지에게는 골칫덩어리이며, 엄마에겐 잊어진 딸이니 말이다. 배울 학學자가 들어간 동네에서 나는 삼수생으로 통했다. 나는 오직 나에게만 나였다.

타인은 걸핏하면 나를 왕 세일로 넘겨버린다. 남들이 멋대로 세일하지 못하는 나는 누구일까. 그 모든 종합백화점인 것일까. 미래에는 그 종합 백화점이 담긴 항아리에 우러난 액기스 같은 것이 '나'라는 인물로 꺼내지는 것일까. 열라 복잡했다. 복잡하더라도 브랜드 회사는 죽 쑤지 않으니 걱정하지 마, 망구.

오늘 아침, 아버지는 거금 십삼만 원을 주며 섬진강에 사는 할아버지 댁에 다녀오라고 명령했다. 내 머릿속에 '십삼만 원'이라는 금액이 불꽃처럼 탁탁 튀었다. 차비를 제하고도 육만 원 정도 남을 것 같았다. 달콤한 꿈을 꾸는 것 같았다. 여행 가방을 챙기는 손가락이 댕댕댕 춤을 추었다. 학원과 집을 벗어나는 보너스까지, 이게 웬 떡인가 싶었다.

고속버스 터미널에 가려고 성수역에서 2호선 전철을 탔다. 아파트와 다세대 주택, 빌딩들이 휙휙 지나갔다. 어머, 실은 내가 전철을 타고 빠르게 지나가면서 풍경이 지나간다고 했넹. 지나간들, 나는 코웃음 쳤다. 무한허공을 눈부시게 질주하는 지구에서, 그 지구를 눈곱만큼 움직이는 전철에 앉아 지나간다고 하다니, 그냥 실실 웃음이 나왔다.

어쨌든 곧 푸른 강이 나타나리라는 기대는 지하 터널의 어둠 속으로 쑤욱 빨려 들어갔다. 아차, 하면서도 왕십리역에서 방향을 바꾸면 되겠지, 마음을 진정했다. 내 뇌수는 '십삼만' 원에 말랑

말랑해져 정신을 차리지 못했다. 문득 〈미끄러진 김에 누워버린다〉는 엄마의 말이 말랑한 뇌수에 슬쩍 끼어들더니 화학작용을 일으키기 시작했다. 반대 방향인 동대문행 전철을 탄 것은 어쩌면 하늘의 계시인지 모른다. 모처럼 동대문에 가서 옷 구경이나 맘껏 하고 섬진강에 가도 된다는 신호 아닐까. 모든 게 예수님 부처님 공자님의 뜻인지 모르지. 생각이 그렇게 돌자, 어리둥절하고 짜릿했다. 오늘 안에 할아버지 댁에 가면 돼, 옷 구경에 돈 드는 것도 아니고… 노후보장보험처럼 여기는 새 할머니에게 풀 자루처럼 늘어진 75kg의 거구를 흔들며 비위 맞추기에 급급한 할아버지가 머리 큰 손녀딸을 기다리는 것도 아니잖니? 괜찮아, 그래도 돼, 그래, 그렇게 하자. 뱀의 혓바닥처럼 날름거리는 속삭임에 마음이 솔깃했다. 그리고 약 40분 후, 나는 환상 속으로 나를 이끌던 본드처럼 도나 카란 원피스가 유혹의 손짓을 나풀거리는 곳에 환영처럼 우뚝 서 있었다.

매장 〈언니〉는 한 푼도 깎을 수 없다고 버텼다. 없어 못 파는 물건이니 가져가고 싶으면 가져가고, 싫으면 그만두라고 튕겼다. 가져가라고 아양을 떨던 미소가 돌연 딱딱한 가면처럼 굳어졌다. 〈언니〉들에게 싹수를 보이면 졸이 된다는 걸 알면서도 본심을 숨기지 못했다는 증거처럼 〈언니〉의 얼굴은 딱딱했다. 돌아서는 척해도 본 척 만 척 시큰둥하게 군다. 졸지에 나는 목줄을 잡힌 강아지처럼 꼬리를 말고 엉금엉금 그녀에게 다가갔다. 싱거운 싸움이 될 것 같은 예감에 맥이 풀렸다.

"아이, 가져가라고 할 때는 언제고, 십 원도 깎아주지는 않고… 뭔 인심인지 알다가 모르겠네."

아양을 떨어도 언니는 쌔앵 굳은 표정을 풀지 않았다.

"찍기는 잘 찍으면서… 뭔 신세대가 그렇게 깎으려고 드는지 모르겠어?"

〈언니〉는 오히려 신세대 운운, 반말로 쪽팔리게 굴었다. 프로에게 된통 걸렸다. 마냥 꿀려 드는 기분이면서도 나는 도나 카란을 단념하지 못했다.

백화점 가격의 십분의 일인 육만 원을 지불하고 놈을 담쏙 움켜쥐었다. 냉큼 훔친 짜릿한 전율이 핏줄을 가로질렀다. 나는 놈을 부둥켜안았다. 포동포동한 생명감, 기쁨, 희열, 승리감, 성취감, 나는 세상을 품에 안은 것 같았다. 도나 카란이 잘나가는 집 애들을 속여 먹을 부자 과시 목록 1호라고 생각하니 자글자글 재미졌다.

바보들! 난 너희들의 십분의 일 가격에 도나 카란을 샀단 말이야! 공주 대접받았다고 맘껏 뻐겨 봐! 난 오십오만 원 벌었지만 니네들의 공주 기분은 아이스크림처럼 곧 녹아버릴 거야. 난 다른 옷 아홉 벌을 더 구입할 수도 있어. 세상을 얕보고 덤벙거리는 천둥벌거숭이들, 한 가지 옷만 동해물과 백두산이 마르고 닳도록 입어 봐. 돈 잘 쓴다고 잘난 척 뻐겨 보라구. 아버지의 위~대한 교육에 힘입은바, 나는 경제를 철저히 익혔단 말이야. 용용 약 올라 죽겠지? 하면서도 아버지의 딸답게 계산에 열중했다. 이제 여행 경비는 칠만 원 남았다. 어차피 그만큼 남을 돈을 미리 앞당겨 쓴 것뿐이니 괜찮다. 할아버지가 만약 용돈이라도 준다면 지갑은 다이어트를 해야 할 정도로 부풀겠지, 뭐.

옷가게의 거울에는 세상을 끌어안은 듯한 여자애의 미소가 떠올라 있었다. 그렇게 기분이 좋으냐고 묻고 싶었다. 그런데 웬걸 이웃 가게에서 (언니)와 〈언니〉가 다투고 있는 게 아닌가.

"언니, 이제 그만 좀 사. 웬 옷을 이렇게 많이 사 가는 거야? 걱정돼 죽겠어. 나도 장산데 오죽하면 이러겠어?"

화려한 차림의 〈언니〉가 이리저리 옷을 살펴보며 대꾸했다.

"이렇게 만들지를 말지. 날더러 어쩌라는 거야? 싸고 이쁜 옷이 새로 나왔는데 놓치는 게 아닐까? 집에 있어도 안절부절못하는 판에… 이 동네 물건 닷새만 지나면 사고 싶어도 못 산다는 거 언니가 더 잘 알잖아? 내가 이 세상에서 확실히 가질 수 있는 게 뭐겠어?"

"다 가진 언니가 그럼 우린 우찌 산대유? 자식에 남편, 재산… 복 터지게 살면서 이 언니가 누구 기죽이려고 작정을 했나아…"

"그런 거? 하나도 내 꺼 아니잖아? 언니가 더 잘 알면서 그래. 난 겨우 동대문 옷을 가질 수 있을 뿐이야. 그냥 내쒀 둬."

"그래도 언니, 한계가 있지. 이러면 안 돼."

가게 주인이 징징거렸다.

"난 요리조리 바뀌는 옷 구경하는 재미에 사는 사람이야. 디자인과 얘기하는 재미 말이야. 아, 이런 아이디어도 있구나, 어머, 저렇게도 변했네, 여긴 옷 가게가 아니라 아이디어의 집합소니까… 구경하다 전기가 통하면 사고… 백화점 헤매는 사람에 비하면 그깟 껌값도 아니잖아?"

"암튼 못 말리는 언니라니까. 차라리 내가 입을 다물어야지."

가게 언니가 한숨을 푹 쉬었다. 언니는 히죽 웃었다.

아마도 그녀의 아이들은 칠면조 띠가 복이 많은 띠인 줄 알고 있겠지. 그녀의 남편은 아내를 칠면조 띠라고 부르며 껄껄 웃어 젖혔을지 모른다. 그러나 남편은 칠면조 띠의 밍크코트에 불을 지르고, 안나 몰리나리 원피스를 칼로 북북 그어버렸을지 모른다. 남편은 아내의 외출을 금지시키고, 칠면조 띠를 쇼핑중독이라고 몰아세우며 네가 옷을 이렇게 많이 사들이는 건 돈이 많은 탓이라면서 생활비를 끊었을지도 모른다. 아버지는 본업보다 부업인 칠면조와 공작새 노릇에 충실한 엄마에게 제동을 걸기 시작했다.

우리는 아버지 덕분에 몇 달이고 김치찌개, 김치볶음, 김칫국, 김치전, 그냥 김치로 밥을 먹었다. 아버지가 엄마의 신용카드를 빼앗아 불태워버린 후, 엄마와 나와 동생은 돈에 쪼들리는 아픔을 뼛속 깊이 아로새기며 살게 됐다.

"이놈의 집구석 불 쏴지르고 말아야지!"

아버지는 화장실에서 뛰쳐나와 두리번두리번 무엇인가를 찾다가 서재로 들어갔다. 뭔가 쾅쾅 부딪는 소리, 책장의 책들이 쏟아져 내리는 소리가 요란했다. 서재에서 뛰쳐나오는 아버지는 손에 라이터를 들고, 다른 한 손에는 휴지를 한 아름 안고 있었다. 아버지는 문을 우당탕 열고 화장실로 들어갔다. 누구도 아버지를 제지하지 못했다. 화장실 문틈으로 종이 타는 매캐한 냄새가 새어 나오고, 아파트 안에 연기가 자욱했다. 동생 진우가 인터폰을 들었지만 엄마는 머리를 가로저었다.

화장실 문이 잠깐 열린 사이로 노랗게 타오르는 불꽃과 검게 피어오르는 연기와 그것을 노려보는 아버지의 모습이 보였다. 아버지의 이마와 광대뼈와 턱은 딱딱하게 굳어 있었고, 눈동자에는 불길이 이글거렸다.

아버지는 불타는 화장실 문을 쾅 메어 부치고 거실로 나왔다. 아버지는 수첩을 펼쳐놓고 전화번호를 하나하나 찍어 누르기 시작했다. 손을 부들부들 떨면서 아버지는 앞으로 진민이 엄마에게 돈을 꾸어주는 사람은 본인이 책임질 수밖에 없을 것이라며 주위 사람들에게 소문을 퍼뜨려달라고 부탁했다. 엄마는 소파에 앉아 오들오들 몸을 떨었다. 엄마는 속이 삭아버린 커다란 인형처럼 폭싹 무너질 것 같았다.

엄마의 지갑에 돈이 씨가 말랐다. 밑반찬인 멸치볶음, 계란 반찬도 떨어지고, 깻잎도 떨어지고, 식탁에는 김치 한 가지뿐이었다. 아버지는 식탁에 눈길도 주지 않고 출근했다. 나는 베란다에 서서 아버지의 그랜저가 미끄러져 나가는 아파트 광장을 한없이 바라보고 있었다. 우리 반에서 학교 급식을 허겁지겁 먹어 치우는 아이는 나 하나밖에 없었다. 아버지가 가계를 도맡아 처리했다.

엄마는 떨리는 목소리로 애원했다. 내가 잘못했다. 내 죄로 고생하는 아이들을 보면 가슴이 미어진다. 죄 없는 아이들을 봐서 용서해 달라. 성장기의 아이들에게 쇠고기는 못 먹여도 우유와 계란은 먹어야 한다. 돼지고기와 생선도 먹여야 하고 야채도 골고루 먹여야 한다. 오늘 못하겠으면 내일이라도 좋다. 모레 글피라도 좋으니 제발 용서해 달라. 아니면 내가 파출부라도 나가겠다고 엄마는 호소했다.

"나가 봐! 파출부 그거 좋은 직업이지. 여자라면 누구나 할 수 있잖아? 누가 말리나? 하지만 조건이 있어. 아는 사람을 통하면 안 돼. 전문적인 직업소개소를 이용해!"

아버지는 골동 가치도 없는 60년대식 합판 무늬 책상에 앉아 엄마를 쏘아보며 말했다. 아버지는 하숙생 한 곡조만 흥얼거리며 합판 책상에 앉아 의학서적을 읽었다. 엄마와 나는 가능한 한 서재 문을 닫아뒀다. 엄마는 꾸중 맞는 학생처럼 머리를 숙이고 조용히 말했다.

"좋아요. 파출부 나갈게요. 하지만 올케 친정에 부탁하겠어요."

"뭐라고? 올케? 아주 광고하려고 작정했구나? 이왕 누구 마누라인데 파출부를 하겠다고 신문에 내는 게 어때?"

"소개소는 월급도 싸고 험한 일자리밖에 없대요."

"안 돼!"

"마침, 올케를 통해 우연히 들었는데 조건이 좋아요."

"조건 좋아하시네. 도대체 애들 생각은 언제 할 거~냐~고오?"

거~냐~고오? 어조가 꺾이는 고비마다 아버지의 심술과 우리들에 대한 걱정, 엄마에 대한 비웃음이 툭툭 불거졌다. 아이들을 위해 약간 편한 파출부 자리를 원하는 엄마와 아이들을 위해 그럴 수 없다는 아버지의 싸움은 한동안 더 계속되었다. 결국 엄마는 다시는 옷을 사들이지 않겠다는 서약서를 쓰고 아버지의 용서를 받았다.

아버지는 옷장과 서랍을 열고 엄마의 옷 목록을 하나씩 기록했다. 옷의 색깔, 브랜드 이름, 디자인을 기록하고, 이후 목록 이외의 옷이 발견되면 끝장이라고 선언했다. 엄마의 옷이 옷의 무덤처럼 방바닥에 수북이 쌓였다. 울긋불긋한 옷더미 앞에서 수첩을 들고 기록하는 아버지의 인중에 콧물이 대롱대롱 매달려 있었다. 그는 재고를 점검하는 의류업자처럼 보였다. 비로소 아버지는 우리에게 김치 중독 증상을 유발했던 경제 제재를 해제했다. 아버지는 가계지출은 손수 처리하고, 반찬값만 엄마의 재량에 맡겼다. 아버지는 엄마의 지갑을 유리 속처럼 들여다볼 경제 체제를 정비했고, 엄마는 영화 한 편 볼 여유도 없게 됐다.

아버지는 일요일에 엄마의 지출 명세서를 참고하여 다음 일주일 분 반찬값을 화장대 위에 놓고 골프장으로 떠났다. 우리는 김치와 콩나물과 계란, 두부 반찬으로 밥을 먹고 집에서 책을 보거나 텔레비전을 시청했다.

동생과 나는 배고파 죽는 한이 있어도 집에 가서 밥 먹기, 햄버거나 피자집으로 몰려가는 아이들에게 배탈 핑계를 대고 빠지기를 모범적으로 실천했다. 동생과 나는 슈퍼마켓이나 편의점의 진열장에서 손짓하는 꿀꽈배기, 새우깡, 초코파이를 보고 침만 꿀꺽 삼켰다. 우리는 친척집 행사 음식도 잘 먹었다. 친척들은 요즘 아이들답지 않다면서 네가 잘 먹는 것을 보기만 해도 침이 넘어간다며 많이 먹으라고 권했다. 눈치껏 남는 것을 가지고 집에 돌아가면 동생이 가방 속의 빵이나 과자를 가로채 갔다.

아버지는 한 달에 한 번 엄마의 장롱은 검색했다. 새 옷은 발견되지 않았다. 지지리 가난하지만 무난한 나날이 흘러갔다.

일요일, 아버지는 아무렇게나 던져둔 진우의 옷가지를 정리하고 있었다. 아버지는 깨끗이 정리된 서랍이 아무래도 이상했던지, 동생의 바지와 티셔츠 밑에 숨겨져 있던 엄마의 옷을 꺼내 들고 거실로 뛰쳐나왔다. 꺼진 불에 붙은 불이 다시 활활 타오르기 시작했다. 아버지는 거센 불길에 자신을 모조리 태울 듯 화가 나 있었다.

"네가 자식이 둘이나 되는 여자냐? 이 세상 어떤 여자가 너처럼 무분별하냔 말이야? 뭐에 미쳐서 이 지랄이냐구? 이건 마약이야. 넌 그 이유를 알겠지?"

격정에 휘말린 부부는 물불 가리지 않고 소리치며 싸웠다. 아파트 둘레에 소음차단용 커튼이라도 쳐진 듯 아버지는 막말로 떠들었다. 한밤의 어둠 속에 감정의 결이 날고기의 단면처럼 선명하게 나타났다.

"너는 뭐든 오래 가지지를 못해! 서약서까지 쓰고도 이따위야? 왜 난 바꿔치지 않는 거니?"

"…"

"가구도 집도 싫증이 나서 견디지 못해 넌…. 너 때문에 벌써 이사를 몇 번이나 했는지 알아? 몰라? 넌 정들만 하면 이사 가지 못해 안달발광을 떨었어."

"보다 편리하고 좋은 집이 있는데 왜 불편한 집에서 살아야 하지? 알다가 모르겠어. 그래서 돈 벌었단 얘기는 왜 하지 않는 거야? 내 원망만 터지게 해도 되는 거야?"

아버지는 소리쳤다.

"편하면 얼마나 더 편하고, 좋으면 얼마나 더 좋다는 거야? 애들이 고향도 친구도 없는 게 누구 탓인지 알아? 몰라?"

"이 도시에 고향이 무슨 의미가 있다고…. 전화나 컴퓨터로 어디서나 다 연결되잖아? 옷 사는 재미도 없으면 난 숨통 막혀 죽어!"

"나하고 사는 게 그렇게 지루하니?"

"그런 뜻이 아니잖아? 당신은 사는 게 지루하지 않아?"

"지루하지 않다, 왜? 난 너무 바쁘거든. 결국 널 너무 편히 살게 해 준 내 탓이라는 건데…."

남성 편력에 얼룩진 엄마의 결혼 전 과거가 개복 환자의 창자처럼 우르르 쏟아졌다.

"네게는 거리에서 날아온 야구공을 막아준 남자와 호텔로 직행했다는 소문이 있었어, 대학 동아리 남자들이 너를 돌려치기 했다는 소문도 돌았고, 자동차 옆 좌석에 앉아서 부드럽게 만져주기만 해도 호텔로 직행한다는 소문도 있었어. 고맙게 해주면 몸으로 끝내 주게 보답한다고 했지, 고마운 거 아는 건 좋은데 몸을 그렇게 놀려도 되겠어?"

아버지가 소리를 질렀다. 엄마가 대꾸했다.

"맞아. 남자가 스타인 줄 알았던 시절이 있었지. 그런데 잘난 그 남자들 말이야. 실은 돌덩어리에 불과했어. 폼은 그럴싸하지만 왜 그리 시시껄렁하고 허접한지…"

격렬한 내용과 달리 엄마의 목소리는 너무 침착해서 소름이 끼칠 정도이고, 치마를 둘러쓰고 절벽 아래로 뛰어내리는 백제 궁녀의 비명처럼 비장한 면도 있었다. 아버지가 벌컥 화를 돋우었다.

"진 빠지네. 넌, 사람 지치게 하는 데는 선수지. 얼마나 잘났다고 까불어 까불길… 그따위로 사느니, 차라리 죽어! 죽어 버려!"

"나도 죽고 싶어! 그런데 당신은 그런 나와 왜 결혼했지?"

"바람둥이를 착실한 여자로 만들어 사랑할 수 있다고 자신했다, 왜? 내가 시건방을 떨었던 거지. 지금 그 벌을 받는 거야."

"난 결혼 서약을 어긴 적은 없어."

"그럴까? 넌 남자가 스타가 아니라는 식으로 화냥기를 완전

포장했어. 원천 부정하는 데 말이야. 셔터 마우스 해야겠지만 누가 속아 주겠니?"

아버지는 단호했다. 그리고 아버지는 결혼 뒤에 너는 남자 바꿔치기를 옷 바꿔치기로 바꾸었는데 숨은 이유가 있을 것이라고 추궁했다.

당신 말대로 변덕 때문인지 모른다. 예쁜 옷을 입으면 그냥 기분이 좋고, 내 생각과 디자인이 맞아떨어지면 세상을 얻은 것 같은 기분이 된다. 이 세상 어디에서 그런 기분을 찾을 수 있겠느냐고 엄마는 말했다.

"핑계 하나는 끝내주는구나. 넌 그 방면의 명수지. 누가 속아주나? 호텔에서 느꼈다고는 차마 할 수 없겠지?"

"호텔?"

엄마는 눈을 커다랗게 치뜨고 아버지를 바라보다가 침착하게 눈을 오므리더니, 도매상에서 구입했다고 말했다. 남편은 아내의 블라우스를 흔들며 말했다.

"캘빈 클라인을 도매상에서?"

"이미테이션이야. 동대문에 가면 도매로 싸게 살 수 있어."

"네가 도매상을 어찌 알지? 아! 그렇구나, 과거에 옷 장사를 했다는 얘긴데…. 그런 걸 왜 숨겼지? 그래 넌 뭐든 비밀로 하는 성격이지. 좋아. 아니라 치자. 그럼 백화점에서 도매도 하니?"

엄마의 표정에 올가미에 걸린 짐승의 몸부림이 나타났다. 엄마는 동대문 도매 상가에 한 번 가보면 알 것이라고 말했다.

"내가 거길 왜 가지? 아픈 환자를 버려두고 네 거짓말을 사실로 인정해 주려고 거길 가냐?"

아버지는 엄마의 옷은 불태우는 대신 가위로 난도질했다. 하얗게 질린 얼굴로 거실에 앉아 있는 엄마는 영혼이란 영혼이 모조리 빠져나간 석고상처럼 보였다.

나는 〈언니〉를 지나치며 그날의 기억을 속으로 밀어 넣었다. 실은 〈언니〉를 목격한 나와 또 다른 내가 격하게 다투고 있었다. 섬진강으로 가자, 조금 더 구경하고 가자, 가자, 하면서 두 마음이 결렬하게 싸웠다. 나는 격랑에 휘말린 허수아비처럼 정신을 차릴 수 없었다. 실랑이하며 상가를 돌던 나는 우뚝 멈추어 섰다. 샤프란이라는 가게에 스트라이프 원피스가 기적처럼 걸려 있었다. 지금까지 상상 속에서 수십 번도 더 디자인해 본 꿈의 원피스가 무지개처럼 짜안 등장한 것이다.

상상의 디자인은 이랬다. 검정 바탕에 흰 스트라이프, 흰 바닥에 검정 스트라이프 천을 스트라이프끼리 사선이나 직사선이 되게 잇는다. 또 소매나 단, 컬러는 사선이 되게 잇대어 스트라이프를 직각으로 맞춘다. 칸의 넓이나 스트라이프도 점점 좁아지거나 넓어지게 디자인하여, 흑과 백의 구성미를 극대화시킨다.

나는 이런 스트라이프 원피스를 꼭 한번 입고 싶었지만 시중에 나도는 것은 단순 허접한 디자인뿐이었다. 아쉬웠다. 상상의 스트라이프 원피스가 얼마나 입고 싶던지, 수많은 패션 디자이너 중 이런 아이디어를 가진 사람이 없다는 사실이 한심하고 서글펐다. 그런데 상상의 스트라이프 원피스가 신인 여배우처럼 내 앞에 나타난 것이다. 흑과 백을 적절히 혼합하여 시크하게 재구성된 원피스는 전체가 몇 개의 면으로 분할되어 있어 추상화다운 구성미까지 갖추었다. 스트라이프의 장점이 여성의 장점이 되게 만든 원피스를 보고 나는 벼락이라도 맞은 것 같았다. 값도 비싸지 않았다.

〈언니〉가 브랜드를 대지 않아 더욱 마음에 들었다. 디자이너의 아이디어를 존중한다는 의미에서 값도 깎지 않고 놈을 움켜쥐었다. 이번에야말로 물건이 빠질까 봐 겁이 났다. 육만 원을 꺼내 들고 잠깐 섬진강을 생각했다. 하지만 허겁지겁 스트라이프를 끌어안았다. 이제 섬진강 여행은 완전히 물 건너갔다. 어쩌나, 내 용돈 이만 원을 합쳐도 남은 돈은 사만 원뿐, 왕복 차비도 되지 않았다. 겨우 편도 차비가 남았을 뿐이다. 섬진강에 도착하여 할아버지에게 지갑을 잃었다고 둘러댈까, 하는 걱정에 시달리면서도 마음은 뿌듯했다. 그러나 걱정이라는 벌레가 계속 마음을 갉아먹었고, 가슴에 숭숭 구멍이 뚫렸다. 나는 일은 어떻게든 되어갈 것이라고 마음을 돌려먹었다. 엄마의 일도 우여곡절을 겪으며 풀려갔다.

엄마의 밤 외출은 멈추지 않았다. 아버지가 초상집에서 밤을 새운다거나 응급실 근무가 있는 날, 엄마는 어김없이 밤 외출을 감행했다. 예고도 없이 아버지가 들이닥칠까 봐, 가슴이 바작바

작 타들어 갔다. 엄마는 자정이 넘어도 돌아오지 않았다.

상상은 멋대로 뻗어간다. 교통사고, 호텔, 납치 등등 모두 불길한 예상뿐이지만, 나를 압도하는 것은 호텔의 광경이었다. 혹여 엄마가 그 흔한 불륜에 빠진 건 아닐까, 나는 안절부절못했다. 파멸밖에 없다는 걸 알면서도 사랑의 블랙홀에 빠진 주인공들처럼 나도 불륜 드라마에 매혹되었지만 불륜을 엄마와 연결하려니 구역질이 날 것 같았다. 아버지에게 덜미를 잡힌 엄마가 호텔에서 질질 끌려 나오는 장면을 상상하면 마음이 뒤집히는 것 같았다. 나도 아버지와 합세하여 엄마를 끌어오고 싶었다.

밤 한 시, 엄마는 밤도깨비 같은 몰골로 집에 돌아왔다. 손에 들고 있는 커다란 쇼핑백도, 얼굴에 돋은 야릇한 생기도 이물질처럼 생경스럽기만 했다. 나는 엄마를 흘겨봐주고 방으로 들어갔다.

아버지가 집을 비운 어느 날 밤 열한 시, 조심스럽게 안방 문 열리는 소리에 이어 현관문을 잠그는 해맑은 금속성 소리가 밤의 적막을 가르며 굴러왔다. 나는 친구에게 빌린 모자를 눌러 쓰고, 맞보기 안경을 끼고 급히 밖으로 나갔다. 가슴이 둥둥 뛰었다. 나는 딸의 가슴을 이렇게 뛰게 만든 엄마를 찔러 죽이고 싶은 살의에 몸을 떨며 엄마의 뒤를 따라갔다. 엄마는 전철을 타고 동대문운동장 역에서 내렸다. 근처에 호텔이 있는 모양이었다.

동대문운동장 외곽을 빙 도는 인도는 노점상들에 점령되어 발 디딜 틈이 없었다. 의류와 신발, 먹거리 좌판이 두 줄, 세 줄 늘어서 있어, 행인들은 틈새의 좁은 통로를 외줄로 오고갔다. 엄마는 그 방면의 프로처럼 능숙하게 혼잡을 헤치며 쑥쑥 앞으로 나아갔다. 나는 두 사람 앞서 걸어가는 엄마의 등에 시선을 꽂고 바짝 긴장했다. 엄마는 곧 운동장 뒤쪽 네거리에 당도했다. 로터리 건너 빌딩에는 디자이너 클럽이라는 네온이 번쩍이고 있었다. 패션 도매빌딩이었다. 디자이너 클럽을 지나면 호텔이나 모텔이 나타나겠지.

디자이너 클럽 앞 네거리는 밤도깨비의 굿판처럼 난리법석이었다. 낮에 이 거리를 지배하던 죽음과 같은 정적은 발칵 뒤집어져 있었다. 어두운 골목 여기저기서 게릴라처럼 슬금슬금 빠져나온 군중들은 패션 빌딩 정문으로 우르르 몰려갔다. 노점상들은 먹거리와 의류 좌판에 불을 밝히고 판매에 열을 올리고 있었다. 낮에 굳게 내려져 있던 패션 도매 빌딩의 셔터는 각을 뜬 것처럼 뺑 뚫려 있어 피돌기 왕성한 생체처럼 활발하게 돌아가는 내부가 환히 들여다보였다. 낮에 연기에 그을린 듯 앙상하던 네온사인은 어둠을 후려치며 번쩍거렸다. 거리의 혼란과 혼잡은 극에 달해 있었다.

버스 앞 창문에 울산의류협동조합, 광주의류연합회 운운하는 전국 각 지방 이름을 종이에 써 붙이고 먼 남쪽에서 달려온 대형 버스들은 승객을 쏟아내고 어둠 속으로 사라졌다. 대형 검정 의류 가방을 어깨에 둘러멘 지방 상인들은 뛰듯이 패션 빌딩 안으로 사라졌다. 어둠 속에서 굴러온 지프와 승용차가 짐 덩어리를 쏟아내면 대기하고 있던 인부들이 짐 덩어리를 어깨에 들쳐 메고 빌딩 안으로 뛰어 들어갔다. 마치 짐의 무게에 눌려 찌부러지기 전에 빨리 내빼야 한다는 투였다. 디자이너 클럽, 뉴존, 타임21, 에이엠피엠 등등 대형 패션 도매 빌딩들은 밤의 모든 것을 빨아들이는 블랙홀처럼 어둠 속에 우뚝우뚝 서 있었다.

빌딩 앞, 간이 천막 아래에는 ○○의류협회 가방 보관소라는 팻말이 꽂혀있었다. 지킴이 사내의 감시망 아래 대형 의류 가방들은 빵빵한 검정 돼지처럼 줄줄이 엎드려 있었다.

엄마는 어느새 소매상인의 전매특허와 같은 커다란 쇼핑 가방을 손에 들고 역삼각형 체격의 청년들이 수문장을 보고 있는 패션 빌딩 안으로 들어갔다. 옷 가게라도 오픈하려는 것일까. 마음이 조금 놓였다.

빌딩 안은 대낮처럼 환했다. 나는 다른 사람 뒤에 숨거나 거리를 두고 (ㄹ)자를 따라 이동하는 엄마를 미행했다. 엄마가 돌아보면 모자로 가린 얼굴을 숙이거나 돌아설 셈이었다. 좁은 통로에는 커다란 의류 뭉치, 포장이 헤쳐진 의류 꾸러미, 포장지, 비닐 백과 끈이 올가미처럼 널려 있었지만 엄마는 거침없이 돌아다녔다. 상가는 판매에 열을 올리는 〈언니〉들, 쿵쾅쿵쾅 울리는 음악, 물건 고르기에 여념이 없는 소매상인들이 내뿜는 열기로 뜨겁게 달아올랐다.

1, 2, 3층과 지하층을 돌고, 거의 모든 패션 도매 빌딩을 돌았지만 엄마의 대형 의류 가방은 처음 그대로 홀쭉했다. 티셔츠를

구매하는 엄마를 멀리서 훔쳐봤을 뿐, 딸을 미행자로 삼은 쇼핑치고는 너무 초라하여 대형 가방에 미안했다.

나는 심야 버스에 오르는 엄마를 보고 택시를 잡았다. 현관문 열리는 소리를 듣고 굳은 얼굴로 거실로 나갔다. 엄마는 대형 쇼핑 백 대신 평소의 퀼팅 가방을 들고 자신 없는 미소를 흘리고 있었다. 나는 정말 끝장내고 싶으면 엄마 맘대로 해보라고 쏘아붙였다.

엄마는 비교적 침착하게 〈돈벌이〉에 대해 설명했다. 대형 할인점이나 슈퍼마켓의 절반 값에 반찬거리를 살 수 있는 재래시장은 집에서 멀리 떨어져 있었다. 시장 상인들은 여섯 시가 되면 야채와 생선과 과일을 떨이로 팔았다. 그것은 직장의 수입에 미치진 못하지만 어쨌든 돈벌이의 일종이고, 그 돈으로 옷을 산다. 의식주인 옷은 어차피 구입해야 하는데, 내 노력으로 사는 게 나쁜 것은 아니라고 엄마는 강조했다. 나는 글쎄, 라고 대답했다. 그것은 부업인 것도, 아닌 것도 같았다. 아리송해하는 내게 엄마는 값싼 동대문 옷도 사지 못하면 엄마는 숨 막혀 죽고 말 거야, 남편이 남편 같기를 하니? 돈 여유가 있니? 내가 무슨 재미로 살겠니? 엄마는 한숨을 폭 쉬었다. 나는 나와 진우가 있지 않느냐고 말했다. 엄마는 나를 물끄러미 쳐다볼 뿐 말이 없었다. 나는 무수한 말들이 반짝이는 엄마의 눈동자를 멍하니 바라보았다. 엄마의 눈동자는 자맥질을 해도 아무것도 보이지 않는 연못처럼 흐릿했다.

"무슨 재미? 누구는 재미있어서 사는 줄 알아? 뭐, 나도 사는 게 재미 대가리 없지만 동대문에 가지는 않아."

엄마는 머리를 푹 숙였다. 한없이 비굴해 보였다. 딸에게 그런 모습을 보이는 엄마를 등지고 말없이 방으로 들어갔다. 그때 나 자신이 동대문 주민이 될 줄은 상상도 못 했다.

시작은 사소했다. 동대문에 가서 아이쇼핑으로 시간을 죽였다. 보고 싶은 마땅한 영화도 없고, 친구와 피자먹고 위 속의 치즈에 콜라를 찔끔찔끔 끼얹으며, 불량 소화제 삼아 하나 마나 한 얘기를 대화랍시고 조잘거리는 게 싫어지면 내 발길은 동대문으로 살랑 돌려졌다.

동대문은 서울에서 돈 없이 시간을 보내기 알맞은 장소였다. 아이 쇼핑 이외에도 재밌거리는 많았다. 밤에는 패션 빌딩 앞 노천 무대에서 젊은이들이 라이브 쇼를 펼쳤다. 패션 빌딩의 온도는 사시사철 알맞게 조정되고, 주위에는 천원으로 끼니를 때울 수 있는 노점이 즐비했다. 다리 아플 때까지 가게를 기웃거려도 간섭하는 사람이 없었다. 아버지의 눈길을 벗어날 수 있다면 동대문 주민이 되는 것쯤 어떠랴, 싶었다.

나를 바라보는 아버지의 눈에는 저 애만 아니라면 내 인생이 똑 고른 치아처럼 가지런히 빛날 텐데, 라는 복잡 미묘한 뜻이 담겨 있었다. &&대학에 다니는 진우가 우리 집 대표처럼 아버지 친구에게 인사할 때, 나는 방에 틀어박혀 숨도 크게 쉬지 못했다. 부득이 유학 준비생으로 둔갑해야 할 땐 얼굴에 쥐가 나는 것 같았다. 나는 때때로 있으면서 없는 존재가 되기도, 유학준비생이 되기도 했다. 아버지에게 맞는 딸을 연기하다 보면 뇌수가 굳는 것 같았다.

재수생인 나는 애들의 손에 이끌려 다가구를 신축하려고 비워둔 주택으로 스며들어 각자의 아버지나 엄마에게 쌍욕을 퍼붓고 본드를 마셨다. 본드에 코를 박고 달콤 몽롱한 환상의 나라에서 흐늘거리며 두려움도 무서움도 괴로움도 없는 장밋빛 세계에 침몰했다. 눈을 가늘게 뜨고 괜히 벙긋벙긋 웃으며 벽에 낙서를 휘갈겨 쓰고, 춤을 추었다. 본드에서 깨어나면 몸이 으슬으슬 떨리고 입이 쓰고 온 세상이 잿더미로 변한 듯 쓸쓸했다. 본드의 행복은 흔적도 없었다. 빈집을 나설 때 춥고 을씨년스럽고 괴로웠다. 본드에 괴로움이 없었다면 본드는 내 일상이 되었을지 모른다.

나는 동생의 두뇌와 책상에 앉아 공부하는 습성을 훔치고 싶었다. 공부 잘하는 애들을 따라가고 싶은 열망이 끓어올라 책을 펼치면 노력의 결과가 나타나지 않을 미래가 두려워져 눈앞의 글자를 건성건성 건너뛰어 끝 페이지에 도달했다. 중2 때 잃은 길을 되찾으려면 그때로 되돌아가야 하는데, 나는 현재의 공부에 허위적거릴 뿐이었다. 아버지는 이런 내 고민을 알지 못했다. 안다 해도 결과가 꽝이면 아무 소용없었다.

고3 때, 나는 서울에서 4년제 대학에 들어갈 마지노선에 드는 애들을 차례차례 학교 앞 향나무 뒤로 불러내어 다음 세상에서는 너와 만나지 않았으면 좋겠다고 말했다. 처음에 어리둥절해 하던 아이는 곧 얼굴이 하얗게 질려 뒷걸음질 쳤다. 짜릿한 쾌감이 뇌수를 가로질렀다. 나의 내부에서 뿜어져 나와 나를 에워싸 버린 기운에 오싹해 하면서도 나는 계획대로 나머지 애들을 모두 불러내어 같은 말을 들려줬다.

나는 유명 의대에 들어간 동생의 비듬 쪼가리가 되어 아버지의 칭찬을 듣고 싶었다. 간호전문대에 들어가고 싶다는 내 말에 아버지는 애비 망신을 사서 하고 싶으냐고 소리소리 질렀다. 어릴 적에 아버지 병원에서 흰 너스 캡을 쓴 간호사 언니를 보고 나도 커서 간호사가 되겠다고 결심한 적이 있다고 나는 말했다. 간호사가 되어 아버지를 돕겠다고 했지만 아버지의 분노를 샀을 뿐이었다.

아버지의 경쟁 상대인 이웃 병원에서는 최신 논스톱 의료 시스템을 구축하여 신속 정확한 의료 서비스를 베풀고, 실내 디자인은 호텔 수준으로 업그레이드했다. 아버지는 기계가 하는 일은 인간의 힘으로 얼마든지 커버할 수 있다, 병원은 병원이지 호텔이 아니라는 지론을 펼치며 청결에만 신경을 썼다. 세련된 도시 문화에 길든 환자들은 최첨단 병원을 선호했다. 아버지의 병원은 손님의 발길이 끊어졌다.

아버지는 고가의 의료장비를 리스하여 구색을 갖췄지만 한 번 떠난 환자는 되돌아오지 않았다. 아버지는 리스비 지불에 절절매던 끝에 병원 문을 닫았다. 은행 대출을 받은 아파트가 날아갔다. 아버지는 고용의사가 되고, 우리는 전셋집으로 이사했다. 아버지는 집 장만을 이유로 생활비에 더욱 인색하게 굴며, 코드가 맞지 않은 여자를 만나면 의사도 가난할 수밖에 없다고 투덜거렸다. 내조 잘하는 동기 부인 칭찬에 입술의 침이 말랐다. 아버지가 공부 잘하는 동료의 자녀를 칭찬할 때의 나처럼 엄마의 마음도 형편없이 구겨졌을 것이다. 아버지는 종종 엄마와 나를 돌아보며 일할 맛이 나지 않는다고 투덜거렸다.

엄마는 눈에 띄게 말수가 줄고 침울해 보였다. 엄마는 자식에게 도움이 되지 않는 엄마가 무슨 소용 있겠느냐며 흘깃 나를 쳐다보곤 했다. 엄마의 시선 속에는 이러지도 저러지도 못하는 엄마의 입장이 녹아 있었다. 늘 찬바람만 도는 집에서 나는 아버지와 엄마가 잘되기를 빌었다. 그런데도 나는 치매에 걸린 할망구처럼 스트라이프 원피스를 구매했다.

스트라이프 원피스를 품에 안은 나는 곧장 화장실로 걸어갔다. 화장실은 좀 지저분했다. 담배냄새가 코끝을 스쳤다. 타다 남은 꽁초가 침을 뒤집어쓰고 있었다. 담배를 피우면서도 비위가 가라앉지 않았던지, 담뱃불을 끄려 했는지, 입속의 자원까지 마구 낭비하는 여자애들의 얼굴이 침 속에 보글보글 끓고 있었다. 옆 화장실에 동시에 두 명의 여자애가 들어가 소곤거리는 소리가 들려왔다. 신경에 날이 섰다. 혹시 그렇고 그런 구린 애들 아닐까. 가슴이 발랑발랑 뛰기 시작했다.

"웬 애들이 그렇게 많다니? 이건 탈의실이 아니라 콩나물시

루더라. 여기서 갈아입는 게 나아. 몸이 꿀꿀해서 견딜 수가 없어."

"그래도 지하철 화장실보다는 나아. 그치?"

"백번 낫지. 그런데 어쩌니? 사우나에서 잘 때는 빨래 하나는 끝내줬는데…. 밤은 여기서 어영부영 보내고, 잠은 새벽의 2호선 전철에서 자도 되지만 옷은 어디서 말리느냐 말이야?"

"그러게… 이젠 하룻밤 재워주겠다는 넘도 없으니 미치겠다, 그치?"

"초반에는 괜찮은 넘들도 더러 있었는데…"

"눈만 뜨면 먹는 거, 자는 거 걱정 이젠 지겹다. 우리 그만 때려치우고 집이라는 곳에 들어갈까?"

"아니, 난 맞장 뜨고 말 거야. 지들이 그럼 난 못할 줄 알고?"

"앤, 거룩하신 부모님께 지들이 뭐니?"

"얼씨구, 지는 어떤데? 쌍욕이나 하지 말지. 그넘하고 침대에서 숨이나 끊어져라! 그러잖아? 느네 엄마에게…."

내 엄마는 어느 침대에서 자고 일어나는 것일까. 다른 남자와 재혼이라도 한 것일까. 엄마는 단 한 번도 우리 앞에 나타나지 않았다. 외가에서도, 엄마의 친구도 엄마의 행방을 알지 못했다. 나는 엄마를 만날지 모른다는 희망에 두근거리는 가슴을 안고 친척집 초인종을 누르곤 했다. 사람이 나오고, 엄마에 대해 묻고 대답을 듣는 과정을 되풀이할 때마다 나는 내기를 걸었다. 남자가 나오면 엄마의 소식을 알게 된다거나, 이십을 세기 전에 사람이 나타나면 희망이 있다는 식의 내기를 걸고 가슴을 졸였다. 엄마의 소식은 없었다. 방문을 거듭할 때마다 나는 지치고 약이 올랐다.

아버지가 병원을 경영하던 시절, 한 미모 하던 간호사 출신 미망인과 아버지가 병원을 차리려 한다는 소문이 돌자, 엄마는 가출했다. 아버지는 간호사 딸은 용납할 수 없어도 전직 간호사 애인은 환영인 모양이었다. 남편의 유산을 물려받아 거부가 된 미망인의 소원은 의사 남편을 만나는 것이라는 소문이 돌았다.

엄마는 차라리 내가 없으면 너희들이 이렇게 궁색하게 살지 않을 것이라고 말했다. 더 이상의 가난은 인생의 황금기를 살아가는 너희들에게 상처가 될지 모른다고 중얼거릴 때도 있었다. 엄마는 어느 날 갑자기 종적을 감췄다. 법적 이혼이 가능한 실종 6개월이 지나자, 아버지는 엄마와 이혼했다. 아버지는 다시 병원을 개업하고, 우리 남매는 새엄마 슬하로 들어갔다. 아버지는 나에 대해 더 엄격해졌다. 새엄마는 우리 남매를 간섭하지 않았다. 자유와 부자유가 동아줄처럼 꼬인 나날이 흘러갔다. 나는 모처럼 허락된 자유를 버리고 동대문으로 빠져 나가길 잘했는데 오늘 나는 엉뚱한 쇼핑을 한 것이다.

한동안 부스럭거리던 여자애들이 문을 쾅 메어 부치고 밖으로 나갔다. 그들과 마주치지 않으려고 변기에 앉아 있으려니 문짝에 붙어있는 광고 쪽지가 눈에 띄었다.

가족처럼 함께 일할 언니 구함, 근무시간 밤, 핸드폰 020—

7179－8976 tel 2398－79860

메인 언니 착함, 낮 근무, 경험자 우대. 핸드폰 030－7784－
3456. 전화 2397－56439….

예쁜 여자가 찢어가 주기를 바라며 너펄거리는 쪽지마다 젊
은 처녀에게 구혼하는 노총각의 안타까움이 배어 있었지만 과부
나 이혼녀는 곤란하다는 의지가 잎맥처럼 뚜렷했다. 나는 경험
자라고 못 박지 않거나 초보자 가능이라고 쓴 쪽지를 떼어 백에
집어넣고 밖으로 나갔다.

두 여자애는 미화원에게 들키지 않으려고 세면대에서 열나게
빨래를 헹구었다. 나는 그녀들의 배경처럼 우두커니 서서 그 애
들에게 잠자리를 제공했다는 사우나를 생각했다. 한동안 그렇게
서 있던 나는 또 다른 패션몰인 〈누리〉의 광장으로 갔다.

사람들은 심은 지 10년 미만의 어린나무 밑 벤치에 띄엄띄엄
앉아 있었다. 젊은이들의 공연이 벌어지는 오후 네 시가 가까워
지면 벤치는 사람들로 가득 찰 것이다. 나는 제일 후미진 벤치에
앉아, 다, 다, 다, 핸드폰을 눌렀다. 첫 번째 주인은 사람을 구했
다고 했고, 두 번째 주인은 왕초보는 곤란하지만 피팅 가능하냐
고 물었다. 66사이즈라고 했더니 55는 되어야 한다고 했다. 이
번엔 55가 넘는 몸매가 나를 가로막았다. 하나 마나 한 얘기에
팔려 피자 먹고 콜라 마신 대가치고는 고약했다.

마지막에 겨우 약속이 정해졌다. 234호로 저녁 아홉 시에 와
보라고 했다. '와보라'라는 미래는 불확실했다. 내게는 사우나에

서 잘 돈은 남아 있었다. 매장을 돌다 보면 다섯 시간은 후딱 지날 것이다.

나는 〈누리〉 매장으로 들어갔다. 〈누리〉 빌딩 가득히 흐르는 달콤한 음악은 고객과 〈언니〉들이 웅성거리는 소리를 흡수하며 호화여객선의 분위기를 자아내고 있었다. 분실물을 찾아가라는 안내 방송, 중간중간 끼어드는 일어와 중국어와 영어 맨트가 일깨우는 현실은 내가 닿을 수 없는 현실이었다. 왕왕거리는 중국어도 〈누리〉 방송을 통해 들으면 환상적인 언어로 바뀌고, 까슬까슬한 일본말도 경쾌하고 달콤한 말로 변했다. 〈누리〉라는 영어식 리, 발음은 살짝 들려진 미인의 콧날처럼 상큼했다. 대한민국 서울 동대문이 아주 국제적으로 놀고 있었다.

〈누리〉의 게시판에는 구인 쪽지가 붙어 있지 않았다. 직장으로써 〈누리〉는 인기 짱인 모양이었다. 〈누리〉 매장을 천천히 한 바퀴 돌았다. 전에는 세 시간을 돌아도 다리가 아프지 않았는데 오늘은 왠지 두 바퀴에 지쳐 늘어지고 말았다.

누리 광장으로 나가 벤치에 앉아 오가는 사람들을 무연히 바라보고 있었다.

지상에는 살인적인 인파가 흐른다. 각양각색의 군중들이 오고 갔다. 지구촌을 거의 덮어버린 데님은 낡고, 찢어지고, 구겨지고, 때가 끼고, 허옇게 바랜 것뿐이었다. 데님을 입은 또래 애들이 바삐 걸어간다. 노동을 사랑하는 애들이 이렇게 많은 대한민국은 무궁무진 발전할 것이다. 얼마나 바쁜지 옷을 뒤집어 입고 나온 여자애도, 브래지어와 란제리 차림 그대로 나온 애들도 있었다. 부탁해, 느네들. 제발 바쁘게 살아줘. 그래야 나 같은 삼수생이 느리게 살 수 있지 않겠니?

여름이라는 계절은 남자들에겐 감옥이고, 여자들에게는 해방 정국이다. 남자들은 대부분 목을 가리는 상의와 긴 바지에 갇혀 헐떡거리며 더위를 관통했다. 옷을 추방하여 더위를 추방해 버린 여자들은 해방을 만끽하고 있다. 손수건 수준의 핫팬츠와 스커트, 가슴을 가로지르는 브래지어형 탱크 탑은 보기에도 시원한 아이스크림 패션이다. 이러다가 실오라기 하나 걸치지 않는 벌거벗은 임금님 패션이 트랜드가 되어 거리를 활보하게 되는 날이 오면 일찍 죽은 남자들이 지하에서 벌떡벌떡 일어설 것이다. 살아있는 남자들은 악착같이 살려고 할 것이다.

원조 데님은 어디에도 없었다.

찢어진 청바지 패션은 지금도 끝없이 진화하는 중이다. 허벅지 상단만 두서너 차례 북북 찢어 심부의 맨살이 살짝살짝 엿보이는 것, 아랫단까지 일렬로 죽죽 찢은 것, 모두 뒷골목 깡패가 달려들어 칼로 북북 그은 것 같은 흔적이 트랜드가 되어 있었다. 가난과 고난을 모르는 애들이 피학 패션을 즐기다니 우습다. 모르기 때문에 즐기는지, 유전자에 새겨진 노동을 흉내 내는 것인지 알 수가 없다. 앞으로 데님은 어떻게 변할까.

끝도 없이 저급하게 추락할 것인가, 상상 이상의 고급으로 이미지 업 할 것인가. 무엇이 고급이고 무엇이 저급인가. 또래 애들은 저급을 고급으로 전복해 놓고 숭상한다. 하지만 깡패라면 일렬로 가지런히 찢지 않을 것이다. 가로세로, 그리고 사선으로 마구 찢어버릴 것이다. 이 글을 발표한 다음, 만약 깡패 패션이 트랜드가 된다면 나는 로열티를 청구할 것이다.

인종만큼 차림새도 각양각색이다. 조물주 뺨치는 재주를 가진 디자이너들, 똑같은 옷을 기피하는 소비자들, 누가 조물주의 창조물 아니랄까 봐 모두 딱 부러지게 똑똑했다. 똑같은 사람을 동시에 모으지 않은 섭리의 조화도 오묘했다. 디자인의 본바탕을 유지하면서 신의 영역을 넘보는 독창성을 발휘한다는 점에서 패션은 신을 넘볼 정도로 똑똑한 분야이고, 똑똑해서 나는 끌린다.

3미터 저편에서 수많은 사람들 사이에서 걸어오는 여인을 발견하고, 심장이 멈추는 충격을 받았다. 생각에 잠겨 내 앞을 지나가는 여인, 내 엄마는 이 거리의 여인들 중 단연 두드러지는 기품을 발산하며 걸어가고 있었다. 앞을 세 부분으로 엇비슷 재단하여 약간 다른 질감의 소재를 연이은 화이트 롱 원피스는 럭셔리하고 우아했다. 야하지 않으면서도 아름답고 엘레강스한 디자인이었다. 차분하게 커트한 머리에 수제 검정 핸드백을 든 그녀는 3년 전의 내 엄마임이 분명했다. 눈물이 핑 돌았다. 나는 벌떡 일어섰다. 그러나 발짝이 떨어지지 않았다. 쭉 앞으로 나가야 하는데 발이 떨어지지 않는 꿈속에서처럼 나는 꼼짝달싹 못했다. 겨우 발짝을 뗴었으나 엄마와 나의 거리는 줄어들지 않았다.

엄마는 누리 매장의 지하 1층에서 지상 2층까지 여성 의류 매장을 모조리 돌았다. 그리고 다시 지하 1층으로 내려가 에이린이라는 이름의 가게 앞에 멈추어 섰다. 왠지 엄마는 두 번째 같은 가게를 찾은 것이다. 나는 엄마가 쇼 케이스 앞에 걸린 스커트를 집요하게 바라보고 있다는 것을 알아차리고, 가슴이 둥둥 뛰기 시작했다.

스커트의 선홍색 노을빛에 눈이 부셨다. 아랫단에서 엉덩이까지는 노을빛이고, 그 위는 검청빛에 먹혀드는 티어드 스커트(층층이 주름이 잡힌 사다리꼴 스커트)였다. 제일 아래는 꿈결처럼 고운 주황색이었다. 주황색은 점점 진해져 능소화의 붉은색으로 변했다가 진홍이 되고, 진홍은 불길처럼 타올라 검붉은 핏빛을 띠고 있었다. 그리고 검청빛에 먹혀드는, 저녁노을이 어둠에 잠길 때까지의 과정이 재현된 스커트였다. 나는 누구나 입을 수 있는 스커트로 환생한 천상의 화폭을 보며 망연자실 서 있었다. 점점 더 붉어져서 어둠에 잠기는 하늘…. 숨이 컥 막혀왔다.

엄마가 스커트를 사가지고 돌아가면 나도 구입하기로 작정했다. 섬진강 여행은 스트라이프가 눈에 띄었을 때 이미 물 건너갔다. 〈언니〉가 다가오는 것을 보고 엄마는 주춤 뒤로 물러섰고 미련에 젖은 등을 보이며 멀어져갔다. 엄마는 상가 1, 2층을 돌아보고 다시 그 가게로 다가가 〈언니〉와 몇 마디 주고받았다.

하지만 그뿐, 엄마는 머리를 가로저어 보이고 돌아섰다. 엄마의 뒷모습은 〈언니〉의 조소에 마모되고 침식되어 조그맣게 축소되었다. 엄마는 눈에 띄게 의기소침해 보였다. 엄마는 에이린 주변을 빙빙 돌며 노을빛 스커트에서 눈을 떼지 않았다. 사고 싶지만 돈이 없는지, 다른 이유가 있는지 알 수 없었다. 마침 거의 동시에 두 여자가 에이린에 다가가 체크무늬 스커트를 입어보고, 가격을 묻고 온통 난리 부루스를 땡겼다. 〈언니〉는 신이 났다. 또 다른 아줌마가 나타나 이것저것 옷값을 물어보며 살 듯 말 듯 〈언니〉의 신경을 분산시켰다. 옷을 입어보느라고 수선을 피우는 여자에게 〈언니〉는 화장품이라도 묻을까 신경을 쓰는 눈치였다. 내내 지켜보고 있던 엄마가 슬그머니 가게로 다가갔다. 엄마가 노을빛 스커트를 만져보는 척하는 바람에 가게는 더욱 어수선해졌다. 눈 깜짝할 사이 일이 벌어졌다. 벌어질 대로 벌어진 엄마의 가방 속으로 노을빛 스커트가 비단구렁이처럼 스르르 미끄러져 들어갔다. 엄마와 나 사이의 거리를 어떻게 줄였는지 모른다. 벌써 나는 엄마 뒤에 서서 스커트를 손에 쥐고 말했다.

"엄마, 이게 맘에 들어? 내가 사 줄게. 언니, 이거 얼마예요?"

손님에게 원피스를 입혀보느라고 얼이 빠져있던 〈언니〉가 좀 기다려달라며 미소 지었다. 다행히 그녀는 울음이 터지기 직전의 엄마에게는 눈길도 주지 않았다.

노을빛 스커트를 엄마 손에 쥐여 주고, 삼만 원을 지불했다. 이제 내 지갑에는 만 원밖에 남지 않았다. 만 원으로는 하루 살기도 힘들다. 등골에 소름이 쭉 끼쳤다. 새삼 아버지의 존재가 크게 다가왔다. 아버지가 없다면 나는 하루 먹고살 것을 걱정해야 하는 허접한 존재에 불과했다. 갑자기 나는 추운 벌판으로 쫓겨난 것 같았다. 실내에 흐르던 환상적인 음악은 폭삭 꺼지고, 화려한 옷들은 빛을 잃었으며 매장은 사막처럼 황량했다. 가게의 〈언니〉들은 돈만 아는 악귀처럼 보였다. 그들은 옷을 사지 않는 인간은 인간 취급도 하지 않았다. 평소에 희미하게 느끼던 패션 빌딩의 진면목이 흉측한 모습을 드러내고 나를 비웃는 것 같았다. 돈도 없는 주제에 마냥 들떠서 돌아다니더니 꼴 좋오케 되었군, 저희끼리 나를 보며 쑥덕거리는 것 같았다.

나는 머리를 푹 숙이고 엄마의 뒤를 터덜터덜 따라갔다. 누리 광장으로 나가는 엄마는 영혼이 빠져나간 중년의 낡은 인형처럼 위태로워 보였다. 아무리 용을 써도 엄마와 나 사이의 거리는 줄어들지 않았다. 나는 무서운 꿈을 꾸는 것 같았다.

엄마는 광장에서 청계천 변으로 걸어갔다. 청계천에 청계淸溪다운 맑은 물이 흘러가고 있었다. 우리는 옛날 오간수교 다리 위에 서서 무교동 쪽에서 흘러오는 물길을 바라보았다. 상전벽해 桑田碧海라는 말이 떠올랐다.

몇몇 시민들도 얼마 전까지 천변을 이중으로 덮고 있던 무지막지한 회색 시멘트 구조물의 기억을 청계에 씻어내는 듯 하염없이 물길을 바라보고 있었다. 아마 그들도 허공을 가로지르던 고가도로가 탄생했을 때는 근대화를 읊조리는 당국자들을 입에 침이 마르게 칭송했을 것이다. 지금은 근대화의 공적을 허물어 버린 당국자를 칭송하며 다음 선거에 한 표를 줘야겠다고 생각할지 모른다. 인심도 세월도 변했다.

도시의 지붕 위에는 붉은 저녁노을에 물든 하늘이 펼쳐져 있었다. 무교동 쪽의 빌딩들은 길게 가로누운 안산 능선에 각을 세우고, 하늘은 빨갛게 이글거렸다. 엄마의 핸드백 안에서 불타는 노을은 점점 더 새빨갛게 불타오를 것이었다. 불태워봐, 어두워질 때까지 시뻘겋게 불태워봐, 나는 먼 노을을 역광으로 받아 금빛으로 빛나는 엄마의 프로필을 바라보며 혼자 중얼거렸다.

"노을은 아침과 저녁 하늘만 짙게 물들여. 긴 낮 동안은 푸르기만 하고… 갑자기 그 생각이 나네."

"…"

나는 아까의 구인救人 쪽지를 엄마에게 내밀었다. 엄마는 한동안 들여다보았다.

"매장에서 점원을 구하는 거야. 난 어떻게든 여기 취직할 거야. 새것을 찾아 헤매는 건 언제나 목이 마르거든. 차라리 이편이 나을 것 같아. 내가 트렌드의 중심에서 변화를 만들다 보면 목이 마르더라도 거지 같은 느낌은 들지 않을 거야."

청계의 물을 바라보고 있던 엄마는 한마디 말도 없이 노을이 불타는 서쪽을 향해 천천히 걸어가기 시작했다. 나는 엄마를 붙잡아야 한다고 생각했다. 붙잡지 말아야 한다고 생각했다. 망설이는 동안 엄마는 계속 앞만 보며 걸어갔다. 나와 엄마의 거리는 점점 벌어지고, 나는 언제 다시 엄마를 만날지 막막했다. 주소라도 알아두고 싶지만 나는 한 발짝도 움직일 수가 없었다. 엄마는 점점 작게 축소되어 사라져가고 있었다. 엄마가 없다는 상상만 해도 방울방울 눈물이 솟던 어린 시절이 떠올랐다. 길에서 우연히 엄마를 만나면 눈물부터 핑 돌던 시절이 내게도 있었다. 그때로부터 나는 하염없이 멀리 흘러온 것 같았다. 나는 지금 청계천 다리에 우두커니 서 있을 뿐, 엄마가 내 앞에서 사라져 가는데, 엄마가 사라져 가는데, 꼼짝달싹도 못 했다.

저녁노을을 안고 걸어가는 엄마의 검은 실루엣은 점점 작아지고, 노을은 점점 더 붉게 타오르는데, 엄마의 검은 실루엣은 점점 늘어나는 인파에 가물가물 잠겨 들고 있었다. 가슴 속에서 뜨거운 것이 울컥 솟아올랐다. 저물어가는 모든 것은 검청빛 하늘에 녹아들고, 하늘에서 풀려 내린 어둠의 입자들은 내 입과 코와 눈과 귀와 땀구멍에 점점이 스며들고 있었다.

아, 아, 아.

나비, 나비!

"울 오빠 있지? 미국 아이비 출신 MBA와 결혼할 거야."

혜온은 꿈꾸는 표정으로 중얼거렸다. 유리통을 구르는 물소리처럼 해맑고 부드러운 목소리였다. 새론과 준범은 대학 교정 잔디밭에서 혜온의 말에 귀 기울였다.

"예물로 천만 원짜리 구찌 백 밑바닥에 금 거북을 깔고 보석 세트를 종류대로 보냈는데, 예비 신부 아마 눈도 깜짝 안 할걸. 신붓집도 부자거든. 울 엄마 인심 한번 푹 쓴 거지, 머."

준범이 말했다.

"이거 내 귀가 고장 났나? 위자료로 집 한 채 미리 준 것으로 들려서 말이야?"

"위자료라니? 농담이라도 넘 심하다. 취소 해! AS 부르기 전에…"

"AS? 좋아. 하지만 느네 엄마 이상하잖아? 왜 눈도 깜짝 안 할 사람에게 인심을 쓰고 그러지? 유감 충만! 나라면 눈을 백 번도 더 깜짝이겠다, 까짓… 재산이 얼만데…"

건민 의료재단 이사장의 아들인 준범은 거침없이 툭툭 내뱉었다. 새론은 말이 없었다.

"울 엄마, 있잖아? 내 남자에겐 인심 더 쓸 거야. 참, 엄마한테 문자 보내야징."

준범은 자신의 말을 긍정적으로 마무리하는 혜온을 향해 미소 지었다.

파란 오월의 하늘에 뜬 솜덩이 구름이 동쪽으로 살짝 휘이기 시작했다. 바람은 바이러스처럼 야금야금 구름을 갉아 먹어 금세 커다란 동굴을 뚫어놓았다. 구름 속의 공백은 점점 더 커지고 하늘은 넓게 확장되었다. 그리고 보니 구름은 바람의 거울이고, 시간의 그림자인지도 모른다. 조금 후 하늘에 구름은 사라지고 광막한 허공만 펼쳐져 있었다. 새론은 먼 잔디밭에 시선을 던지며 중얼거렸다.

"나비 한 마리가 팔랑팔랑 날고 있구나. 구름처럼 팔랑 변하고 있구나."

두 번이나 〈있구나〉로 끝난 문어체 발음이 대기를 미묘하게 흔들었다. 나비가 구름처럼 팔랑 변한다는 것은 무엇인지, 혜온은 꼿꼿하게 오므렸던 눈을 재빨리 복원했다. 그런지도 모르지. 한 달이라는 시간의 때가 묻은 오월의 나비는 새봄을 가르고 솟

아난 초봄의 나비처럼 경탄스럽지 않아, 신선하지도 않지. 새삼
묵은 나비를 보고 호들갑을 떠는 새론의 말은 꽃밭을 횡행하는
파리처럼 오월의 대기에 오점을 흩뿌렸다. 혜온과 준범이 휘휘
주위를 둘러봐도 나비는 보이지 않았다. 혜온은 머리를 갸웃거
리며 물었다.

"나비? 나비가 어디 있다고 그러니?"

"저기, 저기로 팔랑 날아갔어."

새론은 철쭉꽃 더미를 가리켜 보이며 나비가 날아가는 시늉
을 했다. 새론의 흉내는 어설퍼서 보는 눈이 민망했다. 오늘따라
새론은 수척한 모습으로 자주 옆구리에 손을 대었다. 엄살은 연
민을 자아내지 못해, 혜온은 미간을 찌푸리고 주위를 둘러보았
다. 나비는 없다. 깜빡 속은 기분이다. 새론의 시선은 아직 철쭉
꽃 너머 어딘가를 헤매고 있다. 거기 나비가 있다는 것일까.

"나비가 어디 있어? 있어도 꽃인지, 나빈지 구별도 못 하겠네."

혜온은 준범을 향해 싱긋 웃었다. 쟤 이상해, 라는 뜻이 붉은
입술에 자글자글 끓었다. 그녀의 미소는 사막의 습기처럼 상대
의 마음에 착착 스며드는 저력을 지녔다. 타고난 재능일 수도,
미모의 여자 특유, 몸에 밴 버릇일 수도 있었다. 하지만 천성처
럼 의문의 여지를 남기지 않았다. 혜온은 애교에 반대급부가 따
른다는 걸 잘 알고 있었다.

아버지가 갈급쟁이 수준의 월급쟁이던 시절, 혜온은 예쁜 아
이들 뒷전에서 멈칫거리는 아이에 지나지 않았다. 아버지를 따

라 상류층 대열에 합류한 후, 혜온은 미인으로 재탄생했다. 혜온의 엄마는 대한민국 최고의 성형외과 의사를 찾아가 금 거북을 선물하며 딸을 미인으로 만들어 달라고 부탁했다. 의사는 욕심을 부리지 않으면 개성적인 미인이 될 수 있다고 장담했다. 그 뒤 혜온은 속 까풀이 지고 속눈썹도 길어져 자연스럽고도 매력적인 미인이 되었다. 위 눈썹도 이식하여 개성과 미를 함께 갖추었다. 코는 여배우 한가인처럼 상큼 올렸다. 대학에 가기 전 여름방학에 수술을 받았다. 혜온은 일주일이 지나면 길어지는 눈썹을 다듬으며 이만큼 노력하면 타고난 미인보다 더 대접을 받아 마땅하다며 웃었다. 혜온을 보고 성형을 상상하는 사람은 없었고, 혜온도 당당하게 미모를 뽐냈다. 옳고 똑똑하다는 평판은 혜온의 미모에 화룡점정을 더하여 미모를 완성하는 것이었다.

그녀는 언제나 추종자들에게 둘러싸여 살았다. 특히 사내들은 아름다운 장미를 싸고도는 부드러운 공기처럼 그녀 주변을 넘실거렸다. 혜온은 추종하면 그뿐, 남자냐 여자냐에 따라 추종의 색깔이 조금 다르다는 것은 알지 못했다. 여자들은 그녀에게 아부하는 무리와 경원하는 무리로 나뉘고, 남자들은 경원하는 사람은 소수이고 아부하는 축이 더 많았다.

교수들도 약한 모습으로 살랑대는 아름다운 그녀에게 양심의 가책을 무릅쓰고 A학점을 주기도 했다. 혜온은 강의를 듣지 않는 과목도 높은 점수를 받았고, 과 수석을 차지할 때도 있었다. 울분에 찬 공신工神 남학생을 모임에 초대해 놓은 그녀가 살랑살랑 나부대고, 공신이 헤벌쭉 웃으면 만사는 끝났다. 예쁜 여자라면 악녀의 곁에라도 머물고 싶은 남자들이 많은 문리학과에서 혜온은 무서운 게 없었다. 혜온의 본능은 자신의 위상이 굳건해지는 쪽으로만 쏠렸다. 세상 인구의 절반은 남자이고, 세상을 주도하는 사람은 남자이며, 혜온은 세상이 온통 자신의 것이었다.

혜온은 입술을 활시위처럼 올리고 다다다 문자를 넣었다. 아이폰 액정 화면에 옴마, 피부 트러블 좀 어떠니? 내가 한의원에 가서 피부 연고 좀 조제해 달래 가지고 갈까? 라는 문자가 떠올랐다. 항생제 기피증에 걸린 혜온의 엄마는 양약보다 한의원에서 조제하는 연고나 고약을 애용하고는 했다. 준범이 혜온의 아이폰을 흘깃 쳐다보고 말했다.

"니네 엄마가 푹푹 쓰는 인심 받는 사람은 좋으겠다."

"아직 내 남친 정해지지 않았거든. 누구에게나 문은 열려 있는 거고, 너도 미리 후보 등록해두는 게 좋을 거야. 언제 마감될지 모르니까."

"얘가 아주 빡세게 나오네. 그런데 어쩌니? 난 목맨 송아지가 되고 싶진 않거든."

"목맨 송아지에겐 안정적 자유라는 것도 있겠지. 달콤 쌉싸름한 안정적 자유의 맛!"

혜온은 자신에게 어울리는 패션과 헤어스타일로 미모를 종결하고, 시의적절한 판단력과 카리스마로 위상을 구축했다. 혜온이 '목멘 송아지'라는 식으로 쏘아붙여도 목소리가 맑고 부드러워 아픔은 유발되지 않았다. 그녀는 맑은 목소리로 미묘하고 불완전한 언어를 자신에게 유리하게 이용할 줄 아는 영리한 여자이고, 백치 미인이라면 일회용으로 쓰고 버릴 궁리에 바쁜 사내들까지 추종자로 만드는 재주도 있었다.

"너나 후보자들하고 많이 즐겨 봐."

준범은 싱긋 웃었다. 준범과 혜온은 상대의 말장난을 그다지 허물하지 않는 사이였다. 농담을 진담처럼, 진담을 농담처럼 주고받는 패턴이 몸에 밴 두 사람은 서로 진의를 캐게 만들어 놓고 감정의 파고를 오르내리며 스릴을 만끽하는 사이로 혜온은 준범의 그런 면에 방점을 찍어 두었다. 두 사람은 웃으며 싸우고 싸우면서 웃는 말싸움의 적수로 웬만한 실수는 흘려버릴 만큼 세련된 관계를 유지하고 있었다.

혜온과 준범은 율전 주민이고, 율전에서 서울 성북동으로 이사한 새론은 서울 시민이었다. 율전은 자산 사오 천억 이상 일조 미만의 부유층이 모여 사는 공기 좋고 물 맑은 동네로 서울의 남쪽 무성산 숲속에 숨어 있는 마을이었다. 율전 사람들은 부모가 물려준 기업을 팔아도 세인의 눈총도 받지 않고, 현 재산 그대로 대대손손 부유하게 살 수 있는 부와 자유를 겸비한 재벌 바로 밑의 상류층인데, 자기들끼리는 '율전 시민'으로 통했다.

율전 사람들은 자녀에 대한 일반적인 교육뿐 아니라 인성교육에도 심혈을 기울였다. 자녀에게 신사의 매너와 양심을 기르게 하는 골프, 국제적인 센스를 갖추게 하는 댄스, 신체의 유연

성과 기사도 정신을 고취하는 승마를 가르쳤다. 이 외에 신체와 정신에 긍정적인 스포츠도 놓치지 않고 익히게 했다. 율전의 부모들은 자녀에게 유머가 부족하다 싶으면 개그계의 실력자를 초빙하여 거주를 함께하게 하는 배려도 아끼지 않았다. 그들의 인생 최대 목표는 자녀를 가업을 승계할 유능한 인재로 키우는 것이고, 자녀의 배우자는 지능과 외모를 겸비한 상류층을 맞는 것이었다.

준범은 유머와 카리스마를 타고났지만 특유의 능글능글한 성격을 발휘하면 시정잡배와 다르지 않았다. 그는 강한 아버지 밑에서 허공에 불쑥 내밀어진 근육질 팔을 연상케 하는 모습으로 성장했다. 사람의 성격은 외부와 교섭하는 모양새에 따라 결정되는데, 준범은 주먹을 펴서 외부와 대면하고 주먹으로 외부를 움켜쥐는 스타일이고 감정도 욕망도 강했다. 감정에 겨워 울고 싸우며 성질을 부리는 그는 율전 사람들의 스포츠 이외 암벽 등반에 가담하여 부모의 애간장을 태웠다. 아까부터 두 사람을 지켜보고 있던 새론이 입을 열었다.

"아마 혜온이 남친은 효도의 대가 톡톡히 누릴 거야. 혜온인 효녀 심청이거든."

전통이나 재래라는 말을 싫어하는 혜온은 미간을 찌푸렸다 풀면서 지금은 새론을 건드릴 때가 아니라고 한 발 뒤로 물러섰다.

최신이나 미래라는 말을 좋아하는 혜온에게 새론은 엇박자를 놓고는 했다. 준범이 건들건들 말했다.

"효녀라 효녀? 율전에 효녀 났다고? 거 율전에 인당수가 없어서 어쩌니? 효녀는 있는데 빠질 물이 없잖나 말이야?"

"무성 호수가 있잖니?"

새론은 질러 말하고 재빨리 덧붙였다.

"율전에는 효자 효녀 많지 않니? 율전 애들은 부모의 포스 거스르지 못할걸?"

새론은 세 사람을 둘러싸고 있는 시큼한 공기에 식초를 둘렀다. 공기는 눈이 감길 정도로 시큼해지고 떫어졌다.

"율전의 젊은이들이라고? 넌 아니니?"

새론의 얼굴이 벌게졌다. 길쭉한 눈에 그늘이 스치고, 동양형 콧등에 힘줄이 불거지고 눈은 어두워졌다.

새론의 내면은 여명처럼 빛과 어둠이 뒤섞이는 형상이어서 밝지도 어둡지도 두드러지지도 않았다. 여명에 찬 내면은 외부를 잘 받아들이지만 농도가 진해지면 상호교섭이 힘든 상태가 되어 한사코 타인을 거부했다. 고집 센 그녀의 자신감은 내면에서 뭉쳐지는 현재진행형이고, 대결 국면에 부딪히면 자의식에 빠져 대응 기회를 놓쳤다. 엄마가 외출하고 없는 동안 가정부의 꿀밤을 먹으며 자란 유년 시절 탓인지, 수줍음을 많이 탔다. 부모 앞에서 갑자기 의기양양해지거나 앙칼지게 변덕을 부리며 자란 탓이라고 그녀의 아버지는 말했다.

지난 시절, 아버지는 새론에게 돈 잘 쓰는 법을 일러주었다.

'사람은 돈을 쓸 때 예술가가 될 수 있단다. 상대의 성장과 독립을 부추기고 평화를 선사할 수 있다면 돈도 예술이 될 수 있겠지.' 그런 아버지는 지금 어느 구렁에 빠져 무슨 생각을 하는 것일까. 새론은 또박또박 말했다.

"난 서·울·시민이야."

혜온이 준범에게 물었다.

"율전 시민인 이준범 씨는 어떠실까?"

준범은 글쎄… 말을 흐렸다. 새론은 얘기의 방향을 혜온이 오빠의 혼사 문제로 되돌려놓았다.

"근데 아주머니가 인심 푹 썼다기보다 니콜을 만든 거 아냐? 신부 아버지 오너는 아닐 테고 전문 경영인쯤 될걸? 능력은 되는데 돈은 많지 않은… 그런 집 있잖아? 다 갖추고 돈이 좀 부족한…"

혜온은 새론을 빤히 쳐다보며 대꾸했다.

"오너는 망할 수도 있지만 능력은 영원한 거 아니니? 부와 능력은 트레이드 조건으로 짱이야."

혜온은 새론을 향해 상글상글 웃었다.

"율전에서 살려면 앞뒤 계산 하나는 빠삭해야 하니까."

새론은 준범을 쳐다보며 말했다. 침묵하는 준범을 두고 혜온이 말했다.

"계산 빠삭해야지…. 어리버리하게 굴다가 꽈당하면 끝장 아니야?"

58

혜온은 어리버리, 꽈당, 끝장이라는 말을 스타카토로 톡톡 끊어서 발음했다. 새론은 버릇처럼 옆구리에 손을 대고 혜온을 굳세게 응시하고 있었다.

아버지의 사업이 승승장구하여 부유해진 이후, 돈 아껴 쓰라는 잔소리를 들으며 살던 지난날을 까맣게 잊고, 타고난 부유층보다 더 부유층답게 살게 되자 혜온의 세상은 온통 향기롭고 충만해졌다. 교만하기로 유명한 동기들이 기가 죽는다는 표정으로 펑펑 돈을 질러대는 자신을 바라볼 때, 혜온은 한껏 마음이 부풀었다. 여럿이 먹고 웃고 떠드는 모임에서 번번이 돈을 지불하는 혜온을 두 눈 가득 선망을 담고 쭈뼛거리는 동기들을 보면 가슴이 벅차올랐다. 새론은 야릇한 목소리로 중얼거렸다.

"이 세상이 호락호락한 물건이 아니라는 걸 알았어. 빠삭한 사람은 빠삭 갈 수도 있다는 사실을…"

혜온은 〈호락호락〉〈빠삭한〉이라고 말하는 새론에게 말했다.

"그럴까? 넌 너무 부정적이야. 미래는 멋진 신세계가 될 거야. 앞으로 영생도 가능한 세상이 올 거라고 난 확신해."

새론이 정색했다.

"부자에게만? 바이러스가 뚫어 놓은 구멍을 남의 장기로 누덕누덕 기워서 얻는 영생이란 어떤 걸까?"

새론은 전에 없이 창백한 얼굴로 시선을 먼 허공중에 보냈다. 허공은 텅 비어 있었다.

"의학은 예고하고 있잖아? 자신의 줄기세포에서 장기를 얻는다고…"

새론의 얼굴은 더욱 하얗게 질렸다. 혜온은 다시 말했다.

"돈이 있어야 발전이든 진보든 가능한 건 어쩔 도리가 없어. 우리가 무급 연구원이 되어 신제품을 개발해낼 순 없잖니? 첨단 제품에는 로열티가 붙게 마련이고, 첨단 제품 개발자는 세상의 돈을 쓸어 담게 마련이야. 자본주의 발전 원리는 그런 거야."

준범이 끼어들었다.

"자본주의는 돈이 돈을 버는 거야. 로열티보다 그게 더 무서워!"

새론은 로열티는 인정해 줘야 하지만 전 세계 인구에게 로열티를 챙기는 데서 빈부의 차이가 극대화되는 것 아니냐고 반문했다. 신제품 개발은 개인 능력이지만 인간이 없다면 개인 능력에 이득이 따르지 않을 테고, 어느 정도 이상의 로열티는 사회의 몫이라고 말하고 덧붙여 말했다.

"돈이 신의 자리에 등극했어. 사람들은 돈의 숭배자로 전락했고…"

"아니야 난 돈을 부릴 거야. 아까 새론이 너, 사회라고 했니? 언제부터 그렇게 된 거지?"

"왜? 사회라는 말이 금기라도 되니?"

혜온은 침묵했다. 새론은 다시 개인과 사회가 물고기와 물의 관계라는 사실을 요즈음 절실히 깨닫게 되었다며, 돈을 들여서 얻는 영생이란 어떤 것이냐고 다시 물었다. 혜온은 자신의 줄기

세포에서 장기를 얻게 된다면 비용은 많지 않을 것이라고 대답했다. 새론은 로열티를 인정해야 한다면 결국 돈으로 생명을 연장하게 될 것이라고 말했다. 혜온이 말했다.

"그래서 돈이 좋은 거야."

새론은 부자는 영생하고, 가난뱅이는 죽는 세상을 유토피아라고 할 수 있겠느냐고 묻고, 생사 문제에 부딪히면 빈부차이 따위 새 발의 피도 아닌 사회문제가 될 테고, 거리에 살인자가 널려 있게 될 것이라고 말했다.

"세상이 지옥으로 변할거야."

"그러니까 돈을 벌어야지. 벌면 되잖아?"

누구나 돈을 벌 수 있는 건 아니라고 새론은 말했다.

"돈은 누구나 벌 수 있어. 돈은 돌고 도니까. 가난한 사람들은 우리 아버지처럼 궁구하고 또 궁구하지 않아서 가, 난, 한 거야."

새론은 재능은 누구나 타고나는 게 아니고, 사업 아이디어를 주고 초기에 돈을 투자해주는 조력자가 누구에게나 있는 것도 아니라고도 대답했다.

혜온은 미간에 잡힌 주름을 재빨리 풀었다. 새론의 아버지 회사 새롬일렉트론의 공장장으로 근무하던 혜온의 아버지는 아이디어맨으로 통했다. 새롬을 퇴직하기 직전 그는 TV 완성품 회사의 고민을 고민했다. 빛이 골고루 확산되는 디스플레이 필름 개발이 전자 완성품 회사의 오랜 숙원사업이라는 점을 간파한 그는 피나는 연구 끝에 디시플레이 필름을 개발해내었고, 누리

C&C를 창업하여 기업가 반열에 올라섰다. 그의 사업이 승승장
구할 무렵, 새론의 아버지 회사는 내리막길을 걸었다.

"능력만 있으면 협조자는 많아. 우리 회사 초창기에 투자자들
많았어."

"정말, 그랬을까?"

새론은 강한 의문을 표시했다. 새론의 아버지는 내가 경준에
게 사업 아이디어를 주고 투자도 했다고 말한 적이 있었다.

"그럼, 주위에서 몰랐을 뿐이야. 아구, 이런 얘기 골치 아프
다. 그만 우리 얘기나 하자."

혜온은 활짝 웃으며 대화의 방향을 돌렸지만 새론은 끈질기
게 물고 늘어졌다.

"기업 주위에는 반칙을 일삼는 사람들 많아. 느네 아버지가
누구보다 잘 알 거야."

새론은 전에 없이 느네 아버지, 라고 호칭했다. 혜온은 가슴
의 인대가 툭 끊어지는 충격을 몰래 추슬렀다.

"그것도 행운의 문제 아닐까?"

"너, 너무 자신만만한 거 아니야? 하긴 행운도, 불운도 있겠
지."

묵묵히 두 사람을 지켜보고 있던 준범이 끼어들었다.

"지금 느네들 뭐 하는 거니? 장난치는 거야? 뭐야?

새론은 너는 싸움과 장난도 구분하지 못하는 사람이냐고 쏘
아붙였고, 준범은 빙글빙글 웃었다. 준범이 알 리 없다. 새론의

아버지는 공장 제품 재고에 구멍이 났지만 흔적을 찾을 수 없다며 꼭 바이러스에게 먹힌 것 같다고 하고는 CCTV까지 무용지물로 만든 범인을 찾을 수 없으니 기가 막힌다고 했다. 혜온이 말했다.

"오늘 새론이 쟤 컨디션 빙점 아래로 내려갔나 봐!"

새론은 얼굴을 붉히며 되받아쳤다.

"그럼, 넌 비등점에서 끓는 거니?"

세 사람 사이의 공기가 살얼음이 낀 듯 어석버석해지자, 새론은 돌연 약속 운운하며 돌아섰다. 준범과 혜온은 잡지 않았다. 그들은 피차 어색한 짓은 하지 않았다. 준범은 멀어져가는 새론을 바라보며 중얼거렸다.

"쟤 아무래도 이상하지?"

"이상고온이라고 전 세계가 난린데, 쟤라고 별수 있겠니?"

"너도 이상해."

혜온은 머쓱한 표정을 지었다가 살랑살랑 웃었다. 준범은 가만 보면 혜온이 너 문리학과라고 계산 너무 빡세더라고 말했고, 혜온은 문리학은 계산과 일심동체라고 대답했다.

"네가 아버지 회사 물려받으려 한다는 거 나 벌써 감 잡고 있거든."

"오빠가 철학자로 살기를 원해서 그런 거야. 하긴 부유층이 기초 학문을 닦아야지 누가 하겠니? 모두들 먹고 살려고 의사 변호사 하는 마당에… 기초 학문은 율전 시민이 해야 하는 거야."

혜온의 눈은 반짝반짝 빛났다. 준범은 던힐 담배에 불을 붙여 물고 연기를 길게 내뿜었다. 허공에 쑥 뻗친 연기는 스르르 풀려 점점이 사라져갔다.

"달콤쌉싸름한 네 말에 느네 부모가 고스란히 당한 거겠지."

"눈치 9단은 아마 우리 회사에서 대환영일 걸."

"눈치 9단은 점쟁이가 제격이야. 나 길바닥에 돗자리 깔아도 되겠지?"

어느새 혜온의 친구들이 하나둘 모여들기 시작했다. 혜온은 과에서 인기 짱이었다. 준범은 슬그머니 뒤로 물러서서 담배 연기를 내뿜으며 학교 정문을 향해 돌아섰다. 아무도 보지 못했을 것이라고 생각하는데, 다급한 발소리가 들려왔다. 혜온이 숨가 쁘게 말했다.

"쟤들 내기하잔다. 내가 널 데리고 가면 즈네들이 점심 쏘고, 아니면 나한테 쏘라고 난리야. 너, 내 체면 뽀개지는 거 구경만 할 거야?"

준범은 돌아보고 말했다.

"나중에, 나중에 내가 쏘겠어. 그럼 되겠지?"

"지금 무슨 화급한 일이라도 있는 거니?"

대답도 없이 준범은 혜온의 친구들에게 달려가 내일 내가 한 턱 쏘겠다고 소리쳤다. 친구들이 짝짝짝 박수를 때렸다. 혜온은 미소 지으며 친구들에게 휩쓸리는 척했다. 기민해, 준범은 중얼 거렸다.

학교 정문을 벗어날 때까지 준범은 새론을 찾지 못했다. 서쪽 빌딩 너머로 기울어가는 오월의 태양이 도시의 지붕 위에 강렬한 햇빛을 쏟아붓고, 천지에 귤빛 햇살이 넘실거렸다.

새론은 정신없이 학교 정문을 향해 걸어갔다. 늘 함께 놀고 공부하며 살아온 혜온과 자신의 말씨름도 그 연장선이라고 생각하면 그만이지만, 예물이 오고갈 정도로 진행된 육촌 오빠의 결혼식을 몰랐다고 생각하니 쓸쓸했다. 혜온과 새론의 집은 정원의 꽃이 몇 송이인지 환히 알 정도로 친밀했다. 이북에서 내려와 친척이 귀한 집안사람들끼리 촌수를 뛰어넘는 혈육의 정을 나누며 살아온 셈이다. 육촌 오빠의 결혼식 참석 여부는 가난한 친척에게 맡기면 그뿐, 혜온의 집에서는 일단 알리는 게 도리였다. 새론의 집안 형편을 감안했다기보다 새론의 가족이 예식장에 나타나는 걸 원치 않는 모양이었다. 벌써 그렇게 되었나. 집안이 망한다는 건 이런 것인가, 우리 집은 정말 가난뱅이가 된 것일까, 두 뺨에 진액 같은 눈물이 주르르 흘렀다. 혜온과 준범이 보는 앞에서 울지 않은 게 천만다행이다. 새론의 집 가난지수는 얼어붙은 참새처럼 영하 7도에 폴짝 내려앉았다. 영하 7도라면 강추위에 일상생활이 불편해지는 생활지수 제로의 온도였다.

준범은 교문 밖 사설 주차장에 바쳐놓은 포르쉐 카이맨에 앉아 서서히 찻길로 진입했다. 질주할 채비로 바짝 긴장하는 카이맨의 성질을 고스란히 받아들이며 핸들을 돌렸다. 준범은 곧 새론을 발견했다. 청바지에 검정 티셔츠를 걸친 새론은 자꾸 손으로 눈을 닦았다. 눈에 티라도 들어간 것일까. 그러고 보니 새론은 맥이 빠져 터덜터덜 걸어가고 있었다. 왠지 초라한 모습이다. 혜온과 말다툼을 벌였다고 그러니? 카이맨이 그녀의 곁에 바짝 다가가 멈추자 행인들의 시선이 함빡 쏠렸다. 평범하면서 비범한 카이맨의 문을 내리고 준범은 야, 빨리 타! 소리를 질렀다. 새론은 걸어가겠다고 소리쳤다. 너, 올 줄 알았다, 그래야 이준범다운 거야, 낮게 중얼거리며 새론은 히죽 웃었다. 자동차들이 줄줄이 멈췄다. 준범은 빨리 타, 고함을 지르며 카이맨의 버튼을 눌렀다.

새론은 더 이상 지체하지 못했다. 새론을 태운 카이맨은 질주할 태세로 납죽 엎드렸다. 내 까레라는 어디로 가버린 것일까, 환상의 새처럼 날 실어 나르던 까레라는 냉정하게 사라져버린 것일까. 까레라 포르쉐가 사라진 후 새론은 비행기, 요트, 최고급 승용차를 타는 속도와 품위를 잃고, 지하철과 버스를 타는 노동과 인내심을 얻었을 뿐이다. 그러니까 새론은 율전에서 상상도 못 하던 신세계에 진입해 있었다. 악취 나는 신세계, 새론은 세상을 냄새로 이등분하는 버릇이 생겼다. 향기와 악취는 하늘과 땅 차이가 나는 기체였다.

차를 출발시키며 준범이 성북동까지 데려다주겠다고 말하자, 새론은 성남에 갈 일이 있다고 대답했다. 준범은 성남이라면 분당이냐고 물었다.

"오리지널 성남."

"네가? 그 동네에?"

준범은 생뚱맞다는 어투로 물었다.

"조사연구."

오리지널 성남은 새론에게도 준범에게도 낯선 동네, 자동차를 타고 휙휙 스치는 구질구질한 도시였다.

준범은 내비를 조정하며 동네 이름을 대라고 말했다. 새론이 성호동이라고 대답하자, 카이맨이 질주 본능을 발휘하기 시작했다. 내부 순환도로를 지나 외곽순환 도로를 거쳐 성남에 갈 모양이다. 새론은 카이맨의 속도와 승차감에 자신을 맡기고 지그시 눈을 감았다. 눈망울 가득 포르쉐 까레라가 떠올랐다.

포르쉐 까레라는 여성적이었다. 부드러운 어머니가 아니라 마음을 열지 않는 풋내기 여자애처럼 까다롭고 앙칼진 주인의 성정과 비슷했다. 하지만 까레라는 마음을 열기 무섭게 주인과 일심동체가 된 관능으로 드라이빙에 호응했다. 모든 차는 밟으면 달리고 세우면 멈추지만 까레라는 멈추고 주행하기 전에 새론을 포근히 감싸는 구조였다. 까레라를 타고 텅 빈 고속도로를 질주하면 빛을 타고 우주를 가로질러 가는 발광체처럼 온몸의 세포가 짜릿했다. 이제 까레라라는 환상의 새를 영영 탈 수 없는 것일까.

까레라와 새론의 이별은 벼락처럼 닥쳐왔다. 까레라가 빚쟁이를 태우고 사라지던 날 새론은 날개 부러진 새처럼 방바닥에 늘어져 누워 있었다. 그녀와 한몸처럼 살던 연주까지 떠나버린 집안은 적막강산이었다. 연주는 완전한 타인이라는 사실을 각인시키고 새론의 곁을 떠나갔다.

연주는 새론의 친구이고 가정교사이며 언니였다. 가난한 시골 농부의 딸인 연주는 새론의 집에서 숙식을 해결하고 새론의 아버지가 장학금 형식으로 지급하는 돈으로 휴학 직전의 대학에 계속 다니고 있었다. 새론의 아버지는 연주의 시골집에 농사자금을 대주며 농사가 잘되면 갚으라고도 했다. 연주는 조금만 더 있어 달라고 매달리는 새론에게 말했다.

"나 율전에 사는 동안 길들어 버렸어. 서울에 가서 살기 싫어. 이 동네에서 살고 싶은데 마침 자리가 났단 말이야. 이런 날 좀 봐줘, 응?"

연주는 빚쟁이들이 난동을 부리는 집안 분위기를 견디지 못했다. 가진 것이라고는 시간뿐이라는 연주는 공부할 시간이 없으면 얼굴색부터 싸늘하게 변하는 여자였다. 밤 9시 이후에는 핸드폰 소리에도, 벽을 두드려도 반응하지 않았다. 새론이 숨넘어가는 소리를 질러도 얼굴도 내비치지 않는 연주는 언젠가 꿈꾸듯 중얼거렸다.

"율전의 공기가 나쁜 것 같아. 여기 온 뒤 나 이상해진 거 있지? 죽어도 율전을 떠나기 싫어. 계속 율전에 살려면 실력을 기르고, 인물 좋아지고, 행운이 따라야 하는데… 우선 죽자 살자 공부하는 수밖에… 나를 이해하고 9시 이후에는 찾지 마, 응?"

아버지는 해외여행으로 한세월 하는 엄마 대신 연주를 붙여 주었다. 착하고 부지런하며 정서적인 연주는 언니처럼 곰살궂게 새론을 보살펴 주었다. 새론이 눈을 뜨면 침대를 정리하고, 창밖을 향해 멍하니 서 있으면 어깨에 손을 얹고 조잘조잘 뚱한 기분을 풀어주었다. 아래층에서 이층으로 올라올 때, 나무 계단에 떨어지는 연주의 경쾌한 발소리가 편백나무 숲에 울려 퍼지는 아침을 새론은 잊을 수가 없었다. 싱그러운 아침은 어느새 사라지고 의문에 찬 미래가 다가오고 있었다.

율전에 살 때 새론과 연주는 저녁의 통과의례처럼 함께 욕조에 들어가 몸을 씻었다. 새론이 연주의 베이글 풍 가슴을 보고 마릴린 먼로는 한국 남자들에게는 버거울 것이라고 놀리면, 연주는 새론의 봉긋한 가슴을 보고 엄마 젖을 좀 더 먹어야 하겠다고 약을 올렸다. 새론이 등을 밀어주는 척 연주의 가슴을 건드리면 연주는 마구 물을 끼얹었다. 여자애들의 웃음이 분수처럼 솟구치는 저녁은 카메라로 찰칵찰칵 찍히는 장면처럼 변화무쌍했다.

저녁에 집에 돌아가면 연주부터 찾게 된 새론은, 연주에게 고난을 겪은 여자 특유의 성숙미와 무게감을 느끼고 깊이 의지했다. 새론은 연주와 하루 일어난 얘기를 주고받으며 어머니의 부재를 까맣게 잊고 지냈다. 일생 중 동성애 기질이 최고조에 달하

는 소녀시절에는 엄마보다 여자 친구를 좋아하는 경향이 도저
하고, 소녀다운 끼를 두루 갖춘 연주는 철부지 새론의 편이 되어
자존심을 다독여주고는 했다.

"나, 무서워! 무서워!"

새론은 연주의 손목을 움켜쥐고 죽을 것 같은 표정을 지었다.
딱딱하게 굳은 얼굴로 건너편을 굳세게 응시하고 있던 연주가
돌아서자 새론의 손은 무너져 내렸다. 새론은 자신의 일부가 잘
리는 충격을 누르며 연주의 어깨를 움켜쥐고는 홱 돌려세워 놓
고 딱딱 을러대었다.

"연주 너와 난 텅 빈 그릇이었니?"

연주는 얼음처럼 침묵했다.

"너와 난 무슨 의미였니?"

연주는 겨우 말했다.

"이 세상에 의미 따위는 없어."

연주는 히죽 웃었다.

"그럼, 생존만 있는 거니?"

"죽을 수 없으니까."

"아니지? 끝없이 잘 살려는 욕망이 있잖아?"

"그런지 모르지. 모두 그렇게 사니까. 글구 누구에게 그릇이
되는 사람도 있어야 하잖아?"

연주는 쌀쌀맞은 어투로 말했다. 순간 새론은 연주의 동공에
돋아난 맹아萌芽를 발견했다. 겨울 추위에 청청하게 움터 자랄

싹이 그녀의 눈에 사금파리처럼 파랗게 돋아 있었다.

"그럼 넌 좋은 것만 쏙 빨아들이고 날 용도폐기하는 거니?"

새론은 낮은 소리로 진실을 드러냈다. 숭숭 털 뽑힌 날것의 진실이 드러나자, 연주와 새론은 동시에 흠칫 몸을 떨었다.

"내겐 다른 능력이 없어."

연주는 맥없이 중얼거렸다. 단지 넌, 넌… 새론은 더듬거렸다.

그때까지 새론은 상실다운 상실을 겪은 적이 없었다. 연거푸 상실을 당한 적은 더구나 없었다. 일상적인 상실은 인간이 오물에 불과하다는 경고처럼 매일 발생했다. 잘라낸 손톱, 빠진 머리카락, 코딱지나 귀지, 오줌과 똥, 붉은 피는 직전까지 인간의 몸이었다는 사실이 무색할 정도로 추악했다. 쓰레기로 추락한 몸의 일부는 기괴하기까지 했다. 그때까지 새론이 겪은 상실은 자연의 일종으로 아프거나 괴롭지 않았다.

요즈음 겪는 상실은 아프고 어리둥절했다. 연주를 상실한 새론은 말을 상실했다. 연주의 등 뒤에서 차고로 내려가는 문이 닫히는 것을 보고 새론은 거실 바닥에 주저앉아 엉엉 소리쳐 울었다. 서러움의 덩어리가 뭉클뭉클 솟구쳤다. 새론은 연주의 짐을 실어다 주겠다며 차고로 내려가는 가정부의 등짝을 손바닥으로 철썩 갈겨주었다. 연주는 공부하기 위해서라면 못 할 짓이 없는 사람이었다.

상실이라는 난폭자는 쉬지 않고 저벅저벅 다가왔다. 고가품을 찾아 방을 샅샅이 뒤지는 빚쟁이 곁에서 새론은 시체처럼 널

브러져 있었다. 그들은 새론의 다리를 밟고 지나며 폭언을 쏟았
다.

"이만큼 살았으면 된 거야, 그럼 영원히 잘살 줄 알았니? 세상
이 그러면 쓰나? 돌고 도는 게 돈인데, 돈 내놓으라고 해! 너 낳
은 사람들에게!"

그들은 부모라는 말이 아까운 모양이었다. 상실이라는 난폭
자는 새론의 날개를 꺾어놓고 친구를 빼앗고도 난폭한 거지처럼
계속 다가왔다.

준범의 카이맨에 앉아서 새론은 속으로 뇌었다. 까레라, 너는
어디 갔니? 연주 너는 언제 다시 올 거니? 내 날개 까레라. 내 친
구 연주, 연주, 새론은 목이 메어 더 이상 생각을 이어가지 못했
다.

준범과 새론은 하나 마나 한 얘기를 주고받으며 내부순환도
로에 진입했다. 하이브리드카인 카이맨은 무섭게 치달렸다. 카
이맨의 외관은 스포티하고, 내부는 고급스러웠다. 스포츠카다운
실용성에 성능은 업그레이드되어 핸들의 변속 버튼을 누르면 초
고속 준마처럼 가속 명령을 수행했다. 시스템을 장악하고 있는
첨단 장치는 눈길이나 빗길에서 차체가 미끄러지는 것을 방지했
다. 차체 높이는 속도와 노면에 따라 조절되고, 정지 명령을 내
리면 온몸의 털을 일으켜 세운 들고양이처럼 급격히 멈추었다.
카이맨의 드라이빙은 짜릿했다. 급커브에서 카이맨은 브레이크

없이 핸들만 돌려도 잽싸게 코너링했다. 절로 탄성이 터졌다.

"카이맨처럼 요염한 과속유발자는 없단 말이야. 멋져!"

맛보고 싶지 않아, 버리고 싶지 않아, 꿈이라면 깨고 싶지 않아, 새론은 손가락을 뚝뚝 꺾었다. 몸부림치면 시원할까. 죽으면 짜릿할까.

준범은 손가락을 뚝뚝 꺾는 새론을 보고 이사 간 뒤 너 이상해진 거 아느냐고 물었다. 새론은 이사도 변화라면 변화이고 얼마든지 이상해질 수 있다고 대답했다. 그리고 또박또박 질문했다.

"준범이 너, 내가 차 없이 다닌다면 계속 태워줄 용의 있니?"

"왜 갑자기 차를 두고 다녀?"

"만약 내가 차가 없어도 계속 태워다 줄 자신 있냐구?"

"그걸 말이라고 해? 차가 없긴 왜 없어?"

"대답 해!"

준범은 질문을 피해 말했다.

"전에는 그렇지 않았다는 전제를 깔고 하는 말인데 너, 성격에 초를 친 것 같다는 거 모르겠니? 혹시 성북동에서 매실식초 많이 파는 거 아니야? 나도 좀 마셔보자. 너처럼 새콤해지면 섹시할 텐데…"

새론은 쓸쓸한 어조로 말했다.

"끝끝내 대답 못 하네. 하긴 그런 약속 함부로 하는 게 아니지. 근데 식초와 섹시… 말만 들어도 온몸이 새큰새큰해진다. 근데 성북동에는 섹시가 길에 널려 있거든."

"온몸이 새큰새큰해지다니, 그게 여자애가 할 말이니?"

"여자애 몸은 새큰새큰해지면 안 되니? 나 섹시하다는 거 모르지 않잖아?"

"그만두자. 내가 손들고 말지! 근데 까레라는 어떻게 된 거니? 왜 타지 않는 거야?"

"미들턴 흉내를 내고 싶어서… 우리 집엔 시녀가 없으니까 자동차를 버리면 비슷해지지 않을까 싶은 거겠지."

새론은 빙글빙글 웃었다.

"갑자기 변하니까 감이 안 잡힌단 말이야."

"미들턴도 갑자기는 아닐 거야. 왕자와 사귀면서 졸졸 따라붙는 시녀를 떨구기로 작정했을 거야."

카이맨은 북한산 터널을 쾌속 질주했다. 새론은 돈이 주는 자유를 생각했다. 아직 자유를 상실했다는 실감은 들지 않았다. 터무니없다는 걸 알면서도 어떤 계기로든 곧 제자리를 찾을 것 같았다. 생각하면 설레고 허전하고, 자신이 어디쯤 와 있는지, 당황스럽고 불안했다. 또 인생의 쓴맛을 볼 만큼 봤으니 곧 원상회복될 것이라는 생각도 들었다. 희망이 희망으로 끝날 것 같아 안절부절못하는가 하면, 부자는 망해도 삼 년 간다는 말처럼 어딘가 숨어있던 재산이 뛰쳐나와 율전으로 돌아가라는 진군나팔을 불어댈 것 같았다. 카이맨은 장지 인터체인지를 거쳐 성남시로 진입했다.

새론은 성호동 사거리에서 내렸다. 준범은 차를 출발시키며 힐끗 백미러를 쳐다보았다. 내린 지점에서 새론은 길 잃은 사람처럼 멍하니 서 있었다. 어딘지 쓸쓸해 보이는 모습이었다. 준범은 머리를 갸웃거리며 엑셀을 밟았다.

준범의 카이맨은 자동차의 행렬 너머로 사라져갔다. 도로는 평등했다. 모닝도 까레라도 카이맨도 모두 받아서 주행을 허락했다. 길가에 서서 새론은 급전직하, 고공낙하라고 중얼거렸다. 사실 카이맨을 타고 쾌속 질주하여 성호동에 닿은 게 아니고, 고장 난 엘리베이터를 타고 수직 낙하하여 성호동에 닿은 것이다. 수직 낙하의 충격에 신장이 망가졌다는 걸 아는 사람은 동생 새로 뿐이었다.

새론은 건널목을 지나 재래시장으로 들어갔다. 당국이 마지못해 용인하는 골목 시장은 학교 담장에 기대 지은 무허가 가게와 골목 맞은편 일반주택에 들인 상점이 학교 후문까지 죽 이어진 노점이 섞인 시장이었다. 도시 기반시설이 없던 시절, 채소 따위를 팔던 노점상이 점차 시장 꼴을 갖추게 되자, 재래시장을 살려야 한다는 상인들의 요구와 값싼 상품을 찾는 소비자들의 희망을 무시할 수 없는 당국이 겨우 눈감아 주는 무허가 시장이다.

골목 양쪽에는 생필품 가게와 구멍가게 비슷한 음식점이 줄줄이 늘어서 있었다. 쥐새끼 한 마리가 채소가게 좌판 밑으로 튀어 들어갔다. 성호동으로 이사한 새론에게 쥐는 대적으로 등장했다. 새론은 짐승의 쉰 누린내 풍기는 쥐라면 천리만리 도망치고 싶었다. 쥐가 횡행하는 반지하 방도, 시장 골목도 진저리나게 싫었다. 시장의 시멘트 바닥은 푸르게 으깨어진 채소, 막걸리 엎질러진 자국에 얼룩져 지저분했다. 새론은 서울 부근에 이런 도시와 골목이 있다는 사실을 알고 처음엔 놀라고, 요즈음은 피하고만 싶었다. 이런 곳에서 음식물을 사다 먹고 살아야 하는 자신의 처지가 암담했다. 어쨌든 재래시장에서는 카드 결제도, 현금 영수증도 불가능하고, 연말에 환급받을 세금이 부과되지 않는 서민층이 드나드는 눈치였다.

재래시장에도 미끼 상점은 있었다. 고된 노동을 요구하는 구두와 옷 수선 가게, 반찬 가게, 전통에 기반을 둔 방앗간과 떡집이 소비자를 끌어모았다. 즉석 어묵 가게, 호떡집, 찐빵집, 손만둣가게, 막걸릿집, 중국산 옷과 신발가게, 구제 옷 상점은 나이 든 서민층을 끌어모을 뿐, 부자와 젊은 소비층을 끌어들이는 데는 힘이 달렸다. 상인들은 돈을 번다는 의미보다 남의 밑에서 일할 수 없다는 이유로 재래시장에 상점을 열었다. 요즈음 젊은이들은 식재료를 사다 밥을 지어 먹을 시간이 없고, 부모 세대처럼 애면글면 살려고 하지 않았다. 재래시장은 방앗간에 드나드는 노인들을 따라 쇠퇴일로를 걷다가 기진하게 될지도 모른다.

대형 마트는 편리하고 깨끗한 데다 통 큰 물건을 판다고 선전했다. 젊은 소비자들은 대형 마트로 몰려가 선전용 미끼 상품에 덤처럼 값비싼 상품을 구매했다. 대형 마트는 조직적으로 영업망을 뻗어가며 대량구매의 이점을 살려 물량 공세를 펼치고, 기업형 편의점은 도시의 골목골목으로 스며들어 소비자의 포켓머니를 훑었다.

골목시장이 나날이 찌부러지고 있다는 것을 아는지 모르는지, 상인들은 해가 뜨면 가게 문을 열고, 해가 지면 가게 문을 닫으며 끈질기게 버텼다. 가게 벽에 부착된 텔레비전에 나온 유명인사는 긍정과 희망을 강조하고 상품 아이디어와 장사의 끈기를 역설했다. 상인들은 머리를 주억거리고, 유명인사는 거액의 출연료를 챙겼다. 상인들은 반가공식품을 제조하기 위해 허리를 둥글게 말고 조개를 까거나 채소를 다듬었다. 반가공 상품은 그들의 아이디어이고 장사의 끈기인 셈이었다.

새론은 반찬가게에서 생선조림 한 팩을 사서 가방에 집어넣고 재래시장 골목을 벗어나 오염된 개천가 도로로 나가 건너편의 커피집으로 들어갔다.

커피집의 제일 구석진 자리에서 회색 양복차림의 신사가 힘껏 손을 흔들어 보였다. 새론은 그의 앞자리에 앉았다. 사내는 부드러운 어조로 건강은 어떠냐? 의사의 지시대로 하고 있느냐, 아버님도 건강하시냐고 물었다. 그는 새론의 가족들 안부가 궁금해 죽겠다는 듯 엇비슷한 질문을 계속했다. 그때마다 새론은 머리를 끄덕거렸다. 그리고 두 사람은 침묵했다. 신사가 먼저 입을 열었다.

"참 대단하세요. 현대판 효녀 심청이는 바로 아가씨 같은 분이지요. 아버지를 위해 그런 희생을 한다니, 요즈음 젊은이들의 귀감인데…"

그는 아가씨도 머지않아 심청이처럼 왕비의 행운을 누리게 될지 누가 아느냐고 말했다. 새론은 말이 없었다. 그는 아가씨 같은 분이 있기에 이 나라가 이만큼 돌아가는 것이라며 모쪼록 두 분 다 건강하셔야 합니다, 앞으로도 피를 나눈 집안끼리 형제처럼 지내게 될 겁니다. 애들에게도 유언할 테니까요, 앞으로 곤란한 일이 있으면 우리가 대대손손 해결해드릴 겁니다, 새론은 머리를 끄덕이고 멈칫멈칫 말했다.

"다 끝난 일이라서 진실을 알고 싶어 전화드린 겁니다. 신장을 상실하고 나니 자꾸 알고 싶어졌어요. 저에 대한 정보의 출처는 어딘가요? 제 체질과 아버님 체질이 맞는다는 것까지 아시고 연락하셨잖아요?"

신사는 움찔 놀라 눈을 커다랗게 치뜨고 새론을 쳐다보았다. 일이 심각하다는 눈치가 역력했다. 새론은 신장을 상실한 자의 용기가 독초의 맹아萌芽처럼 솟는 걸 느꼈다.

"제 정보를 아는 곳은 병원 원무과뿐이지요."

신사는 바위처럼 침묵했다. 시간은 묵묵히 흘러갔다. 새론은 입을 굳게 다물고 답변을 요구했다. 내내 말이 없던 신사가 얼굴을 쳐들고 새론을 응시하기 시작했다. 모종의 결심이 선 눈치였다. 그는 벌써부터 혜택을 받은 입장에서 혜택을 준 입장이 될 수도 있었지만 자제하고 있었다는 태도를 서서히 드러내기 시작했다. 새론이 꼬투리를 잡고 늘어지게 방치하지 않겠다고 결심한 것 같았다. 두 사람은 거액의 보상금을 준 자와 보상금이 없었다면 생활 절벽으로 굴러떨어질 수밖에 없었던 자의 입장이 엇갈리는 지점에 마주 앉아 있었다. 신사는 낮게 말했다.

"아가씨, 누구에게 누명은 씌우지 마십시오. 큰 죄를 짓는 겁니다."

신사는 낮고 부드러운 어조로 〈누명〉과 〈죄〉를 들먹였다. 그는 냉정하고 침착한 태도로 무서운 내용을 언급해 놓고 다시 침묵했다. 새론은 생각을 반추하고 있었다. 조금 후 신사는 어리보기 너, 여러모로 생각해보라는 듯 지그시 새론을 쏘아보기 시작했다. 벌써 새론은 주눅이 들고 완전히 기가 죽었다. 노회한 어른과 인생 초년병의 대립은 힘겨루기도 전에 끝났다.

"나도 인간이라서 아가씨에게 이런 말 죽어도 하기 싫어요. 하지만 어쩔 수가 없군요. 원무과를 의심하는 머리로 6인 병실 사람들은 왜 의심하지 않지요? 거대 조직을 물고 늘어지면 역효과가 날 수도 있어요. 아마 국물도 없을 겁니다. 그래서 거대해졌다는 거 모르겠어요? 만약, 만약에 그랬다면 그만한 대비가 없겠어요?"

그는 위협적인 목소리로 〈국물〉이라고 말했다. 새론은 대답하지 못했다. 세상은 결코 만만하지 않았다. 율전 마을 현상은 부유층 전체에 속속들이 퍼져 있었다.

신사는 그동안 퇴원한 환자와 가족들은 학생 아버지가 퇴원 못 하는 이유를 다 알고 있었다고 말했다. 병실에 드나든 사람이 한두 명이 아니다, 그 많은 환자의 친척과 지인들, 미화원, 간병인, 간호사와 의사도 의심할 수 있다. 의심은 끝이 없다, 국정원에 입원하지 않는 이상 정보는 어디로든 새게 되어 있다, 서로 잘 되자고 한 일인데 쓸데없는 의심은 해서 뭐 하느냐, 신사는 새론을 준열히 나무라고 다시 침묵했다. 새론은 몸과 마음이 풀자루처럼 늘어지는 무력감 속에서 말이 없었다.

기나긴 긴 침묵의 과정을 거친 신사는 이번엔 새론을 위무하기 시작했다. 마음이 허해서 이런다는 걸 알고 있지만 어쩔 수 없는 일이다, 우리 서로 체질이 맞는 사람을 만난 행운에 감사하자, 그렇지 않으면 아버지는 지금도 퇴원 못 했을 테고, 가족들이 누워 잘 방도 구하지 못했을 것 아니냐고 말했다.

"우리 아버지 생명을 구해 주신 은혜 돈으로 따질 수는 없지만 천만 원 더 얹어 드리는 걸로 하지요. 다른 의미는 전혀 없다는 걸 명심하세요. 다만 젊고 건강한 분을 만난 프리미엄을 드리자는 것뿐입니다. 신장을 둘 주신 하나님의 은혜에 감사할 일입니다."

새론은 얼굴을 붉히고 말없이 앉아 있었다. 신사는 해묵은 사양의 핸드폰을 꺼내 새론에게 건네며 학생의 부탁이라 거절할 수 없었다고 말했다.

"만약 경찰이 찾아오면 분실했다고 할 겁니다. 하지만 일을 그 지경으로 몰고 가진 마세요."

"그런 걱정은 하지 마세요."

새론은 그가 준 핑크빛 핸드폰을 자신의 포켓에 수습했다. 신사는 새론의 옆자리로 옮겨 앉더니 핸드폰으로 새론의 통장에 1,000만 원을 입금했다. 신사는 바쁜 일을 들먹이며 커피값을 지불하고 밖으로 사라졌다. 길가의 주차선 안에서 대기하고 있던 아우디의 문이 열리고 한 사내가 내렸다. 그는 신사에게 자동차문을 열어 주고 약간 허리를 굽혔다. 자동차 뒷좌석에 앉은 신사는 운전기사 옆 좌석에 오르는 비서에게 말했다.

"오늘 당장 이 대포폰 죽여라. 이제 다시는 쓸 일이 없으니까."

자동차가 출발했다. 커피집 창가로 자리를 옮겨 앉은 새론은 멀리 사라져가는 아우디를 바라보고 있었다.

새론은 핑크빛 핸드폰으로 준범에게 문자를 보냈다. 문자의 분량이 많아 보내고 또 보냈다.

부유층은 정당했다. 부유층 미인은 더욱 정당했다. 미인에게 유리한 것은 정의이고, 불리한 것은 불의이다. 부유층 미인은 언제나 정당했고, 시선이 닿는 범위까지 정의로웠다. 누군가 부유층에게 불의하다고 하면 돈을 주면 정의로워지고, 미인에게 불의하다고 하면 다정하게 웃어주면 정의로웠다.

남친들은 나비를 동경하고, 여친들은 나비를 추종했다. 자각은 없었다. 나비는 자신의 뜻대로 움직여주는 남친에게 희열을,

여친에게 자부심을 느꼈다. 나비의 내면은 점점 유리알처럼 단단해져 외부 사물을 되받아치며 빨갛게 빛났다. 모임에서 나비가 대화의 결론을 내리면 친구들은 대부분 인정하고 수용했다. 자신감 없는 친구들이 어물거릴 때, 나비는 결론 한방으로 지리멸렬한 좌중을 평정했다. 하지만 나비가 항상 옳은 판단을 내리는 건 불가능했다. 명쾌하거나 개성적인 결론은 아전인수나 편벽될 주장일 때가 많았다. 나비는 자기 앞에 던져진 빈칸을 재빨리 메우고, 높은 점수를 받는 것뿐이었다. 나비는 카리스마의 화신으로 변해갔지만 발치의 그림자는 점점 더 짙어졌다. 두 눈에 두른 자부심이라는 검은 안대가 실은 자기성찰을 가로막는 악성 보호대라는 것을 나비는 알지 못했다. 자기성찰 따위 상상도 못하는 나비.

나비는 독존의 영역에서 타인의 판단분석을 차단하며 자신감을 강화해갈 뿐, 친구들 중에는 나비의 내면을 파악할 만큼 명석한 사람이 없었다. 한국인은 대부분 관계의 문제점을 미봉해 두고 현상유지를 택하는 경향이 있었고, 혹여 나비의 결점을 아는 친구가 있다 해도 부자 미인에게 주눅이 들어 대응하지 못했다. 모두들 언제 어디서 덕을 볼지 모르는 부자의 적이 되는 건 손해이고, 친하게 지내는 게 유리하다는 얕은 냇물을 건넜다.

나비의 영지에 통쾌한 바람이 불고, 나비는 바람 따라 춤을 추었다. 한 손엔 부富를, 한 손에 미美를 들고 쌍 칼춤을 추었다. 사람들은 칼날이 휘두르는 광휘에 눈이 멀어 베어지는 줄도 모르게 베어지고 있었다.

  새론은 여기까지 거침없이 썼다. 이것은 시작이야. 상실은 내
안에서 화학비료로 변했어. 내 안의 맹아는 화학비료를 빨아먹
고 무럭무럭 성장할 거야. 맹아, 나의 맹아, 순간 새론은 자신의
손을 놓고 돌아서던 연주의 눈에 반짝이던 광채를 기억했다. 연
주의 눈동자에 돋아있던 것도 이렇게 파란 맹아였다. 새론은 으
으, 비명을 질렀다.
  〈연주, 나는 너다. 너는 나다!〉
  새론은 밖으로 나갔다. 흐르는지 고이는지, 애매모호한 검은
개천이 화강암 절벽 아래 걸쭉하게 널브러져 있었다. 새론은 화
강암 절벽 위에 서서 힘껏 핸드폰을 날렸다. 분홍 나비처럼 날아
간 핸드폰은 개천에 머리를 박고 가라앉았다. 개천은 잘 익은 흑
미 막걸리처럼 뽀글뽀글 괴어올랐다. 뽀글거리는 거품에 석양
빛이 비치어 색채의 파편을 퍼뜨렸다. 빛과 색의 난반사, 사방에
서 튀어 오른 빛의 파편들이 나비처럼 팔랑팔랑 날아올랐다. 하
양, 빨강, 노랑, 파랑, 보라, 검정, 연두, 초록, 주황, 파랑 나비들
이 살랑살랑 춤추며 떠올랐다. 몽롱한 꿈속에서 수천 수억의 나
비들이 잡힐 듯 말 듯 춤을 추었다.

두꺼비집

목욕을 마치고 침실로 들어갔다. 창문을 넘어온 솔바람이 알
콜성 도둑처럼 살갗의 습기를 싹둑 베어갔다. 소름을 돋우며 쾌
감이 지나갔다. 숲이 우거진 산자락을 그대로 끌어들인 정원의
소나무들이 억센 사내처럼 창문을 기웃거린다. 조경 전문가가
심어놓은 주목, 향나무, 대추나무, 후박나무의 짙푸른 이파리들
이 축축 늘어졌다. 늘어진 이파리 위에 한여름의 불볕이 내려 쌓
인다.

거울 속에서 웃고 있는 알몸의 여자는 사십 대라고는 전혀 여
겨지지 않았다. 나야, 넌 언제나 싱싱하구나. 분홍빛 속살에 윤
기가 흘러. 나는 그녀에게 미소 지어 보이며 드레스 룸의 선반에
서 팬티를 꺼냈다. 얇은 스판 원피스를 걸친다 해도 라인이 드러
나지 않는, 레이스로 급소만 가리게 되어 있는 기능성 팬티가 샤

론 스톤의 다리와 위험한 정사의 아슬아슬한 영상과 영상을 차례차례 떠올려 놓았다.

다리를 꼬고 앉은 살인 용의자 샤론 스톤의 미니스커트가 허벅지 위로 아찔아찔 올라가 있는데도 팬티의 레이스는 끝도 보이지 않았다. 그녀의 미끈한 허벅지가 수사관인 마이클 더글러스를 혼란에 빠뜨렸다는 부분을 마음에 두지는 않았다. 어느 쪽이냐 하면 나는 알몸에 스판 원피스를 걸치지는 않지만 샤론 스톤의 끼와 지모를 존경하는 편이다.

드레스 룸에 떨어져 있는 전산 용지에 계산기의 푸르스름한 숫자들이 얼비쳤다. 남편의 이름으로 이윤우라는 사람에게 오억 원이라는 돈을 부쳐준 영수증이었다. 나도 모르는 돈을 송금한 이윤우라는 사람은 도대체 누구일까. 중성적인 이름의 그는 여자일 수도 남자일 수도 있는데 무슨 일로 그 많은 돈을 부쳐준 것일까. 무슨 일이 나 몰래 진행되고 있는 것일까. 이 내막을 남편의 비위를 건드리지 않고 알아낼 방법이 떠오르지 않아 속이 상하고, 남편이 산처럼 나를 가로막아 선 것 같아 머리가 지끈거리기 시작했다.

잘 나가는 집들은 대부분 이태리 제 시스템 부엌 가구를 갖추기는 했지만 예술적 취향을 누리는 사람들은 별로 없었다. 식당의 아프리카 조각상을 지나며 나는 꿈의 새끼들아, 입속으로 중얼거리며 허리와 머리를 곧추 세우고 모델처럼 흔들흔들 걸어갔다. 걸음걸이에 젊음과 키가 커 보이는 비결이 숨어 있다고 강조하는 모던 댄스 강사가 봐도 머리를 끄덕일 일이었다. 빈집은 고요했다.

골프 연습장에서 남편이 돌아왔다. 가정부가 차려 놓은 식탁에 앉는 남편에게 말했다.

"있지, 오늘 나 회사에 못 나가. 회의는 간부들끼리 하면 될 테고… 별다른 안건은 없으니까."

남편은 신문사 투데이 리뷰의 사장이고, 나는 주간이다. 그는 내 두 번째 남편이다. 결혼 이 년 만에 전 남편과 헤어진 나는 현 남편이 경영하는 투데이 리뷰의 기자로 들어갔고 그와 결혼했다. 그는 초혼이었다. 내게 아이가 없어 다행이었다. 남편과 나는 아들 형제를 두었다. 경영학을 전공하는 큰아이는 미국으로, 작은 아이는 디자인을 배우기 위해 이태리로 유학을 갔다. 남편이 물었다.

"왜, 무슨 일 있어?"

"친구들이 오겠다니… 집에서 기다려야지."

"심심해서 나오는 회사 하루쯤… 이틀이면 어떻겠어? 이제 당신도 꽃밭이나 가꾸며 편히 쉬는 게 좋아. 그건 그렇고 어떤 친구들이 온다는 거지?"

"어떤 친구들은? 걔네들 있잖아? 그림 그리는…"

나로서도 그들을 화가라고 하기에는 좀 그랬다. 그들을 생각하면 먼저 개점 휴업 상태의 가게가 떠오른다. 잘 나가리라는 희망에 부풀어 가게를 열었지만 손님도 주문도 없어, 썰렁한 공간에 덜렁 혼자 앉아 있는 풍경은 상상도 하기 싫다. 그래도 그림 이라는 것은 그들과 나를 잇는 연결고리가 되어 준다는 점에서 효용가치가 있다고 할 수 있다.

그들과 나는 추미회란 동양 미술 대전에 입상한 추상화가 모 임에서 만났다. 화가들은 대부분 유복한 가정 출신이긴 하지만 불투명한 재능에 수십 년이라는 기간과 돈을 투자하고 이제는 지친 사람들이기도 하다. 글 쓸 방을 마련해 줄 남자가 있다면 첩살이도 마다하지 않겠다는 모 여류 소설가의 말이 그럴싸하게 회자되고 있는 것을 보면 그들의 피로지수가 어느 정도일지, 짐 작이 된다. 한 마디로 생활의 걱정 없이 그림에 빠져 일생을 보 내는 것이 그들의 소원인 것이다.

추미회 멤버들은 각자 출신 대학이 다르고, 인생의 얼개가 잡 힌 후에 만난 사람들이 대개 그렇듯 말을 놓기에는 걸림이 있는 사이로 재능은 모두 그만그만했다. 점점 프로의 모습을 띠긴 했 으나 프로적일 뿐 그 이상은 아니었다. 모두 미술가 협회의 회원 이 되었어도 화단을 떠나기에는 미련이 남고, 이름을 얻기엔 역 량이 부족했다. 아까는 걔네들이라고 했지만 면전에서는 씨, 로 통하는 친하다면 친하고, 서먹하다면 서먹하고 그런 사이이다, 그들과 나는…

그들은 더러 자비로 전시회를 열기는 했다. 그러나 200만 원 짜리 그림 몇 점이라도 팔아 갤러리 대관료라도 지불하면 성공 이라고 희희낙락하는 처지이면서도 다음 전시회를 계획하고 걱정하는 사람들이기도 하다. 돌아오는 건 배반뿐인데도 그들은 언제까지나 그림에 아양을 떨고 있다.

"날 만나고 싶다고 아우성을 치니…"

목소리에 저절로 힘이 들어갔다.

"그 사람들이라면… 오랫만이네."

나는 차갑게 말했다.

"내가 항상 바쁘니까."

내 귀에도 비틀린 어조였다. 남편은 귀에 단열재라도 댔다는 것인지 다시 물었다.

"그래, 그 친구들 많이 온대?"

"그으럼."

나는 단단히 질러두었다. 오늘따라 질문이 많은 남편이 짜증스러웠지만 이윤우라는 사람이 누구냐고 지나는 말로 슬쩍 흘려보았다.

"그런 사람 있어."

남편은 굳게 입을 다물었다. 저렇게 딱딱한 표정을 지을 때는 더 이상 물어서는 안 된다는 것은 경험하기 전에 톡톡히 대가를 치른 과거의 얼룩이다. 남편의 별명은 돈키호테이다. 『돈』 잘 벌고, 『키』 크고, 『호』남이라고 그렇게 부르는 모양인데 이윤우에 대해 더 이상 묻지 못하는 것은 그런 남자와 사는 일종의 벌이라는 생각이 든다.

남편을 배웅하고 가정부에게 오늘은 청소만 깨끗이 하고, 빨래는 내일 하는 게 좋겠다고 일렀다. 그녀는 넓죽한 얼굴 가득 의아하다는 표정을 지어 보였다. 나는 그녀에게 두 배의 행복을 선사하기 위해 말을 아꼈다. 감동도 저축을 하면 이자가 붙는 법이니까.

청소를 마친 아줌마에게 나는 아들의 감기는 다 나았느냐고 물었다. 기억해 줘서 고맙다는 그녀에게 질러 말했다.

"오늘은 집에 가서 아들을 돌봐줘요."

그녀는 벌어진 입을 다물지 못하고 좋아하다가 비로소 일당을 손해 보게 되었다는 생각을 했는지 울상을 지었다. 융통성을 발휘할 때였다.

"다음 일요일에 집에서 직원들 모임이 있어요"

가정부의 얼굴이 예의 그 공짜라면 가시라도 삼키겠다는 울상을 삼키고 묵묵해졌다. 시대에 뒤져도 분수가 있지, 지금이 어떤 시대라고 욕심만 채우려 드는지, 가엾다는 생각을 금할 수 없다. 지금은 일한 만큼만 대가를 받아야 하는 시대라고 아무리 일러도 들은 척도 하지 않는다. 부를 소유할 능력도 의지도 없으면서 가슴에 바람만 채우고 거리를 활보하는 허영 덩어리들을 보면서 나는 지나치게 좋은 시대라는 생각을 곱씹곤 한다. 가난할수록 자존심 하나로 버텨야 하는데, 세상이 너무 가볍게 붕 떠서 흐르다가 I·M·F를 맞고도 정신을 차리지 못한다.

가난하던 시절, 나는 자존심을 구기면서 남의 것을 공짜로 받은 적이 없고, 그래서 이만큼 살게 된 셈인데 그들은 빤한 이치를 손에 쥐여줘도 잡지 않는다. 왜 그렇게 돈에 약한지 알다가 모르겠다. 그저 돈 몇 푼에 죽고 산다는 식이다. 그렇지 않은 사람을 만난다면 나는 아낌없이 돈을 퍼줄 것이다.

"아니 사모님, 오늘 손님이 오신다고 그러지 않았어요? 점심은 어떡하시려구요?"

이제야 정신이 드는지, 아줌마는 물었다.

"걱정 말아요. 시켜 먹을 테니까."

"요리는 꽤 비쌀 텐데… 그렇게까지 제 사정을 봐주시니 감사해서 어쩐대요?"

더 이상 첨가할 말은 없었다. 공짜를 바라지 않는 그녀의 자존을 키워주는 것이 바로 노블레스 오블리주 아닌가. 그래야 차곡차곡 쌓인 신분의 계단이 온전히 유지될 테고, 세상이 탄탄해질 것이다. 그래도 이만큼 발전이라는 것을 한 그녀를 보면 누가 누구를 만난다는 것은 생의 나침반을 돌려놓는 계기가 된다는 것을 알 수 있다.

연신 황송해하면서 그녀는 집으로 돌아갔다. 한없이 안타까웠다. 저렇게 물렁하니 돈이 따르지 않는다. 아마 부동산 투기로 떼돈을 번 옆집 졸부를 만났다면 요리조리 이용만 당했을 것이다. 졸부 따위 떠올리질 말아야지, 또다시 말투에 품위를 잃었다. 동정심이 넘치다 보니 저급한 표현이 튀어나왔지만 어디까지나 품위는 유지해야 한다. 주의해야지. 사람 천해지는 건 한순간이니까.

조금 후 친구들이 정원을 가로질러 오고 있었다. 누군지 구분이 가지 않을 정도로 비슷비슷한 차림을 하고 준정이 뒤를 따라오는 그녀들을 보고 쎄콤의 직원들이 비웃을지 몰라 얼굴에 쥐가 기는 것 같았다. 현관에 들어선 그녀들은 여러 번 불렀는데도 오지 못해 미안하다며 정원의 나무들이 많이 자랐다고 중구난방 떠들어댄다. 나는 재빨리 가족사진 속에서 웃고 있는 남편의 사진을 가리고 서서 말했다.

"모두 바쁘니까."

사진 속의 남편이 웃는 건 중요하지 않았다. 내 가슴이 뛰고 있었다. 내 앞에 나타나라고는 꿈에도 생각지 않은 인물이 내 집 현관에 서서 어색하게 웃고 있는 게 아닌가.

나에게 숙희는 앙숙이다. 숙희에게 나는 앙숙이 아니다. 나는 어떤가 하면 어리숙하고, 맹한 사람을 싫어하는 편이다.

남편에게도 추미회 멤버였던 시절이 있었다. 그때 여성 멤버들은 대부분 남편을 해바라기하고 있었다. 채권, 증권, 부동산에 대한 재테크 정보와 재벌과 정치인과 배우들의 뒷얘기로 지면을 도배하는 투데이 리뷰이지만 어쨌든 그는 신문사 사장이었다. 매끄러운 매너에 고급차를 몰고 다니는 노총각 사장은 여성 멤버들의 선망의 대상이 되어 있었다.

나는 역으로 나갔다. 그의 시선이 자주 머무는 여자는 숙희였다. 실핏줄이 아른거릴 정도로 깨끗한 피부에 맹물 같은 표정을 짓고 있는 그녀는 올드미스였다. 이미 한 남성과 연애와 결혼을 거쳐 이혼까지, 인생의 곡절을 두루 겪은 나는 남자의 시선이 머무는 의미를 잘 알고 있었다. 그것을 힌트로 재키와 육영수를 샘플로 삼았다.

두 여자의 공통점은 대통령의 아내라는 것 이외 애잔하게 떨리는 기품 있는 목소리의 소유자라는 점이다. 유명해지기 전, 재키와 육 여사를 아는 사람들은 퍼스트레이디가 된 그녀들을 만나보고 너무 놀랐다고 한다. 태도, 맵시, 목소리까지, 전과 확연히 달라진 것은 아무것도 아니었다. 타고난 목소리까지 변화시킨 그녀들의 집념은 경탄을 자아내기에 충분했다. 마릴린 먼로에 대한 시새움에 속을 태우던 재키는 먼로 특유의 목소리를 흉내 냈고, 육 여사는 같은 시기에 퍼스트레이디가 된 재키를 표본으로 삼았는지 어쨌는지, 어쨌든 세 여인의 목소리는 비슷했다. 두 퍼스트레이디는 사람은 노력 여하에 따라 타고난 본바탕까지 바꿀 수 있다는 것을 실증해 보인 셈이다.

화장을 하지 않고 견디기 위해 피부 박피술을 받고, 속눈썹을 심고, 머리도 스트레이트로 차분히 내렸다. 눈썹은 본래 진했다. 나는 매너도, 옷차림도 정결한 인상으로 바꾸고, 꾸밈없는 태도를 체질화하여 숙희 뺨치는 숙희가 될 수 있었다. 아마 나는 배우가 되었어도 성공했을 것이다. 배우란 뼈를 깎는 고통을 감내해야 하는 직업이라는 사실을 뼈저리게 취득한 혹독한 나날을 견디고 그에게 한 발 가까이 다가갔다.

남편의 안중에 들어간 나는 투데이 리뷰의 미술 담당 기자로 들어갔다. 공간은 화학 반응을 일으킬 수 있는 최소한의 조건이다. 만약 인간의 정신력 운운하는 사람이 있다면 그는 공간을 공유하지 않으면 아무것도 발생하지 않는다는 것도 모르는 무지의 소치를 드러낸 것뿐이다. 전 남편과 헤어지는 과정에서 정신이 공간을 뛰어넘지 못한다는 것을 온몸으로 체득한 나였다.

계획은 착착 진행되었다. 유머와 장난기로 해묵은 피로를 씻어주는 시간을 보내며 나만 보면 벙글벙글 웃는 사내의 미소에 나는 어리광을 흩뿌렸다. 거의 성공 단계였지만 마침표를 찍기 전에는 마음이 놓이지 않았다.

결혼 경험을 동원했다. 자신을 투신할 일을 구축해 가는 남성에겐 섹스가 일부이지만 자기 일을 확고하게 가진 남성, 즉 당현종 같은 남자에겐 섹스가 전부일 때도 있다. 그를 그런 착각에 빠지도록 유도하고, 규방의 주도권을 휘두르도록 치밀하게 계산하고 행동했다. 적절한 자극을 주고, 나 자신 넋을 잃고 놀아주어 스스럼없이 치부를 드러내게 하고, 그의 자세에 맞는 에로틱한 농담을 뿌리면 폭소가 터지고 열락의 세계로 들어갈 수 있었다. 치부라면 숙희 같은 맹물은 천리만리 도망치겠지만 치부를 나누지 않으면 진정한 사랑이 불가능하다는 것은 진리이다. 그와 나는 서로에게 감탄하고 감응하는 희열과 환희의 천국에 들어가 있었다. 우리는 결혼했다.

숙희와 남편 사이에 무슨 일이 있었는지 나는 모른다. 알고 싶은 마음도 없다. 내가 남편과 가까워지는 만큼 숙희와 사이가

벌어진 걸 보면 분명 뭔가 있기는 있었던 것 같지만 글쎄… 알아
서 좋을 게 없는 일에 눈을 감는 것은 인생의 철칙이다.

월급쟁이에게 시집을 갔으면서도 숙희는 평범하게 살지 않았
고, 남편은 숙희의 과거를 사랑하는 몽상가에 불과했다. 숙희가
모 여류 화가의 중풍 든 남편 시중을 들어주고 화가 수업을 받았
다는 것은 공개된 비밀이고, 그의 고추를 아기 잠지 만지듯 했다
는 소문이 돌기도 했다.

숙희의 남편은 숙희의 재능을 꽃피우기 위해서라면 무슨 일
이든 하겠다며 2년에 한 번씩 전시회를 열어주었다. 처음에 그
들은 18평 아파트에 살았고, 몇 년 후에는 전세로, 전세나마 13
평짜리 아파트로, 지금은 까치집 같은 주택 이층에 세 들어 살
정도로 추락했다. 거기다 숙희는 안경을 써도 시력이 0.1이 못
된다고 한다. 원래 약시인 데다 시력을 과도하게 사용한 탓이다.
만약 안과 의사가 숙희에게 장님이 될 위험을 경고하며 그림을
그리지 말라고 했다면 숙희는 항의할 것이다.

"의사가 어떻게 내게 그림을 그리지 말라고 할 수 있지요?"

"그럼 눈이 멀어도 괜찮아요?"

아마 숙희는 그럼 죽으면 되지요, 했을지 모른다. 선배 남편
의 고추를 떡 주무르듯 했던 한 여자의 집념을 알 리 없는 의사
와 그녀는 이상한 의문문을 더 추가했을 것이다.

"죽으면 끝 아닌가요?"

"그래도 좋아요."

그녀는 요즈음 하루 한 시간 이상 그림을 그릴 수 없다고 한다. 누구도 차마 말은 하지 않지만 숙희도 이젠 '끝장'인 것이다. 재능과 노력과 운이 조화를 이루지 못하면 그림도 일가를 이룰 수 없는 일, 숙희는 시력 저하와 까치집 같은 이층 전셋집으로의 추락을 어떻게 견디는 것일까. 베토벤이 되기도 전에 귀머거리가 되었다면 베토벤이 베토벤일 수 있을까. 베토벤 얘기가 나왔으니 얘기를 그녀의 남편에게 돌려야겠다. 응결이라는 숙희의 그림에 반해 결혼한 사람이니 이미 정해진 수순을 밟아가고 있는지 모르지만 베토벤의 후원자도 베토벤이 귀머거리가 되었을 때는 베토벤을 떠났을 테고, 숙희의 남편도 그러지 말라는 법은 없다. 그래서인지 숙희는 피로해 보인다. 얼굴이 까칠하고 창백하다. 그러나 숙희는 지금이 추락의 계단인 줄 알면서도 돌아서지 못한다.

숙희의 응결이라는 그림을 보고 나는 맹물을 연상했다. 물방울과 물방울의 응결은커녕 으깨어져 흘러내리는 것만 같았다. 응결의 요소인 장력이나 끈기가 없어 흩어져 기화되는 물방울의 운명은 뻔하다. 입이 떡 벌어지는 거금을 주고 그녀의 그림을 매입한 그녀의 남편과 그녀는 그림도 결혼도 '글쎄'인 처지로 굴러 떨어지고 있다.

그런 숙희가 아득한 얼굴로, 솔직히 어리숙한 얼굴로 내 집 현관에 서 있다. 변변한 인사도 없이 그녀는 나와의 조우를 얼버무린다. 두꺼운 안경 너머 망설임과 계면쩍음, 그리고 어색함이 일렁인다. 해빙의 조짐인가, 숙희가 내게 마음을 연다면 다른 친구들도 마음의 빗장을 풀 것이다. 이것은 내가 은밀히 꿈꾸는 희망이다.

나는 숙희 없는 추미회 모임을 꿈꾸지만 현실은 늘 빡빡했다. 친구들의 마음은 금방 남북으로 되돌아가는 나침반처럼 숙희에게로 향한다. 네 맛도 내 맛도 아닌 숙희에게 묘한 자력이 있는 것 같지만 실체는 잡히지 않고, 혀끝이 떫기만 하다. 이 고리를 단방에 무산시킬 비방은 없을까. 내 앞에서 그들은 마냥 웃고 떠들어도 진심은 털어놓지 않는다. 숙희 앞에서는 정반대이다. 이 것은 불상사이고, 풀 수 없는 수수께끼이다. 학벌, 케리어, 부富, 인물, 남편, 심지어 재치와 유머, 그림 실력까지 나와 그녀는 비교가 되지 않는데 이 지경이니 할 말이 없다.

숙희는 교활할 뿐이다. 한마디로 맹물인 척한다. 그들은 모른다. 그들이 본능적으로 감지하고 있는 것은 맹물은 이용가치라는 면에선 어떤 액체보다 탁월하다는 점이다. 맹물은 어떤 액체와 혼합할 수 있고, 변할 수 있다. 혼합이니 변화라고 했지만 마음대로 주물러진다는 뜻을 시적으로 표현했을 뿐, 정체성이 모호한 것에 대한 수사에 불과하다. 숙희는 상대에게 환상적 우월감을 선사할 뿐, 인간다운 동등한 교류의 대상은 되지 못한다. 휴머니티가 결여된 관계가 붕괴되는 것은 필연이다. 시간이 문제일 뿐.

오늘 나는 그 기회를 만들 것이다. 제풀에 지친 숙희와 유치

한 승부를 벌이자는 건 아니다. 각박한 도시인인 친구들은 마음이 고픈 처지이고, 아쉬운 대로 맹물은 그들의 갈증을 풀어준다. 그러나 영양은 없다. 영양가 있는 주스를 주면 어떤 변화든 일어날 것이다. 아마도 그들의 환상은 『산산이 부서진 이름이여』가 될 것이다.

이미 붕괴는 시작되었다. 나는 아들이 등산길에 부상을 입은 연수를 위로해 주어야 한다는 명분으로 그들을 초대했고, 숙희는 멋도 모르고 내 잔치에 참석했다.

숙희가 현관에 들어섰을 때, 나는 버릇대로 흘깃 뒤돌아보았다. 우리 현관에서 사람들은 대부분 모두 놀라거나 감탄의 빛을 감추지 못했다.

전체가 상아색 대리석으로 된 거실 정면은 천정의 조명을 받아 은은히 빛난다. 뉴욕 휘트니 미술관에서 받은 인상을 현관 정면에 재현해 놓은 그 앞에서 사람들은 숨은 성격을 적나라하게 드러낸다. 몰개성적인 한국 사람들이 대게 그렇듯 지금 숙희는 놀라움을 숨기느라 안간힘을 다하고 있다. 감수성이 무딘 탓인지, 시기하는 것인지, 너무 기가 질린 탓인지, 아니면 시력이 아주 가버렸는지, 특유의 무표정을 유지하느라고 안간힘을 다하고 있다. 그 모든 것의 종합이겠지, 아마.

언제나 흑이면 흑, 백이면 백이라고 시원시원 터놓는 법이 없는 숙희의 마음에는 회색 그늘이 걸쳐져 있는 게 분명하다. 그 그늘을 좍좍 걷어내 버리면 속이 후련하련만, 웬일로 그녀는 차림새만은 파격적이다. 자기가 무슨 꽃띠라고 산나리꽃색 원피스를 입었다. 기품 있는 디자인과 원단을 선택해야 주황색의 야함과 오만함이 중화된다는 것도 모르고, 그녀는 동대문표 차림으로 거리를 활보할 만큼 용감무쌍하다. 무심코 스쳐보면 모르는 게 한 가지 더 있다. 원피스 솔기 부분이 울퉁불퉁하고 어깨가 넓어 보인다는 점이다. 아마 싼 값에 눈이 멀어 찬찬히 살피지 않았을 것이다. 이런 숙희와 어울리는 사람들 수준도 수준이라는 생각이 든다. 준정이, 인모, 연수, 그리고 숙희와 나, 다섯 명의 여자들이 거실 소파에 앉았다.

나는 간파하고 있다.

자신들의 오지에 금강석이 숨어 있는 줄 알았지만 탄소밖에 없다는 것을 깨달아 가고 있는 그들의 갈등을 나는 안다. 그들은 태어나자마자 늙어버린, 청·장년기가 생략된, 쓰디쓴 인생을 헛바닥으로 핥으며 세월만 죽이고, 투데이 리뷰의 주간인 나는 케리어를 쌓아가고 있다.

준정이와 인모는 전에 왔었으니 그렇다 치자. 생전 처음인 연수와 숙희가 덤덤한 것은 목석이 따로 없다는 생각이 들게 한다. 그들은 외국 원화와 조각도 눈에 띄지 않는 모양이다. 미를 미로 느끼지 못하는 그들이 그림을 그린다고 덤벙대다니, 어이없는 일이다. 보통 사람들도 감수성 넘치는 언어로 그림 구경 여기로 오면 되겠네, 집안을 꼭 미술관 같이 꾸미셨네, 감탄을 연발했었다. 서글프다. 그들은 친구 집에 놀러 와 값진 그림과 조각을 감상한다는 것이 일석이조라는 것도 모른다. 그런 두 사람이 방문객을 위해 미술품을 수집해 온 내 배려를 고맙게 여길 리 없다.

저 취미 좀 보라지. 숙희는 하필 프랑스 화가 보나르의 욕조 안의 누드라는 그림이 걸린 곳으로 다가간다. 풍만한 가슴과 까뭇까뭇한 음모까지 드러내며 욕조 안에 누워있는 여자를 그녀는 고개를 뒤로 젖히고 올려다보며 말한다.

"이걸 보려고 그랬나? 나 어제 꿈꿨거든."

인모, 연수, 준정이가 그녀에게 뚜웅한 시선을 보낸다.

"내 꿈은 맞아 돌아가거든. 어머니가 돌아가셨을 때도 윗니 세 개가 빠져서 비명을 질렀어."

모두의 얼굴에 답답하다는 표정이 떠올랐다.

"그래서?"

인모가 재촉했다.

"그런데 어젯밤 꿈에 있지. 어머니 친구분이 날 위로한다고 벌거벗고 춤을 추는 거야."

숙희는 꿈을 그려 보인다. 산동네의 경사진 길바닥이라고 한다. 빙 둘러서 있는 군중들 틈에서 웬 중년 여인이 불거져 나왔다. 숙희 어머니 친구라는 여인은 하와이 무용수처럼 알몸에 조각조각 너펄거리는 미니스커트만 걸치고 길바닥에 드러누워 춤을 추었다. 살찐 하체를 비틀어 다리를 다른 다리에 포개는가 하면 핑그르 뒹굴 때마다 넓적다리와 엉덩이가 허옇게 드러났다. 축구공만 한 젖통이 다른 쪽 젖통을 뒤덮기도 했으며, 여체의 비밀 삼각주가 살짝살짝 엿보이기도 했단다. 그녀는 꿈이니까, 무안한 미소로 얼버무린다.

"살찐 중년 여인의 나체춤, 요즈음은 꿈이라곤 꾼 적이 없는데…"

"그거 좋은 꿈은 아니야."

인모의 말에 숙희도 머리를 끄덕인다.

나는 알고 있다.

숙희는 지금 그림을 미끼로 나쁜 꿈을 팔았다. 아마도 내게 팔았을 것이다. 수줍은 미소로 엉큼한 속을 가리고 있지만 그따위 꿈을 사들일 내가 아니다. 그녀의 마음을 간파했으므로 꿈을 사지 않은 게 된다. 밍밍한 얼굴에 시원하다는 표정이 떠오른 걸 보면 숙희의 속내를 알 수 있다.

숙희는 분위기를 어긋내는 데는 천부적인 소질을 가지고 있다. 모처럼 친구 집에 놀러와 괴상한 꿈을 팔다니, 뭐라고 쏘아주고 싶지만 참았다. 그렇게 옹졸한 내가 아니다. 차를 마시자는 핑계로 우리는 식탁으로 자리를 옮겼다.

차를 마시면서 우리의 대화는 중년의 권태로 옮아간다. 권태, 그 얼음장 밑에는 그림이 뜻대로 풀리지 않아 죽을 지경이라는 한탄이 냇물처럼 흐른다.

우리는 무엇이든 하기 싫었다. 밥도 하기 싫었다. 김치도 담기 싫었다. 반찬도 하기 싫었다. 과일도 깎기 싫었다. 모두들 그림만 그리고 싶다는 말은 차마 하지 못한다. 그림에게 너무 미안하여 못한다. 어쨌든 그녀들은 주스를 마셔야 한다고 한다.

"우린 왜 매일매일 먹어야 하지?"

가족들에게 매일 음식을 만들어 먹여야 하는 그녀들은 그림에 몰두할 시간을 빼앗기는 게 아까운 부지런한 여자들이기도 하다.

"그게 바로 우리들의 감옥이고 비극이지."

그들의 감옥은 그림이다.

"우린 죄인이야. 밥을 먹지 않으면 안 되는 벌을 받은 죄인, 시베리아 유형보다 무서워!"

그녀들이 밥 먹는 것을 '벌'이라고 생각하는 것은 밥을 먹지 않으면 그림을 그릴 수 없기 때문이다.

"무섭고, 싫고 어떻게 좀 안 되나?"

그들은 그림이라는 감옥을 부수고 싶지 않은 마음을 그렇게 위장한다. 준정이가 물었다.

"사는 건?"

"더러워!"

절호의 기회였다.

"밤일은?"

와하하, 폭소가 터졌다.

"시이저! 싫어!"

웃는 줄만 알았던 연수가 모 탤런트의 치매 연기를 흉내내어 또다시 한바탕 웃었다. 그리고 한숨 돌리는 데 숙희가 나선다.

"난 뱀이 부러워!"

모두의 얼굴에 아슬아슬 하다는 표정이 떠올랐다. 그걸 아는지 모르는지, 숙희는 뱀은 인간보다 훨씬 고등동물이라는 생각이 든다고 말했다. 이건 갈수록 태산이다.

"뱀은 겨울 동안 밥도 먹지 않지. 새봄이 오면 새롭게 시작하지."

그러니까 그녀는 갱생을 부러워하고 있었다. 인모가 말했다.

"듣고 보니 그러네. 동면이 부러워, 밥일도 않고…"

우리는 또 웃었다. 인모가 말했다.

"뱀은 지혜로워. 매운 것과 대결하지 않지. 악착스럽지도 끈질기지도 않아. 겨울 내내…"

숙희가 무척 지쳤다는 것을 알 수 있다.

"겨울은 그만두고 한 달만… 아니 일주일만 동면을 해도 숨통이 트이겠다."

화제가 불온하게 돌고 있었다. 그런데도 숙희가 또다시 입을 열었다. 왠지 가슴이 덜컥 내려앉았다.

"동면은커녕, 인간은 밤을 낮 삼아 일하잖아? 눈에 불을 켜고… 난 무서워. 불 켜진 전등알에서 뻗어온 유리가시가 눈을 찌르는 것 같아. 일하라고, 일하라고, 그러는 것 같아. 그건 무서운 추궁이라고…"

시력에 대한 공포를 낱낱이 들어낸 그녀의 말이 나의 참여를 요구하고 있었다.

"밤을 낮 삼지 않고 무슨 일이 되겠어? 발전이구 뭐구 되는 게 없겠지. 그래서 빠르게 발전하는 거지."

내 목소리에 힘이 박혀 있었다.

"그렇게 빨라서 뭐 하게?"

숙희는 지쳐 늘어져 있다는 것을 역설하고, 자신의 실패를 노출시켰다. 속으로 회심의 미소를 짓고 있는 나를 친구들이 주시했다.

"그렇게 인생을 두 배 세 배로 사는 것 아니겠어?"

숙희가 꿈을 버리는 법을 역설했다면 나는 성취하는 법을 설파했다. 이게 바로 영양 주스라는 것이다. 숙희도 더 이상 맹물을 줄 수 없을 것이다. 그것을 아는지 모르는지, 숙희는 천연스레 말했다.

"두 배, 세 배, 좋ー겠지."

숙희도 여운을 남길 수밖에 없을 것이다. 우선 옹색한 처지는 벗어나야 하니까. 나는 말했다.

"뱀처럼 살면 그렇게밖에 더 되겠어?"

그렇게, 라고 했는데도 친구들의 얼굴이 굳어졌다. 숙희의 얼굴은 밍밍했다. 책임은 원인제공을 한 숙희의 몫이다. 나는 못 박고 싶었다.

"노력하고 경쟁하지 않으면 우린 아무것도 못 해. 이건 밀레니엄의 시대정신이기도 하고…"

실패자답게 모두 경쟁이라면 신물이 난다는 표정을 짓고 있

다. 인모가 기지개를 켜면서 나는 동면도 못 하는 하등동물이라
서 배가 고프다고 말하여 우리는 또 웃었다. 농담이 난기류를 풀
었다. 점심은 식당에 시키고 우리는 하면이나 하자는 내 말에 친
구들이 또 웃었다. 나는 도시락, 중국집, 한식이라고 메뉴를 나
열했다. 숙희가 나선다.

"도시락?"

그녀는 일본식 도시락을 상상하며 내가 원하는 대로 제일 화
려한 메뉴를 골랐다. 점심을 기다리는 동안에도 권태는 계속된
다. 그녀들은 그림이라는 감옥을 권태라는 말속에 숨기고, 나는
권태의 표면으로 나섰다.

"나 일요일에 말이야. 아침에 손끝 하나 까딱하기 싫은 거 있
지. 둘이 먹자구 밥을 하자니 죽을 맛인 거 그거 모를 거야. 그래
서 호텔에 가서 먹는다고… 빠리 호텔이니 발리 호텔이니 해도
뉴 유로 호텔이 최고더라. 모두들 한 번 가봐."

준정이 말했다.

"불루 해븐 가봤어?"

나는 거긴 별루라고 말했고, 준정이는 30대부터 다녀봤지만
거기가 최고라고 대답했다. 나는 뭐니 뭐니 해도 뉴 유로 호텔에
서 한강을 내려다보며 먹는 아침이 최고라고 말했다. 솔직한 것
도 탈이다. 다음 말은 하지 말았으면 좋았을 것이다.

"그 정도 마음의 여유는 지녀야지, 뭐."

숙희가 가로맡고 나설 줄은 몰랐다. 전에 없이 숙희는 또박또

박 말했다.

"그럼 우린…"

말을 중단하고 숙희는 인모와 연수를 둘러보았다. 그녀는 인모가 자기와 같은 서민이고, 연수는 서민 편에 서고 싶어 한다는 것을 잘 알고 있었다.

"그럼 우린 뭐, 마음의 여유가 없어서 호텔 외식이라는 것을 못 하는 거네. 이승만 씨가 지하에서 놀라 벌떡 일어나겠다. 지금 세상에도 집에서 밥해 먹는 바보가 있느냐고… 일류 호텔이 즐비한데 왜 집에서 밥을 해먹느냐고, 손에 쥐여줘도 못사는 한심한 동포들이라고…"

숨 돌릴 사이도 없이 그녀는 배부른 사람은 절대로 배고픈 사람을 이해하지 못한다고, 절·대·로·를 권태에 끼웠었고, 권태는 폭삭 꺼졌다. 그러고도 뭘 잘했다고 우울한 표정을 짓고 있다. 얄미워, 기껏 남의 말꼬리나 잡고 늘어지는 그녀, 그녀는 모른다. 잘 사는 사람, 성취한 사람은 공짜로 그렇게 된 게 아니라는 사실을. 성공하려면 남이 잘 때 일하고, 남이 무능할 때 유능해야 된다는 사실을 알지 못한다. 그런 면에서 숙희의 가난과 실패는 거의 운명적이다. 마침 점심 도시락이 배달되었다.

호들갑스럽게 화려한 도시락이다. 겉은 까맣고 속은 빨간 플라스틱 용기에 하얀 밥, 노란 부침이, 파란 나물, 갈색 우엉조림, 까만 콩자반이 담겨있다. 숙희가 탄력적인 건 알아 모셔야 한다. 탄력적으로 나를 돕는다. 혀끝에 고소한 맛이 돌게 하는 그녀의

서민성과 맹물성, 숙희는 좀 전의 〈절대로〉를 까맣게 잊고 탄성
한다.

"어머, 맛있겠다!"

소위 화가라는 주제에 화려한 이미지에 맥없이 무너지는 그
녀, 성격상 값을 묻고 싶겠지만 그런 맹물은 아닌 게 다행이라면
다행이다. 이번엔 간편하게 시켜 먹을 수 있는 점심이 화제가 된
다. 이렇게 준비하려면 뼛골 빠지게 애써야 하는데 그럴 필요가
있느냐는 것이다. 점심은 일단 성공이다. 좀 빳빳한 쌀밥을 모두
들 꼭꼭 씹어 잘도 먹는다. 가정부가 있었다면 혀를 낼름 빼물었
겠지, 그녀를 보낸 건 선견지명이다. 친구들에게 가정부의 아들
이 아파서 집에 보냈다고 했더니 처음엔 놀라고 나중엔 감탄했
다.

야금야금 숙희의 〈절대로〉를 파먹으면서 절대로 섣부르게 굴
지 않을 것이다. 식당에서 거실로 자리를 옮겼다. 농담에 빠져
웃고 떠드는 동안, 절대로는 산산이 부서질 테고, 나의 성취와
숙희의 실패가 확연히 드러날 것이다.

화제가 몇 구비 돌았을 때, 나는 대화의 채를 잡는다. 늘 그랬
다. 내 말은 햇볕이고, 소나기이고, 바람이었다. 그들은 내 재치
와 유모어를 먹고 환하게 피어나는 꽃밭이었다. 곧 그들은 내 언
어의 향기에 취해 정신이 몽롱해질 것이다.

덩치 큰 부동산이 팔리지 않아 순간적인 유동성 위기에 빠졌
다는 말은 하기 싫었다. 다만 남편이 부도를 내는 바람에 집을

날리고, 거리로 쫓겨 났던 일, 병원에 갈 돈이 없어 집에서 애를 낳은 일, 지하 셋방에 살던 일들이 얘기의 구비를 이룬다. 친구들은 때때로 웃었다. 웃으면서 언제 그런 일이 있었느냐고 물었고, 오래 전 한 이년 간 연락이 두절된 적이 있었을 것이라고 나는 말했다. 그런 일이 있었나 하듯이 그들은 머리를 끄덕였다. 머지않아 깨닫게 되겠지, 대화 중에, 혹은 집으로 돌아가는 길에, 잠자리에서, 내일, 아니면 모레, 그 순간을 맞게 될 것이다. 그들 각자의 감수성은 내 영역 밖이니까 언제라고 꼬집어 말할 수는 없다. 나는 이어간다.

"시집에서도 모두들 그래. 재성이 에미 때문에 이만큼 살게 되었다고… 신문사에서도 쉴 틈이 없는 거 있지. 오늘도 주간님은 꼭 나오셔야 한다고 직원들이 사정사정하는 거 있지? 사장님이 있지 않느냐고 했더니 침묵인데… 억지로 틈내느라고 혼났네."

지난 연말부터 사업을 확장하느라고 심신이 피로했다. 사람들은 남편이 두 주먹이라는 걸 모른다. 무슨 남자가 나만 바라보고 있으니 혼자 콩 튀듯 팥 튀듯 난리가 났었다. 수표는 막아야 하고, 돈 나올 데는 없고, 등을 불로 지지는 것 같았다.

"사는 거야 어떻게든 못 살겠어?"

또다시 내 말밥을 대주는 숙희.

"알아."

그녀는 다음 말을 기다린다.

"하지만 나만 보고 사는 직원들은 어떡해? 거기 딸린 가족들이 얼만데? 미칠 것 같았어."

지금은 모두 새삼스럽다는 표정을 짓고 있지만 곧 감탄으로 바뀔 것이다.

"내 어깨에 그들이 모두 실려 있는 거 그거… 당해보지 않은 사람은 몰라. 내 생각은 하나도 나지 않더라니까. 자나 깨나 그 사람들, 그 사람들 생각뿐인데… 꼭 미치는 줄 알았어. 속으로 빌었지, 뭐. 하느님, 이 사람들을 생각해 주세요. 생각해 주세요."

떨리는 내 목소리가 그들의 가슴과 가슴으로 파도쳐가고, 그들의 얼굴에 미세한 움직임이 일고 있었지만 숙희는 묵묵히 나를 지켜보고 있었다. 꼭 수챗구멍에 걸린 찌꺼기 같은 눈이다. 물을 쏟아부어야지, 그러면 찌꺼기는 모두 떠내려가겠지.

"나 투데이지 괜히 하는 거 아니야. 직원들 때문에 하는 거야. 그들이 어느 정도 안정이 되기 전엔 손을 떼고 싶어도 뗄 수가 없어. 나 없이도 굴러갈 수 있을 때까지는 손을 떼고 싶어도 뗄 수가 없어."

솔직한 편인 연수가 말한다.

"신영 씨도 많이 변했나 봐. 전엔 오만… 왜 그랬었잖아?"

겨우 명암이 공존하는 답변이 돌아왔지만 실망하지 않았다. 나는 명明을 살리기 위해 암暗을 인정한다.

"젊을 때는 그랬지."

친구들의 얼굴에 감탄이 떠오른다. 사람들은 자신에 대한 비평을 수용하는 사람에게 크게 감동하는 경향이 있다. 타인을 감동케 하려면 남 못 하는 일을 감행해야 한다.

"하지만 젊을 때 오만하지 않으면 언제 그러겠어."

친구들이 머리를 끄덕인다. 그들은 어느 순간 우리 집에 도착한 이후 지금까지의 순간을 통찰하게 될 것이다. 숙희가 제일 먼저일 것이다. '어머, 맛있겠다!' 했던 서민성과 맹물성이 내 노력과 능력을 알아볼 테고, 빈부차이, 성공과 실패가 생기는 이유를 깨닫게 될 것이다.

이제 국면을 전환할 때이다.

사업에 쪼들렸다는 침체국면을 방치할 수는 없었다. 상승과 발전만이 내 인생이니까. 전에 팔리지 않아 애를 먹었던 파주 땅이 무지개처럼 나타나고, 주변에 엘지 필립스가 들어오게 되었다고 가만히 말한다. 그 의미를 짐작하긴 하지만 천정부지로 값이 뛰었다는 것을 모르는 그들이므로 이 정도에서 만족해야 한다. 부동산 투기니 뭐니 폄하하기 전에 멈추어야 하는 것이다.

경제 문제는 해결했다.

이번엔 유학 간 아들 얘기를 화제로 이끌어내야 한다. 막내아이의 적응력은 본래 뛰어났다. 패션을 배우기 위해 유학을 갔으면서도 재성이는 한국에서 익혀간 칸초네를 현지인 뺨치게 불러 로마인의 인기를 독차지했다. 교민들은 재성이와 자기 아이가 친해지기를 원했다. 한국 음식에 대한 향수가 유학 생활의 골칫덩이였는데 그 문제도 매끄럽게 해결되었다. 패션을 배우러갔다가 도나 텔라 베르사체의 재봉사가 된 교민이 재성이의 밥과 반찬 문제를 해결해 주었다. 나는 말했다.

"얘, 김치도 좋지만 조심해라. 혹시 재봉사에게 딸이라도 있는지 누가 아느냐고 그러지 않았겠어?"

숙희가 눈을 동그랗게 뜨고 물었다.

"그래서?"

"그랬드니 뭐, 그러는 거야. 내가 재봉사 딸이나 만나려고 유학 간 줄 아느냐고 벌컥 화를 내는데… 오히려 내 얼굴이 벌게져서 혼났다니까. 요즘 애들이 그래. 안심 푹이지, 뭐."

아들의 처신을 일반화시키면서 나는 느긋하게 미소 지었다. 친구들은 말이 없는데 숙희의 얼굴에 곤혹이 떠올랐다. 부럽겠지, 모든 것이, 그녀에겐 유학 보낼 아이도 경제력도 없으니까. 재봉사는 의외로 경제력이 있었다. 그러나 재봉사와 우리 사이엔 레테의 강이 흐르고 있다. 깊고 넓은 강이다. 숙희가 또다시 나선다.

"그런데 왜 그깟 재봉사집 김치는 얻어먹고 그래?"

정신이 다 얼얼했다. 그러나 이미 엎질러진 물, 잊기로 했다. 내 마음을 아는지, 모르는지, 숙희가 다시 입을 연다. 하느님은 왜 누구에게나 입을 만들어 주었을까.

"사람은 누구나 유능하고 싶지만 그럴 수 없어. 문제의 뿌리는 거기에 있어."

내가 사람들이 유능하고 싶지 않다고 말한 적은 없다. 그런데

이 무슨 뚱딴지인가. 모두들 답답하다는 듯 숙희를 쳐다보았다. 나는 숙희의 말 몇 마디로 오후 내내 내가 한 말들이 없어지는 것은 아니라고 확신했다. 친구들의 뇌리에는 분명 직원들을 위해 살아가는 내 인상이 깊이 아로새겨져 있을 것이다.

벌써 밤 여덟 시였다.

남편이 돌아왔다. 그와 친구들이 멈칫멈칫 어색한 인사를 나눈다. 소파에 앉으려는 그에게 나는 양복 구긴다고 옷 갈아입고 나오라고 했지만 남편은 그대로 앉았다. 친구들의 갑작스러운 침묵이 내 말대로 하지 않은 남편을 강조해 보이는 것 같아 국면 전환이 필요했다.

"오늘 동창들 많이 나왔어?"

남편의 얼굴에 핏기가 돌기 시작했다.

"순수한 동창 모임인데도 그게 말대로 되나? 기자들이 따라붙어서 죽 쑤고 말았지."

나는 남편을 용서하기로 했다. 남편은 절대로 죽 쑨 기분이 아니었다.

"기자들이 태훈 씨를 24시간 밀착 취재한다고 하더니…"

머리를 끄덕이는 남편을 보고 친구들도 머리를 끄덕였다. 장태훈 씨는 제일 야당 총재이다.

"삼십 년 친군데 이제 와서 어쩌라고 자유롭게 만나지도 못하게 따라붙는지… 형배, 경철이, 찬일이 까지 만난다니까 벌써 냄새를 맡고…"

친구들의 표정에 어마어마하구나, 하는 표정이 떠올랐다. 이형배는 원강 재벌 회장이다. 한경철은 세계적인 첼리스트이고, 유찬일은 세칭 스카이 대학 총장이다. 재봉사 집과 우리 집 사이의 레테 강은 확실히 깊다. 과연 그녀들의 얼굴에 놀라움이 떠오르고, 희미하게 알고 있던 것을 확인하게 되었을 때의 당혹감이 떠오른다. 내 신호를 감지한 남편이 모든 게 확실히 그렇다는 듯 입을 다물었다. 친구들의 눈에 떠도는 호기심을 보니 웃음이 나왔다. 또다시 숙희는 내가 간여할 틈도 없이 인모에게 말한다.

"굉장한 분들이군요. 너랑 나랑은 기껏 해변에서 두꺼비집 짓던 기억뿐인데…"

고향 친구 사이인 인모와 숙희는 죽이 잘 맞는 편이다. 그렇다고 남의 남편 얘기 끝에 저희들 해변에서 놀던 얘기를 꺼내다니 예의를 모르는 짓이다. 인모가 말한다.

"우린 매일 두꺼비집을 지었지. 모래에 손을 파묻고 두껍아, 두껍아…"

숙희가 말한다.

"끝없는 바다, 수평선, 목선 한 척이 힘껏 노를 저어 넓은 바다를 헤쳐가고 있었어.

"그 바다를 보며 너는 걸핏하면…"

숙희의 눈이 반짝이는 것을 보며 나는 불빛이 반사하는 것이라고 생각했다. 남편이 둘 사이로 끼어들었다.

"그 배는 꼭 항해를 해야 했을까요?"

"배는 바다에 나가야 제구실을 할 수 있겠지요."

두 사람은 소위 말장난이라는 것을 하고 있었을까. 친구들도 조금 의아하다는 시선을 두 사람에게 주었다.

"어부들은 뱃전을 때리는 파도에 끌려서 바다에 나간다고 해서요. 배가 난파당했을 때는 덤벼라, 덤벼라, 하면서 수평선을 넘고 또 넘는대요. 수평선이 사라지지 않는 게 구원이죠."

"구원…"

남편은 구원이라는 말을 길게 끌면서 숙희의 눈동자를 들여다보았다. 시력이 가버린 눈에서 구원 비슷한 것이라도 찾을 수 있다면 다행이겠지. 두 마음이 앙큼해지는 걸 막을 수는 없었다. 다행히 인모가 두 사람의 말장난을 중단시켰다.

"바다보다는 해변이 좋아. 축축한 모래에 손을 묻고 다져서 살그머니 빼내면 두꺼비집이 생기게 마련이지."

또다시 남편이 끼어든다. 아무래도 저녁을 잘 못 먹은 모양이다.

"두꺼비집? 참 재미있죠."

숙희는 꿈꾸는 표정으로 남편을 바라보며 다시 말한다.

"굴을 크게 하려고 손가락으로 야금야금…"

남편이 숙희의 말을 받는다.

"모래를 갉아냈죠. 집은 점점 더 커지고…"

숙희는 반짝이는 눈으로 남편을 바라보았다. 그러니까 그들은 음모를 꾸미고 있었다. 숙희는 제 친구 중에 두꺼비라는 친구가 있다고 말했고, 남편은 두꺼비집을 잘 지어서 그런 별명이 붙은 거냐고 물었다. 두 사람의 장단은 척척 맞았다. 친구들까지 재미있다는 듯, 조금은 의아하다는 듯 두 사람을 지켜보고 있었다. 가슴이 뛰기 시작했다.

"그 애는 제집을 키우려고 모래벽을 얇게 얇게 깎았어요."

"그러다 번번이 집을 무너뜨렸겠군요."

숙희는 다시 말한다.

"잘도 아시는군요."

"나한테도 그런 친구가 있거든요."

친구? 남편은 실내의 불온한 공기에 무형의 형태를 부여한 것 같았다. 남편의 시선이 잠깐 숙희에게 머물고는 창밖 멀리 떠나갔다. 거기 밀려와 있는 어둠에 도시의 빌딩들이 검은 윤곽선을 그리고 있다. 숙희는 촉촉이 젖은 목소리로 뇌인다.

"바닷가에 황혼이 지고 어둠이 내리면 인모의 집도 내 집도 사라져 버렸어요. 어둠이 점점 더 진해지면 파도도 바다도 수평선도 사라졌지요. 모두, 모두가 사라졌어요."

떨리는 목소리로 말하는 숙희를 남편은 처연한 시선으로 바라보고 있었다.

"그 친구분 위로해 주세요. 가엾은…"

점점 잦아드는 소리로 읊조리는 숙희의 눈에 방울방울 눈물이 맺혔다. 나는 보았다. 그녀의 눈물방울에는 어두운 창밖에 시선을 주고 있는 남편과 친구들의 얼굴, 분해서 떨고 있는 내 얼굴이 비쳐져 있었다. 비치는 것, 갑자기 푸른 글씨가 얼비치는 종이와 이윤우라는 이름이 떠오르더니 결혼식장에서 숙희의 옆에 서 있던 남자의 이름에 겹쳐졌다. 숨이 딸깍 멎는 것 같았다. 그래서 숙희가 오늘 내내 기가 펄펄 살아있었단 말인가.

친구들이 오늘 많이도 놀았네, 시답잖은 말을 흘리며 소파에서 일어섰다. 따라 일어서는 인모와 숙희, 그리고 남편을 바라보며 두꺼비집, 두꺼비집이라고 중얼거렸다. 숙희처럼 아득한 표정으로 숙희를 바라보는 나는 발밑이 와르르 무너지는 현기증에 휩쓸렸다.

심연深淵

그는 늘 나에게 바보라고도, 까막눈이라고도 했다. 그렇지 않으면 자기를 사랑할 수 없다고 했다. 언젠가 눈을 뜨면 깊이 후회할 것이라고 했다. 그렇게 후회하기 전 그가 저세상으로 갔다고 말해준 사람이 있으니, 나는 바보도 까막눈도 아니었다. 나는 그의 산소가 있다는 장소를 찾아가고 있었다.

상봉동 동회 앞에서 버스를 내렸다. 도시의 배경인 용마산이 밋밋하게 엎드려 있었다. 한눈에 나는 알아보았다. 그 산 중턱에 동양화의 노송 같은 검푸른 소나무가 모여 서 있는 작은 봉우리, 그 근처에 아직 흙살이 붉은 그의 산소가 있다고 한다.

검은 매연 분분한 버스 정거장에 서서 두려웠다. 그의 산소에서 만약 그의 부인을 만나면 어쩌나 싶었다. 아마도 그녀는 기절할 것이다. 어쩌면 내 머리채를 휘어잡을지도 모른다. 하지만 그

시간 그 장소에서 그렇게 공교로운 일은 일어나지 않을 것이다. 그것은 억만분의 일의 확률에 불과했다. 억만을 생각하며 나는 허공을 꽉 채운 안개 알갱이를 연상했다. 그 안개 입자 하나하나가 억만이라는 숫자를 대변할 수 있을까. 어쨌든 억만이라는 안개가 나를 꽁꽁 숨겨 줄 것 같았다. 그러나 불안했다. 그와 나의 일처럼 세상만사는 예고도 없이 상상을 뛰어넘어 발생하곤 했으니까, 푹 퍼져 있으면 당하게 마련이었다. 내가 직장 상사의 남편을 사랑하게 되리라고 상상한 사람은 아마 없을 것이다.

사차선 도로는 곧 산기슭에 닿았다. 산기슭에는 배나무 과수원이 펼쳐져 있었다. 마침 과수원의 비닐하우스에서 문을 열고 나타난 중년 여인과 시선이 마주쳤다. 그녀는 곧장 올라가면 소나무가 모여 서 있는 봉우리에 갈 수 있다고 말했다.

나는 숨을 헐떡이며 산비탈을 오르기 시작했다. 그에게 가는 길은 언제나 험난했다. 언제나 숨이 차고 가슴이 뛰고, 그가 이 세상에 없는 지금도 마찬가지였다. 우리는 언제나 세상의 눈을 피해야 했고, 가위에 눌리는 느낌으로 만났다. 그게 싫어서 도망친 적도 있다. 우여곡절 끝에 나를 찾아낸 그가 말했다. 네가 이명이 되어 온종일 귀에 울리니 어쩌면 좋으냐고, 때때로 아련한 이명에 잠이 깨어 밤을 새운다는 그에게 말했다.

"그래요? 저는 어떤지 아세요?"

당신은 내 눈이에요. 내 마음속에서 언제나 나를 지켜보고 있지요. 나쁜 마음을 먹다가도 나는 그만 얼굴을 붉히지요. 당신이 싫어한다는 것을 알기에 나쁜 마음을 먹으면 안 된다고 생각하는 겁니다. 당신의 사랑을 받으려면 우선 세상을 사랑해야 한다고 생각하는 거지요. 나는 당신의 시선 속에서 살고 있어요. 당신은 내 안의 눈인 거예요.

이런 우리에겐 필연적인 거리가 있었다. 나는 그의 가족을 사랑하지 않는 그를 사랑할 수 없었다. 자신의 가족을 사랑하는 인격을 사랑하면서 사랑을 주고받겠다는 게 무엇인지 알 수 없었다. 어쨌든 우리는 늘 목이 말랐다. 그는 말했다.

"안 되는 걸 억지로 되게 하려니까 힘든 거야."

언젠가 퇴근 버스에서 내린 나는 건너편 공터에 망연히 앉아 있는 그를 발견하고 멈추어 섰다. 그는 저물어 가는 저녁 빛을 등지고 건축자재 더미에 앉아서 건너편 버스 정거장을 하염없이 바라보고 있었다. 기약 없는 기다림인 그, 나는 기약 없는 기다림이 되어 있었다. 어쨌든 나는 그가 만들어낸 기적 같은 조우에 몸을 떨었다.

나는 건널목의 신호등 아래 섰다. 신호등이 파랗게 바뀌었다는 사실도 모른 채 멍하니 서 있던 나는 사람들이 움직이는 기미에 비로소 건널목에 한 발 내려서려 했다. 순간, 그가 나를 발견했다. 시선과 시선이 만났다. 그러자 모든 것이 변했다. 세상이 빛무리와 장미향기로 가득 찼다. 나는 빛무리와 꽃향기에 감싸인 채 걸어갔다. 걸어간 게 아니라 둥둥 흘러갔다는 말이 맞을 것이다. 어떻게 길을 건넜는지, 내 앞에 내밀어진 그의 손에 내 손을 얹었다.

해 저문 거리에 어둠이 내리고 있었다. 도시의 불빛에 붉게
얼룩진 개천을 따라 우리는 천천히 걸었다. 그가 내 어깨를 감싸
안았다. 나는 재빨리 주위를 둘러보았다. 거리에 행인은 없지만
날은 아직 훤하게 밝았다. 그는 내 어깨를 마구 흔들어대며 중얼
거렸다.

"주위가 문제될 건 없어. 네가 문제일 뿐이지. 넌 내가 보고
싶지 않은 건가? 그런가? 그런데 내가 이렇게 쫓아다니는 건가?
그런가?"

그는 내 팔을 허공에 뻗게 하고, 자신의 팔을 내 팔과 나란히
했다.

"이 새까만 팔을 보라구. 우리는 흑인과 백인이야. 판이하게
다르지. 조건이 아주 나빠. 네가 날 싫어한다면 그건 중대한 일
이야. 네가 싫어하는 데도 내가 이 팔을 휘두르며 찾아다니는 건
가? 그런가?"

나는 말 없이 걸어갔다. 높은 건물을 벗어나자, 시야가 환히
트였다. 어둠에 잠긴 낮은 산을 가리키며 나는 말했다.

"여기로 이사 왔을 때 제일 먼저 저 산이 눈에 띄었어요. 왠지
아세요?"

"…"

"저 산에 오르면 당신이 사는 동네가 보이기 때문이지요."

그는 내 손을 꼭 움켜쥐고, 산을 향해 내닫기 시작했다. 그는

나를 들어 올려 시늉뿐인 과수원 울타리 안에 세웠다. 우리는 풀벌레 울음소리 자욱한 산비탈을 올라갔다. 소나무 숲을 지나니 잔디밭이었다. 도시는 아득히 멀었다. 우리는 어둠 속에 함몰되었다. 거기에 세상도 없었고, 그도 나도 없었으며 우리만 있었다.

그가 정말 사망한 것인지, 확인하러 가는 내게도 한 가닥 희망이 있었다. 이상한 것은 그의 가족에게 속고 있을지 모른다는 것이 나의 희망이 되어 있다는 것이다. 나는 열심히 뇌었다. 그는 죽지 않았다. 가짜로 죽었을 뿐이다. 그의 가족들은 가장의 숨은 여자를 완전히 떼어놓기 위해 내게 그가 사망했다고 알렸을 뿐, 그는 죽지 않았다, 줄기차게 나는 생각했다. 물론 그는 중태이고 시간이 지나면 완쾌될 것이라는 의사의 진단이 내려졌다. 그들은 동시에 꿩도 매도 잡을 수 있는 돌팔매를 던진 것뿐이었다. 죽었다는 소문이 돌면 오래 산다는 속설을 현실화시키고, 나를 격퇴시킬 수 있는 돌팔매를 던진 것이다. 나는 그 덫에 걸린 것뿐이다. 이것이 내 희망 시나리오였다. 그러니까 그는 살아 있을 수도 있었다.

난관은 있지만 적어도 나는 언젠가 그를 다시 만날 수 있다고 생각했다. 이 산에서 그의 산소만 발견되지 않는다면, 그렇다면, 갑자기 다리에 힘이 솟고, 보폭이 넓어졌다.

나는 소나무 사이로 난 비탈길을 허위허위 올라갔다. 산비탈 황톳길은 자갈투성이였다 하늘은 짙푸르렀다. 하늘 높이 떠있는 태양을 향해 나는 중얼거렸다. 하늘은 왜 저토록 푸르지? 그리고 태양은 왜 저렇게 빛나지, 저 하늘 깊이깊이 날아가면 어떤 세상에 닿을 수 있을까, 말이 채 끝나기도 전에 나의 중얼거림을 예사롭게 받아넘긴 여인이 있었다.

"날아갈 수 있다면 좋겠어요, 걸어서라도 가야지 어떡하겠어요?"

나무 머리핀으로 상큼하게 머리를 올린 하늘색 바바리코트 차림의 여자가 소나무에 기대어 앉아 미소 짓고 있었다. 삼십 대 후반쯤 될까 말까. 나는 그다지 놀라지 않았다. 믿지 않으면서도 그가 사망했다는 소식을 들은 후, 가슴이 까슬까슬하게 말라버렸는지 어떤 감정도 일지 않았다.

"힘드시죠? 비탈길이… 함께 쉬었다 가세요?"

나는 어설픈 미소를 지으며 그 여자의 푸른 바바리코트를 망연히 바라보았다. 나는 푸른색이 묘지의 색이 된 내력을 알지 못했다. 어머니는 옥색 한복을 곱게 차려입고, 제사 음식을 장만하며 여자도 제사 옷을 입는 건 반가의 법도라고 했다. 그 여자는 그러니까 예절을 아는 여자였다.

"형제나 누구하고 같이 오시지 않고…"

또다시 예사롭게 말하는 여자의 목소리에는 이 길의 쓸쓸함이 진하게 배어 있었다. 나는 미소로 응대했지만 빨리 혼자가 되고 싶은 마음 간절했다.

"나도 그만 일어서야지. 우리 함께 가요? 괜찮죠?"

우리라고 하는 여자의 목소리는 부드러웠으나, 나는 그녀의 우리 안으로 들어갈 수가 없었다. 그녀와 나는 인종이 달랐다. 그 여자는 울타리 안에 있지만 나는 울타리 밖으로 뛰쳐나온 여자였다. 아무것도 모르는 여자는 말없이 내 뒤를 따라왔다. 나는 괜찮다는 대답으로 '우리' 안으로 들어가지 않았다.

　"항상 힘들어."

　또다시 여인은 혼잣말로 중얼거렸다. 나는 내 생각에 잠겨 있었다. 하늘과 나 사이는 삐그덕거렸다. 이 세상과 다른 곳에 있는 그가 그렇게 조종하는 것 같았다.

　"길을 잘못 들었나? 여기가 아닌 것 같은데…"

　여인이 혼잣말로 미소 지어 보였다. 그리고 북쪽 산비탈을 엇비슷 가로질러 가기 시작했다. 소나무 새새로 할랑거리던 푸른 코트가 완전히 사라지자, 나는 비로소 해방된 것 같았다. 산비탈을 쓸어가는 바람 소리가 들려왔다.

　드디어 해묵은 소나무 밑에 다다랐다. 바른쪽 골짜기로 내려가면 그의 산소인지 아닌지 확인할 수 있을 것이다. 정신없이 그쪽으로 내닫던 나는 그만 풀썩 주저앉았다. 겁이 나서 더 이상 아래로 내려갈 수가 없었다. 만약에 그의 죽음이 나를 기다리고 있다면…

　바람이 불고 있었다. 마른 나뭇가지들이 바람에 휩쓸리고 또 휩쓸렸다. 저승에서 이승으로 불어오는 바람처럼 줄지어 불어왔다. 누렇게 마른 풀들이 몸을 뒤채고 또 뒤채어 바람의 명줄을 이어 주었다. 햇빛이 줄기차게 쏟아져 내렸다. 나는 눈을 감았다. 눈을 뜨면 온통 금빛이었다. 햇빛은 광기를 품고 있었고, 갑자기 시야가 번쩍거렸다. 문득 아카시아 향기가 날아왔다. 눈 앞이 어지러웠다. 눈부신 아카시아 향기에 숨이 막힐 것 같았다. 멀리 보라색 산난초가 웃고 있었다. 새소리가 아득히 들려왔다.

　나는 갑자기 금빛에 감싸였고, 온몸이 달처럼 노랗게 물들었다. 나는 허공으로 붕붕 떠올랐다. 어깨와 팔이 저릿저릿했다. 그의 더운 숨결이 귓불에서 넘실거리고, 그의 가슴의 동계가 내 등을 쿵쿵 울렸다. 그가 나를 뒤에서 껴안았다. 몸이 뜨겁게 달아올랐다. 금빛 물이 몸을 관류하고, 내 몸의 모든 혈맥이 금나무처럼 일어섰다. 그리고 가닥 가닥의 핏줄에서, 살갗에서, 황홀감이 봉우리를 터뜨리고 또 터뜨렸다. 안과 밖의 경계는 허물어지고, 나도 세상도 온통 금빛이었다. 금빛이 충만한 지역에서 나는 그에게 속삭이려고 입을 열었다. 다음은 그의 차례였다. 내게서 입술을 떼면서 그는 달콤한 사랑의 향기, 속삭이곤 했었다. 나는 그 순간을 네모반듯하게 베어내어 영원히 간직하고 싶었다. 그러면 황홀한 순간을 영원히 간직할 수 있을 터였다. 다시 삶을 이어가면, 그 순간에 세상 잡사雜事가 섞일 테고, 혼탁해질 터였다. 그래서 나는 다시 속삭이려고 했다. 그러자, 모든 게 변했다. 트리스탄이 돌아보았을 때 이졸테는 지옥으로 굴러떨어졌다. 충만은 허망으로 변했다. 벼락을 맞는 것 같았다. 나는 생각도 느낌도 없는 나무토막이 된 것 같았다.

시간이 흐르고, 좀 전에 보이지 않던 사물들이 차츰차츰 되살아나기 시작했다. 사라진 햇빛이 다시 쏟아져 내리고, 꺼졌던 바람이 불었다. 잠자던 나뭇가지들이 간뎅간뎅 흔들리고, 나무들이 취객처럼 비틀거렸다.

나는 아연실색했다. 마치 저승에서 이승으로 돌아온 것 같았다. 여기 앉아 있는 나는 믿을 수 없는 존재, 나 자신이라고 확신할 수 없었다. 지금의 나는 언제든 사라지고 엉뚱한 내가 나타날 수 있었다. 나는 존재하고 있다고 호언장담할 자신이 없었다. 의심이 머리를 가득 채웠다. 과거와 현재라는 시간과 사랑했던 사람의 존재와 나의 존재 모두 의심스러웠다. 강렬하게 나를 사로잡았던 순간이 모두 거짓이라고 나무와 바람과 햇빛이 증언하고 있었다.

나는 잠깐 환상에 빠졌던 모양이었다. 그러나 황홀감은 아직 내게 남아 있었다. 그 순간은 내게 아주 길게 느껴졌다. 일상적인 시간은 그때를 위한 준비 기간이었다고 해도 아깝지 않았다.

나는 산비탈을 내려가기 시작했다. 그리고 부근에서 제일 옛된 붉은 무덤을 발견했지만 다른 사람의 무덤일 것이라고 끈질기게 생각했다. 그러나 묘비에 새겨진 이름은 분명 김찬휘라는 그의 이름이었다. 나는 동명이인은 얼마든지 있는 법이라고 코웃음 치며 그냥 돌아설 작정이었다. 그러나 웬일인지 산소 뒤쪽으로 돌아가 보고 싶었다. 그리고 어쩔 수 없이 묘비 뒷면에 새겨진 이름을 발견했다. 김규진, 김규진, 검은 비석에 깊이 아로

새겨진 글자는 그의 아들의 이름이었다.

나는 그의 새로운 주거지에서 쫓겨났다. 그리고 바위처럼 바위에 기대앉았다. 생각도 느낌도 없이 멍했다. 시간이 얼마나 흘렀는지 알 수 없었다.

산비탈 소나무 사이로 얼핏얼핏 다가오는 사람이 있었다. 머리가, 가슴이 나타나고, 하늘색 버버리코트의 여인이 올라오고 있었다. 나는 되는 대로 걸치고 나온 내 자주색 투피스를 보고 어처구니없어졌다. 그의 사망을 받아들일 수 없다는 이유로 옷차림에 신경을 쓰지 않은 것이다. 그녀는 나를 보고 환히 미소지었다.

"기진맥진이네. 그런데 저 사람들은 왜 떠나가지구 속을 썩이죠?"

거리감을 줄이면서 그녀가 다가왔다. 나는 뜨악하게 말했다.

"글쎄요."

"그래 산소에 예를 올렸어요?"

"네."

"괜히 한참 헤맸네. 저쪽인 줄 알고 … 일을 당했을 땐 정신이 없었거든요."

나는 나에 대한 미움을 흘렸다.

"여기 한두 번 온 게 아닐 텐데요? 초상, 삼우제, 사십 구제…"

"…"

먼 시가지를 바라보고 있는 여자와 하늘색 버버리코트는 산

속 풍경과 잘 어울렸다. 나는 그녀의 틀어 올린 머리칼 한 줌이 바람에 살랑거리는 흰 목덜미에 시선을 팔고 있었다. 왠지 그 목덜미를 끌어안고 울고 싶었다.

"이제 어딘지 확실히 알았어요, 저기, 저긴데…"

여자는 하필 그의 산소 부근을 가리켜 보이고는 펄쩍펄쩍 뛰어 아래로 내려갔다. 그리고 이 부근에서 제일 애 띤 붉은 무덤으로 올라갔다. 가슴이 두근두근 뛰기 시작했다. 곧 묘비명을 확인하고 허겁지겁 물러 나오겠지. 다른 무덤을 찾아 나설 거야. 나는 가까스로 나를 추슬렀다.

기대와 달리 여인은 한 폭의 동양화를 연출하고 있었다. 여자는 그의 산소를 향해 사뿐히, 그리고 조신하게 절을 올렸다. 그리고 여자는 버버리코트 앞자락에 두 손을 포개고 고요히 머리를 조아렸다. 내 약점을 찌르는 버버리코트에 시선을 고정시킨 채, 나는 하늘색 나팔꽃일레라, 라고 중얼거렸다.

누군가 내 상상력에 사형선고를 내려도 원망하지 않겠다. 혹시 제3의 여자가 아닐까, 그녀를 보며 나는 신음했다. 내가 단번에 제3의 여자를 상상한 것은 내가 제2의 여자이기에 가능했다. 그의 친척이나 친지를 생각하기 전에 그렇게 생각하다니, 피할수 없는 인과응보였다. 인과라고 하는 것은 운명이라는 형태로 멀리 있는 게 아니라, 내 마음의 구조에 깃들어 있었다. 나는 속으로 부르르 떨었다. 사람은 언제나 자기를 기본으로 사고思考하고, 상상력이라는 것도 자기 한계를 뛰어넘지 못한다.

용마산 반대편 백운대 하늘에 저녁 햇무리가 붉게 타오르고 있었다. 그녀는 길게 뻗은 햇무리에 감싸인 채 눈가를 손으로 콕콕 찍어 누르며 앉아 있었다. 하늘색 코트도 붉게 물들었다. 뒤늦게 나는 그의 친척이며 주변의 여자들을 기억해내려고 애썼다. 손에 진땀이 배도록 생각했지만 기억에 그 여자는 없었다. 내 위치는 한없이 위태로웠다. 한기가 엄습해왔다. 발아래 천 길 나락이 내가 떨어지기를 기다리고 있었다. 내 시선은 여자에게만 쏠렸다. 여자는 태연하게 묘비명을 들여다보고 있었다. 나는 몇 번이고 눈을 비비며 그녀를 지켜보았다. 이번에 여자는 묘비 앞에 바짝 다가앉았다. 묘비가 거의 가슴에 닿을 정도였다. 이상해. 검은머리, 하얀 얼굴, 둥글게 펼쳐진 하늘색 코트 자락, 엎어놓은 푸른 나팔꽃처럼 앉아 있던 여자가 묘비의 이마에 손을 대고 그의 이름을 찬찬히 쓰다듬어 내리기 시작했다. 그러니까 여자는 내 행위를 훔치고 있었다. 언젠가 내가 그의 이름을 쓰다듬어 내릴 때 흐르던 정성이 그녀의 손에 흐르고 있었다. 안타까움과 그리움이 넘치는 손.

그의 전화가 오지 않는 날이 몇 달 계속되었다. 전화도 받지 않았다. 비상, 비상이었다. 나는 무작정 그의 집으로 달려갔다. 그러나 그의 집 대문을 넘을 수는 없었다. 그가 넘나드는 대문이 나의 한계였다. 문패를 찾았다. 김찬휘, 나는 주위를 살피며 그 이름을 찬찬히 쓰다듬어 내렸다. 그는 살아 있었고, 이민도 가지 않았다. 그가 내가 사는 이 땅에서 숨 쉬고 있다는 사실이 뜨거운 눈물이 되어 내 볼을 적셨다.

나는 그의 집 주위를 배회하기 시작했다. 한 바퀴, 두 바퀴, 셀수도 없었다. 목이 마르고 다리도 아파 길바닥에 주저앉고 싶었다. 문득 한 가지 묘안이 떠올랐다. 그의 목소리라도 들을 수 있다면 그걸로 만족하고 돌아갈 수 있을 것 같았다. 그래서 그의 집 뒤쪽 골목으로 갔다. 그의 방 창에서 가족들이 웃고 떠드는 소리가 쏟아져 내렸다. 그의 목소리는 한 줄도 새어 나오지 않았다.

그는 잠자고 있는 것일까, 가족들이 저렇게 떠드는데 혼자 잠들어 있는 것일까, 아니면 여행이라도 떠난 것일까. 그가 아무런 말도 없이 있을지도 모른다. 거미줄이라도 잡아야 했다. 내 존재를 그에게 알릴 연극적인 답이 떠올랐다. 나는 골목에 섰다. 연극의 무대는 여러 집의 대문이 줄지어 서 있는 골목, 그 누구네 대문 앞도 아니고, 누구네 대문 앞일 수도 있는 곳이었다.

"민정아! 민정아!"

나는 민정이 엄마처럼 그 이름을 불렀다. 위험은 없었다. 민정이가 있을 리 없었다. 민정이라는 이름은 암호가 될 수 있었다. 민정이는 그와 내가 휴가를 보냈던 민박집 아이의 이름이었다. 그러나 민정은 그를 불러내지 못했다. 목이 쉬도록 민정이를 불렀지만 그는 나타나지 않았다. 돌아서야 했다. 그의 가족들이 와그르르 웃고 있었다.

하늘색 코트를 입은 저 여자도 그의 가족인지도 모른다. 그의 부모가 고아를 데려다 키웠다고 했는데 그 동생인지도 모른다. 산소에서 마주치지 않은 게 천만다행, 나는 숨을 몰아쉬었다. 그러나 몸이 뻣뻣하게 굳는 것 같았다. 그녀는 묘비의 이마에 손을 대고 하염없이 앉아 있었다. 마흔까지 세도록, 아흔까지 세도록, 백 서른까지 세도록, 백 마흔까지 의혹을 키울 수는 없었다. 이 황량한 11월에 푸른 나팔꽃은 어울리지 않아. 뚝 꺾어야 해.

나는 천천히 아래로 내려갔다. 그녀가 누구라도 좋았다. 그 손길과 태도와 표정을 흩트려 놓지 않으면 내가 부서질 것 같았다. 그의 산소 마당에 한 발 올려놓으며 말했다.

"가셔야죠. 곧 어두워질 텐데요."

여자는 돌아보지 않았다. 가슴이 터질 것 같았다.

"산중에…"

나는 차마 산소라고 하지 못하고 산중에, 라고 말했다. 여자를 기절하게 만들 수는 없었다.

"…"

"산중에 혼자 계신데… 그냥 갈 수 있나요?"

여자가 뜨악한 눈으로 돌아보았다. 내 말을 한마디도 알아듣지 못한 것 같았다. 묘령의 여자가 그의 산소에서 하얗게 표백된 눈을 하고 있다니, 최악이었다. 나는 부모라는 과정을 생략했다.

"날이 저무네요, 부인을 버리고 가버린 남,편,인데… 잊으셔야죠. 무정하기 짝이 없잖아요? 그리워해도, 슬퍼해도 알아줄 리 없죠?"

"그래요. 그럼 아가씨가 찾아온 분은 무정하지 않나요?"

찾아온 분, 나는 부르르 몸을 떨었다. 분이라는 존칭을 사용하는 태도와 분이라고 지칭된 존재를 상기하며 나는 말했다.

"부모가 아니예요. 내 경우도 사랑하는 사람이거든요. 남편을 떠나보낸 아주머니 심정 충분히…"

나는 가까스로 몸을 지탱하며, 다시 한번 남편이라고 또박또박 발음했다.

"무정한 사람…. 나와 아이를 두고… 어떻게…"

여자의 눈에 눈물이 가득 고이고, 내 안에는 분노가 가득 고였다. 나는 붉은 심연에서 증거를 건져 올려야 했다.

"초면이지만… 저 혼자선 견딜 수가 없군요. 아무도 모르는 고통을 품고 있다는 게 힘들어요. 아주머니와 전 모르는 사이니까, 구원이 될 수도 있을 거예요."

여자는 엎어 놓은 푸른 나팔꽃 같은 자세로 물끄러미 나를 올려다보았다. 나도 그녀를 내려다보았다. 나팔꽃, 조용한 눈, 그를 한없이 허우적이게 했던 심연, 그에겐 언제나 심연이 문제였다. 심연이 나를 거울처럼 비추었다. 심연 속에서 나는 불안하게 흔들리고 있었다. 가슴이 뒤집힐 것 같았다. 힘껏 돌을 던지자. 심연도, 나도 깨어지겠지. 나는 내 고통과 남루함을 그녀에게 집어 던졌다.

"우리는 마음을 열 수 있겠네요. 나무나 풀에게 얘기하는 것보다는 그래도 나을 테니까요."

"그럴 수 있다면…"

나는 탐스러운 미끼가 되기를 바라며 또다시 나를 집어 던졌다.

"가정이 있는 남자를 좋아했어요. 그런데… 내가 왜 이러죠? 내 마음을 모르겠어요. 내가 미쳤나 봐요. 그렇게 뵈죠? 그렇죠? 이 정도면 미친 거지요? 미쳤나 봐."

광기에 찬 목소리로 나는 뇌었다. 여자가 푸르르 한숨지으며 내 손을 움켜쥐었다. 내 피부에 닿는 미지근한 체온을 탈탈 털어 내고 싶었다. 그녀는 축축한 목소리로 말했다.

"그럴 수 있는 거예요. 진정해요. 아가씨만 그런 건 아냐. 나도 너도 그럴 수 있어. 우리는 약하거든."

나도 그럴 수 있다고? 나도 모르게 소리치지 않은 게 다행이었다.

"아주머니도 저와 같은 사연이 있군요?"

"그런 셈이죠."

여자가 겨우 틈을 보였다. 활짝 열어야 했다.

"그랬어요, 그는 포근하고 신비한 사람이었어요. 저도 모르게 사랑하게 되었지요. 생각하면 숨이 막힐 것 같아요. 아, 답답해. 답답해."

나는 블라우스 단추를 풀었다. 가슴이 시원했다. 여자는 아마 내 눈의 열기를 식혀 주어야 한다는 부담감에 떠밀렸을 것이다. 그녀가 말문을 열었다.

"그런 사람이 또 있군요. 여기 묻힌 분도 그랬었죠. 자비롭고… 자상하고… 아이 하나를 둔 미망인이 어쩌겠어요? 이분이 자기 아이처럼 돌봐주지 않았다면… 아마… 아이는…"

그럼 나보다 먼저 그를? 나는 어떻게든 비밀의 문을 활짝 열어야 했다. 그러나 어지러웠다. 눈앞에 검은 커튼이 내려지고, 자잘한 빗금들이 난무했다. 나는 짐승처럼 신음하며 커다랗게 확장된 그 여자의 눈동자 속으로 굴러떨어졌다. 심연에는 산소가 없었다. 심연에서 그는 행복했을까. 세상을 다 얻은 것 같았을까. 정신, 정신을 차려요! 여자의 외침 속으로 나는 가물가물 침몰하고 있었다. 나의 발작을 잠재운 것은 아무래도 그 여자의 정성이었던 것 같다. 얼마나 시간이 흘렀던지, 나는 블라우스 여밈 사이로, 찬 손이 쓰윽 들어오는 걸 느꼈다. 차갑고 이물스러운 손이 그와 나의 영역을 침범하게 내버려 둘 수는 없었다. 그러나 내게는 힘이 없었다.

여자의 손이 그의 애무가 작렬하던 비밀의 영지를 덮었다. 그의 숨결이 뭉클뭉클 떨어지던, 그가 얼굴을 비비며 울던, 유방과 유방 사이 깊고 부드러운 유백색 영토에서 그녀의 손이 천천히 회전하고 있었다. 그곳은 그의 혀가 내게 환희를 전류시켰던 비밀의 영지였다. 내 옹가슴 위에서 천천히 돌고 있는 손, 그것은 눈물 나는 희극이자 비극이었다. 나는 여자의 무릎 위에 축 늘어져 있었다.

"어쩌나? 이 일을… 여기서 큰일이네. 한참 내려가야 하는

데…"

나는 노을이 불타는 저녁 하늘을 멍청히 쳐다보았다.

"이젠 좀 핏기가 도네. 괜찮아요?"

머리를 끄덕였다. 여자가 마사지 속도를 좀 늦추었다. 한동안
이 지난 후 여자가 말했다.

"아이가 기다릴 텐데…"

또다시 머릿속에 불이 붙은 것 같았다. 기다릴 아이라면? 자
기 아이는 다 자랐다고 했었는데 누구? 혹시 그의 아이를 낳은
건 아닐까? 정신이 한꺼번에 이마로 몰리는 느낌이었다.

"아, 아, 아이? 어린애가 또 있어요?"

"아, 이젠 정신이 들었군요? 이분을 빼닮은 아이를 낳았어요.
언젠가 이분을 보듯 할 아이가…"

불가사의하게도 내 정신은 나가지 않았다. 나를 지탱케 한 것
은 분노와 오기였다. 내 소원은 그를 쏙 빼닮은 아이를 갖는 것
이었다. 그는 떳떳하게 키울 수 없는 아이를 낳을 수는 없다고
했다. 나는 물었다.

"지금은 그렇지 않은가요?"

"아이는 이분이 아니잖아요?"

귀가 웅웅 울리는 데도 여자의 얘기를 끝까지 들을 수 있었지
만 영원히 눈을 뜨고 싶지 않았다. 나는 빈손인데 이 여자는 내
소원을 갖고 있었다.

눈앞에 그와 함께했던 순간들이 영화처럼 떠올랐다. 인생은

빙산 전체라는 생각이 들었다. 영화는 빙산의 일각 하나하나를 연결한 것이고, 그와 나는 순간순간 만났을 뿐이므로 우리의 사랑은 영화이지, 인생은 아니었다. 그의 부인이 그의 인생을 함께 했고, 이 여자도 반쯤은 그와 인생을 함께 했다고 할 수 있었다. 나만이 영화처럼 그와 순간을 산 것이었다. 나는 그동안 빙산의 일각을 빙산이라고 착각했던 것이다. 내가 본 것은 그의 전부가 아니었다.

또 순간순간 그는 자신을 낱낱이 드러낼 수도, 타인인 나로서는 그의 전체를 볼 수도 없었다. 무엇보다 그는 자기애로 자신을, 나는 눈먼 사랑으로 그를 윤색했을 터였다. 나는 시력의 한계를 뛰어넘지 못하는 시공간과 자아라는 감옥의 수인이었다. 그런데도 나는 누군가를 사랑하면 상대를 모두 아는 것이라고 생각했다. 무지無知는 저주의 다른 이름일 뿐이었다.

이렇듯 사랑하는 사람에게 청맹과니일 수밖에 없다면, 이해관계에 얽혀 있는 세상에 대해서는 더 이를 말이 없었다. 그런데도 나는 아까 그와 여자의 사랑에 대해 처음부터 끝까지 알아내려고 했다. 이루어질 수 없는 욕망이었다. 토할 것 같았다.

"착각은 그것뿐이 아니었어요. 아이가 내게 욕심을 불어넣으리라는 것을 전혀 생각지 못했지요. 아버지 성씨를 찾아주고 싶고, 잘 키우고 싶고… 전에 없던 욕심이 생겼어요. 아이 아버질 조르기 시작했죠."

그 여자는 조용한 눈으로 나를 쳐다보았다. 끝을 알 수 없는 늪 같은 눈이었다.

"그래서 전화를 거셨겠군요. 아이 아버지는 받을 수 없었을 테고요?"

나의 끈질김은 금메달감이었다. 내가 그를 찾아 헤매던 무렵 그와 연결된 모든 통신이 끊겼었다. 무슨 사정이 있겠지 했는데… 나는 떨리는 목소리로 묘비에 새겨진 이름을 또박또박 읊조렸다.

"김— 찬— 휘—"

"…"

"아이의 성이 김 씨라니 흔한 성이군요."

나는 가라앉은 어조로 기계처럼 중얼거렸다. 머리를 끄덕이는 여자, 벼랑 끝에서의 확인은 끝났다. 여자가 말했다.

"난 미쳐가나 봐요. 누구에게라도 털어놓고 싶거든요. 입이 근질거려요. 울지 말아요. 내가 괜히…"

그녀의 얼굴에는 사랑의 비밀을 지닌 여자 특유의 슬픔이 흐르고, 내 가슴에는 선혈이 낭자한 고뇌가 흘렀다. 그녀의 얼굴에는 생에 대한 구역질도, 추락도, 공허도, 전율도 없었다. 그녀는 자신이 백척간두에 서 있다는 것도 알지 못했다. 그러므로 행복했다. 그녀는 그러니까 모르는 게 약이라는 약의 중독자였다.

나는 그들의 내막을 샅샅이 알아낸 다음, 여자를 절망의 나락으로 끌어내리고 싶었다. 지금이 기회였다. 하지만 묘안이 없었다. 가슴이 돌로 변하는 것 같았다. 과학이 미웠다. 망원경으로 우주를, 현미경으로 물질의 최소 단위라는 쿼크까지 발견해내면서도 과학은 사람의 마음은 찍어내지 못했다. 내가 현미경이 되자. 그 여자의 동류의식을 자극해야지. 그다음에 내 정체를 밝히면 여자도 절망의 나락으로 굴러떨어질 것이다. 나는 이마의 진땀을 훔치며 기계를 작동시키려고 했다. 순간, 땡땡땡 어디선가 종소리가 다급하게 울렸다. 나는 외쳤다.

"무슨 소리지?"

내 말을 들었는지 말았는지, 여자는 묵묵히 앉아 있었다. 종소리는 계속 울렸다. 종소리가 세상을 채우고 나를 채우고. 귀를 막았다. 그러나 종소리는 징소리처럼 계속 울렸다. 댕댕댕, 머릿속이 터질 것 같았다.

그는 내게 말했다. 네 눈에 콩깍지가 끼었어. 내가 제대로 보일 리 없지. 종이 울려야지. 종이 울리면 콩깍지가 벗겨지고 내가 보이겠지. 거리를 두고 나를 보면 진정한 내 모습이 보일 거야. 나는 여자와 거리를 두었다. 다시 여자에게서 한발 물러섰다. 여자가 보였다. 나는 좀 더 물러섰다. 물러서는 김에 새처럼 날아 나뭇가지에 앉았다.

나무 밑에는 푸른 나팔꽃을 엎어 놓은 것 같은 여자와 넋이 빠진 여자가 앉아 있었다. 내 눈에 그의 아내의 눈이 겹치고, 여자의 눈이 겹쳤다. 나는 세 겹의 눈으로 두 여자를 보았다. 찰찰이 깨진 균열 때문에 곧 부서질 사랑을 쇠 종처럼 끌어안고 있는 여자가 있었다. 그 옆에는 깨어진 사랑 앞에 넋이 빠진 여자가 있었다. 두 여자는 저물어가는 황혼의 묘지에서 한 남자를 동시에 생각하고 있었다. 아무것도 모르는 여자는 행복하고, 내막을 아는 여자는 불행했다. 한 여자는 또 다른 여자의 사연을 훔쳐보려하고 있었다. 엑스레이처럼 여자의 마음을 찍어낼 속셈이었다.

그러나 여자는 사람의 마음을 찍어내는 기계가 발명되지 않은 게 다행스러웠다. 그런 기계가 있다면 여자의 마음뿐 아니라, 자신의 마음도 여지없이 폭로될 테고, 두 사람의 사랑은 사람들의 혀끝에 갈갈이 찢겨지고, 끝내 걸레가 되어 거리에 뒹굴 것이었다. 갈갈이 찢어진 걸레에 사랑의 비경과 존엄은 없었다.

한 발 삐끗하면 부서질 여자의 행복은 가짜였다. 이미 부서진 것을 더 부스러뜨리려고 머리를 썩이는 여자의 집념도 헛된 것이었다. 나는 텅 비어 있었다. 새가 울었다. 텅 빈 것을 보고 새가 울었다.

여자는 내 손을 잡은 채 눈물을 흘리면서, 다시 뭐라고 입을 열려고 했다. 나는 여자의 말을 가로막았다. 이젠 지쳤다면서 나는 시가지 쪽으로 시선을 돌렸다. 여자의 배경인 도시에 어스름이 내리고 있었다.

사람의 마음은 광속으로 변한다. 말은 화석화 된 과거이고, 과거의 파편일 뿐, 여자의 사연은 총체적인 것이 아니었다. 여자가 말을 한다면 삶의 편린을 떨구어 놓고 광 속으로 떠나는 것뿐이었다. 더구나 그의 사연을 들을 수 없는 마당에 여자의 일면적사연을 모조리 주워 모은들 아무 소용없는 일이었다.

그들의 사랑은 영원한 비경秘境이었다. 이지러진 내 사랑도 비경이었다. 영원한 비경을 간직할 수 있다는 것은 사람만이 누릴 수 있는 특권인지 모른다. 나는 내 손에 얹어진 여자의 손을 보았다. 통통하고 뽀얀 손이었다.

잠시 후 여자가 다른 여자를 부축하고, 아래로 내려가고 있었다. 산기슭에서 바람이 불었다. 숲은 어스름에 잠기고, 어둠에 물든 노을은 차분히 가라앉고 있었다. 두 여자도 어둠에 잠겨 들었다. 새가 날아갔다.

오, 카프리!

"안 내려요? 일어나요, 일어나! 다들 내렸잖아요?"

누군가 재은의 어깨를 흔들어 깨웠다. 속눈썹에 떨어지는 나무람 섞인 깨우침에 재은은 번쩍 눈을 떴다. 중년 사내의 미소가 눈에 닿을 듯 가까웠다. 여행객 중 한 사람이었다. 이 사람은 왜 희수를 따라가지 않은 것일까, 재은은 부스스 일어섰다. 가이드가 내리라고 마이크로 떠들어대고, 다른 승객들이 수런거리며 밖으로 나가는 북새통 속에서 세상모르고 잠들어 있었다니 창피했다. 희수가 저 혼자 가버렸다는 방금 털을 뽑은 날것의 진실을 들켜버린 것 같아 부끄럽기도 했다. 사내의 무연한 시선 속에는 두 여자가 꽤 다정한 포즈로 돌아다니더니 별수 없이 그렇고 그런 여자들이군, 하는 비웃음이 어려 있는 것 같았다.

"폼페이에 도착했다구요."

그는 폼페이라고 똑똑 끊어서 발음했다. 그의 이름 〈유일한〉
은 재은과 희수에게만 통하는 은어였다. 버스 안에서 그는 유일
한 남자였다. 다른 남자가 세 명 더 있기는 했지만 부인과 함께
온 두 남자와 대학생은 남자로 보이지 않았다. 나머지는 친구나
딸을 파트너로 데리고 온 중년 여인들뿐이었다. 재은은 유일한
이 이희수의 남편과 닮았다며 찬찬히 그를 바라보고는 했다. 왠
지 희수는 닮지 않았다고 딱 잘라 말했다. 비수처럼 차고 비정한
목소리였다. 〈유일한〉은 무색무취한 일별을 던지고 돌아섰다.

한국에서 멀고 먼 여행 일정에 지치고, 여독에 밤잠을 설쳤다
해도 다시 볼 수 없는 이국 풍경을 놓치다니 아까운 노릇이었다.
〈다시 볼 수 없는〉이라는 말이 재은의 가슴을 베면서 지나갔다.
〈그〉도 다시 볼 수 없는 사람이었다. 〈그〉와 함께하기로 했던
카프리 여행을 혼자 왔다는 슬픔이 밀물져 왔다.

재은은 〈그〉의 죽음을 통해 비로소 자신이 보면 그도 보고,
보지 않으면 그도 보지 못하는 영혼의 일치에 도달한 것 같았다.
좋지도 나쁘지도 않았다. 그냥 무덤덤했다. 죽음을 통해 비로소
그녀의 슬픔과 그의 영혼이 실뿌리처럼 얽히게 된 것 같지만 실
뿌리처럼 얽히고 싶은 것은 재은의 마음뿐인지 모른다. 어쨌든
세밀히, 모조리 봐 둘 의무와 책임이 있다고 생각하며 재은은 그
와의 인연을 아주 버리고 싶은지도 몰랐다. 이국 풍경 하나하나
에 그와 함께 왔다면, 하는 의미를 가슴 깊이 아로새겨두면 마음
이 편해질지 그 또한 알 수 없었다. 그런데 이태리 남부 풍경을

놓치고 말았다.

이참에 재은은 이태리는 한국 비슷한 점이 많다고 그에게 말해주고 싶었다. 이태리에는 느티나무도 은사시나무도 상수리나무도 있었다. 로마에는 무궁화와 소나무 가로수도 있었다. 한국 토종 소나무와 다른 수직으로 쭉 뻗은 우산 소나무가 고속도로와 산마을을 잇는 직선 도로에 줄지어 서 있는 풍경이 사라질 때까지 재은은 뒤돌아보기도 했다.

텅 빈 관광버스 안은 무생물적 허기로 충만했다. 허기와 충만이라는 이질적인 단어가 흑백 네온처럼 점멸했다. 아직 사람의 체온이 남아 있는 비닐 의자는 삭막하게 번들거리고, 등받이에 걸쳐진 옷들은 생명이 빠져나간 것 특유의 괴기를 발산하고 있었다.

일행은 30미터쯤 앞서 걸어가고 있었다. 재은은 가이드의 짜증스런 표정을 지나 행렬의 꽁무니에 합류했다. 대열의 중간 위치에서 태평하게 걸어가는 희수에게 재은은 조심스레 말했다.

"왜 날 깨우지 않은 거야?"

희수는 돌아보며 쏘아 붙였다.

"가이드가 그렇게 마이크로 떠드는데도 쿨쿨 잠만 자고 그러니?"

얼음장처럼 차디찬 목소리에 재은은 움찔 놀랐다. 어처구니없다기보다 어리둥절했다. 〈유일한〉이 흘깃 뒤돌아보았다. 일행들도 흘끔흘끔 돌아보았다. 재은은 자신에 대한 긍정이 부정으로 물드는 순간순간을 고스란히 겪어내며 후회했다. 애초에 달갑지 않은 여행이었다. 친구들이 밀어붙이는 바람에 마지못해 희수를 따라나서긴 했지만 내내 꺼림칙했던 예감이 적중한 것 같았다.

희수는 걸핏하면 재은을 몰아붙였다. 처음 여행 얘기가 나왔을 때도 희수는 재은이 너? 손가락으로 재은을 지적하며 네가 파트너가 되어준다면… 카프리에 들리는 일정이라면, 이라고 몰아세우듯 말했다. 갑자기 과부가 된 친구에게 야박하게 굴 수도 없고, 당하자니 난처하고 찜찜했다. 친구들은 연방 눈을 깜짝깜짝해 보였다. 재은은 가까스로 굳은 마음을 풀었다. 재은이 응낙도 하기 전에 희수가 말했다.

"카프리는 전에 한 번 가봤지만 다시 한번 꼭 가보고 싶거든."

친구들은 네 곁에 재은이 있다는 게 얼마나 다행인지 모른다고 얼렁뚱땅 설레발을 치고 나섰다. 재은의 남편에게 허락을 받아내는 건 우리가 알아서 하겠다고 나서는 친구도 있었다. 희수는 재은을 흘깃 쳐다보며 말했다.

"카프리 정상에서 네게 꼭 보여주고 싶은 게 있거든."

"지금 보여 주면 안 되니? 친구들도 함께 보면 좋지 않아?"

"친구들과 함께 봐? 오호, 그래?"

희수는 갑자기 깔깔 한바탕 웃었다. 친구들은 그런 희수를 어이없다는 듯 주시하고 있었다. 재은은 정체 모를 비웃음을 깔고 자신을 대하는 희수에게 이유를 묻지 못했다. 희수는 다시 말했다.

"끝내주는 장면이지. 너 혼자 보기 아까운… 하지만 네가 먼저 보고, 친구들에게 권하든 말든 맘대로 해!"

희수는 헤실헤실 웃었다. 친구들 사이에 불안의 미세한 입자들이 떠돌더니 이윽고 희수의 행동을 얼버무리고 싶다는 빛이 떠올랐다. 진숙이 너희 두 사람이 보여주는 우정이 제일 볼만 하다느니, 뭐니 너스레를 떨었다. 재은은 가만히 물었다.

"카프리에 그렇게 좋은 경치가 있다는 거니?"

희수는 빙긋 웃고 말했다.

"난 장면이라고 했지, 경치라고 하지 않았어."

"그게 그 말 아니니?"

"글쎄 가보면 알겠지. 어쨌든 끝내주는 장면이야!"

희수는 재은을 빤히 쳐다보며 뇌었다. 카프리 정상에서 볼 수 있는 끝내주는 장면을 상상하며 재은은 희수를 마주 보며 웃었다.

관광지에서는 얼굴의 방향을 돌리거나 모퉁이를 돌면 비경이 나타날 때가 종종 있었다. 설악산 봉화대도 그런 곳이었다. 설악산 케이블카에서 내린 사람들은 대부분 권금산장 주변을 둘러보고 설악산을 봤다고 선언했다. 몇 발짝 뒤 봉화대는 등산 매니아들만 가는 곳이라고 취급했다. 그들은 권금성에서 오솔길을 따라 조금 올라가면 나타나는 봉화대에 오르면 설악산의 진면목이 파노라마처럼 펼쳐진다는 것을 알지 못했다. 봉화대에 오르면 가없이 높고 푸른 하늘 아래 화채능선의 연봉들이 아스라이 이어지고 있었다. 화재능선 아래 몇 킬로미터인지 모를 수직의 절벽, 절벽 아래 깊은 골짜기와 숲, 악! 하는 비명을 삼키며 사람들은 자연의 신비와 웅휘, 외경과 아름다움에 할 말을 잃었다.

희수가 그런 비경을 보여주겠다는 것인지, 다른 아름다운 장면을 보여주겠다는 것인지, 그녀는 애매모호하게 '장면'이라고 몇 번이고 강조했다.

재은은 친구들이 희수의 파트너 운운하는 대로 내버려 두었다. 이태리 여행 내내 아무도 모르는 내 슬픔을 병든 강아지처럼 가만가만 쓰다듬어주면 되겠지. 그와 재은의 관계를 아는 사람은 이 세상에 아무도 없었다. 그녀는 아파도 신음소리도 낼 수 없는 처지였다. 그가 이 지구상에 존재했었다는 사실이 재은은 믿어지지 않았다. 혼자 긴 꿈을 꾼 것 같았다. 이제는 그가 이 세상에 있었는지 없었는지, 애매모호할 때도 종종 있었다. 세상 몰래 나눈 사랑의 종말은 허무맹랑했다.

카프리섬은 또 다른 의미에서 실재하는 것인지 아닌지, 애매모호했다. 재은은 유럽 대륙까지 정말 이 지구상에 존재하는 것인지, 의문 같지도 않은 의문에 사로잡힌 채 유럽 땅에 당도했다. 특히 카프리섬은 책이나 영화 속에만 존재하는 환영의 섬처럼 여겨졌다.

푸른 지중해에 홀로 떠 있다는 섬, 카프리에 정말 갈 수 있을까. 여행 일정표에 그 섬에 간다고 분명히 적혀 있는데도 자꾸 그런 생각이 들었다. 카프리는 꿈이나 상상 속에만 존재하는 섬처럼 몽롱하고 아리아리했다.

세계 유명부호들의 별장이 있다는 지중해의 파라다이스, 카프리는 정말 이 지구상에 존재하는 것일까. 깊고 그윽한 숲속에 세계적 부호들의 별장이 숨어있고, 파란 물이 찰랑거리는 수영장 둘레에는 튼실한 야자수들이 진을 치고 있으며, 수영장의 파란 물결에 환영처럼 어룽지던 햇살이 오버랩 되던 영화의 장면과 장면을 떠올리며 재은은 그 섬이 정말 실재하는지 알 수 없다는 생각을 반추했다. 그 섬은 안개 저편에 어린 희미한 환영이어서 아이스크림처럼 녹아버릴 것 같았다. 그야말로 앞뒤가 맞지 않는 생각이었다.

지금까지 재은은 희수가 외로울 때나 괴로울 때 항상 그녀 곁에 있었다. 친구들은 적어도 그런 그녀를 칭찬은 했다. 그들은 갖출 것 다 갖추고 살면서도 다정하고 매력적인 희수와 가까이 지내고 싶어 했지만 재은과 그녀 사이를 비집고 들어갈 틈이 없다고 생각하는 듯싶었다.

재은은 희수가 애를 낳으면 산바라지를 해주고, 병이 나면 간호에 나섰다. 희수의 남편이 병원에 입원했을 때는 희수네 일을 도맡아 했다. 희수는 맘 놓고 남편을 간호할 수 있었다. 친구들은 어엿한 남편에 애들이 있는 재은에게 그건 쉬운 일이 아니라고 말했다.

남편을 여읜 요즈음 희수는 세상만사가 귀찮을 수도, 자신이 모를 섭섭한 점이 있을지도 모른다고 재은은 마음을 눙쳤다. 그렇다면 그녀는 왜 호텔 방의 호젓한 분위기를 이용하여 섭섭하다고 말하지 않는 것일까. 호텔 방의 은은한 불빛은 친구의 입에서 흘러나오는 자신의 치명적인 약점도 환상적인 무엇으로 변화시킬 수 있는 저력을 지니고 있었다. 하긴 희수는 한국에서부터 석연치 않았다. 눈에 띄게 초췌한 재은의 얼굴을 뚫어지게 응시하며 희수는 자기 남편 자랑을 늘어놓고는 했다. 전에 없던 일이었다.

"남편은 늘 말했지. 당신이 내 인생 최대의 행운이라나 뭐라나. 네가 최고의 여자라고 했어. 나는 그와 함께 사는 것만으로, 그의 밥을 짓고 옷을 빨아 입히는 것만으로, 그의 아이를 낳아 기르는 것만으로 행복했어. 하지만 이젠 다 아, 옛날이여! 가 되고 말았어."

친구들은 상투적인 위로의 말을 진지하게 늘어놓았다. 죽을 때까지 남편과 함께 살 수 있다면 얼마나 좋겠니? 하지만 그런 사람이 몇이나 된다고 그래? 부부금실이 좋다는 게 오히려 더 큰 슬픔이라는 거 잘 알아. 하느님이 금실 좋은 부부를 시기해서 마누라에게 잘하는 남편을 일찍 데려간다는 말도 있잖니? 하지만 지긋지긋 싸우며 길게 사는 건 지옥이야. 느네 부부 다정했던 거 하늘이 내린 축복이야. 희수가 갑자기 말했다.

"우리 남편? 날 배반했어!"

그녀는 방금 전에 한 자신의 말을 간단히 뒤집었고, 모두들 소스라치게 놀랐다. 다음 말을 기다리는 친구들에게 그녀는 아무 말도 하지 않았다.

베수비오스는 화산 폭발에 의해 뒤집어졌고, 화산재에 묻혔던 폼페이는 3000년 후에 다시 나타났다. 벽돌은 다시 나타날 행운을 지니고 있었다. 그런데 그는… 재은은 숨이 컥 막힐 것 같았다.

붉그죽죽한 벽돌로 지은 폼페이 성은 군데군데 허물어져, 시간의 얼룩을 드러내며, 3000년이라는 세월을 거쳐 현재에 닿은 고성다운 위엄을 거느리고, 햇볕 아래 고즈넉이 엎드려 있었다. 지금까지 발굴된 폼페이는 사방 4km의 고도古都, 지금도 발굴 진행 중이어서 본래의 넓이를 짐작할 수 없다고 한다. 타인 마음의 진폭도 짐작할 수 없기는 마찬가지였다. 과부가 된 이후 희수는 폭발 직전의 화산처럼 심상치 않아 보였다.

"그 사람, 죽으면서 날 부숴버렸어. 무서운 배반이야. 내가 가루가 됐는데 어찌 살겠니? 어찌 살아? 난 견딜 수가 없어. 죽어서라도 꼭 복수할 거야. 그 인간들에게…"

그 인간도 아니고, 그 인간들이라고 희수는 말했다. 재은은 머리를 숙였다. 친구들의 시선이 일제히 재은에게 쏠렸다. 눈에 띄게 창백한 재은의 얼굴을 보고 희수가 아프다고 저도 아픈가? 친구들은 약간 비웃는 심정으로 머리를 갸웃거렸다.

재은의 옆에 앉아 있던 친구가 희수에게 바짝 다가앉으며 요즈음 네게 무슨 일 일어난 거 아니냐고 다급하게 물었다. 희수는 재은을 흘깃 바라보고 대답했다.

"죽은 인간이 날 배반했다고 했잖아? 너까지 설마 모른다고 하진 않겠지?"

너까지, 종주먹을 대듯이 재은을 바라보며 희수는 말했다. 재은은 어이없다는 듯 앉아 있었다. 적절치 않은 공격은 투정으로 비치기 쉽고, 적나라한 공격은 공격자의 실수로 보기 쉬웠다. 친구들은 어안이 벙벙하여 희수를 바라보았다. 재은은 희수의 배반에 대해 알고 있는 것일까? 희수는 재은이 알고 있다고 말하는 것일까, 희수의 말이 수수께끼처럼 들렸다. 희수의 마음은 용암처럼 들끓고 있다고 친구들은 생각했다.

베수비오스 화산은 폭발의 방향에 따라 용암은 반대쪽으로, 이쪽으로는 화산재가 쏟아져 폼페이는 시간의 재 속에 묻혔다가 고스란히 발굴되었다. 용암에 녹아 용암이 되지 않은 폼페이는 역사에 의지가 있다는 것을 보여주는 실례인지도 모른다. 재은은 그가 사망했을 때 아주 녹아버려야 했을지도 모른다. 그는 지금 녹아서 굳었을 것이다. 죽은 그를 서재에 남겨두고 등을 돌렸을 때 재은이라는 여자도 녹아 버렸으면 좋았을 것이다. 그런데 죽지 않고 살아남아 오욕을 견디고 있었다. 재은은 오스스 몸을 떨며 여행객들을 운명의 거울처럼 비춰주는 폼페이 거리를 걷고 있었다

일행은 인간 화석 세 구가 진열되어 있는 도로변의 가게 터 앞에 멈추어 섰다. 사람들의 얼굴에 놀라움이 스쳐 지났다. 그렇

더라도 그것은 다른 곳에서보다 약간 더 지체한 순간 이상도 이하도 아닌, 미미한 순간에 지나지 않았다. 돌이 된 인간을 보고 3000년 후의 자신이라고 상상한 사람은 아무도 없었다. 다 그런 거야, 뻔해, 그들은 도사처럼 무색무취한 시선으로 인간화석을 바라보고 있었다.

3000년 전이나 3000년 후의 시간을 지금 느끼고 감지한다는 것은 불가능했다. 어쩌면 그런 식으로 철저히 생각하고 싶지 않은 유전자가 인간의 마음을 지배하고 있는지 모른다. 그래서 현재 그나마 행복한지 모른다.

현재라는 시간은 화산재처럼 밀려드는 압도적인 시간이었다. 순간순간 살아남지 못하면 생이 단절되는 절체절명의 시간이기도 했다. 가차 없이 밀려와 나를 에워싸버렸다고 생각한 순간 현재는 벌써 과거이고, 현재는 영원히 오지 않는 시간이었다. 미래도 왔다고 생각한 순간 벌써 과거였다. 그러니까 우리에게 존재하는 시간은 과거뿐이었다. 인간이 현재라고 느끼는 것은 초침보다 훨씬 느린, 변화 감지 불가능한 육체의 지속성 때문이고, 그러므로 현재는 육체가 온전할 때만 존재하는 인간적인 시간이었다. 그때 나도 화산재처럼 덮쳐오는 육체의 시간에 복종했는지 모른다고 재은은 생각했다. 죽은 그를 지켜보고 있다가 세상의 상처를 받고 회복불능이 되고 싶지 않은 마음이 화산재처럼 나를 덮쳤는지 모른다. 죽은 그를 혼자 남겨두고 도망쳐야 했던 광적인 순간은 휙 지나갔다. 재은은 화산재처럼 덮쳐오는 시간에 정신을 차릴 수 없었다.

죽은 그에겐 현재가 없고, 그는 인간이 아니다. 죽은 그처럼 과거는 물리적인 힘을 전혀 발휘할 수가 없다. 미래도 마찬가지였다. 이렇게 머릿속에만 존재하는 과거와 미래는 망자인 그처럼 아무런 능력이 없었다. 물리적인 힘이야말로 인간을 인간이게 하는 결정적 요소였다. 그가 죽었다고 따라 죽을 수도, 치명상을 입은 상태로 살아남고 싶지도 않았다. 살아남지 않으면 현재는 없었다. 순간 그는 과거로, 그녀는 현재로 갈라섰다. 그 차이는 엄청났고, 메울 방법은 없었다. 그녀는 온전한 삶에 가담할 수밖에 없었다. 재은은 회복불능의 상처를 모면하기 위해 그의 죽음을 방치하고 번개처럼 신속히 움직였다.

이곳에서 저곳으로의 이동, 일, 밥 먹기, 말하기, 섹스, 그가 없다는 슬픔은 그에게 물리적인 힘이 전무하다는 점에 있을지 모른다. 기억할 뿐인 그는 무력했다. 재은에게 아무 영향도 미치지 못했다. 3000년 전의 고조선에 닿으려면 시간을 거슬러 올라가 조선, 고려, 통일신라, 삼국시대를 거치지 않으면 안 되는데 그게 불가능했다. 심지어 과거가 멀다는 것을 표현할 감각적인 언어조차 없었다. 그에게 닿을 방법이 없는 것이다.

사람들이 돌이 되어 있는 인간을 보고 초연한 것은 당연했다. 화산재에 매몰되는 순간 엎드려 죽은 인간, 벌렁 드러누워 죽은 인간, 쪼그리고 앉아 죽은 인간은 그야말로 돌덩이일 뿐이었다. 화석이 된 인간이라기보다 인간 형태의 울퉁불퉁한 돌에 불과했다. 일행은 모두 알고 있다는 듯, 각오하고 있다는 듯 무표정하게 그것을 바라보았다. 그래, 그래, 그런 거야. 사람들은 흙으로 빚은 병이나 그릇, 항아리와 똑같이 인간 화석을 바라보고 있었다. 재은은 그들을 바라보며 나는 그때 돌처럼 냉혹해졌다고 생각했다.

곳간으로 추측되는 유적을 거쳐, 권력자 저택의 문으로 들어가니 사각의 중정 둘레에 대리석 기둥이 줄지어 선 회랑이 나타났다. 영화에서 본 로마 귀족의 저택이었다.

회랑을 따라 한동안 걸어가던 일행이 대리석 모자이크 벽화 앞에 멈추어 섰다. 귀족의 일상이 모자이크되어 있었다. 일행은 냉탕 혼탕이 갖춰지고 마사지 대가 놓인 욕탕에서 귀부인으로 보이는 여자가 시녀들의 도움을 받아 목욕하는 그림을 구경했다. 다음에는 뒷방에서 귀족인지, 권력자인지 모를 사내가 하녀 차림의 여자를 부둥켜 안고 있는 그림이 나타났다. 희수가 눈을 반짝이며 재은의 귀에 속삭였다.

"짐승스러워! 구제 불능의 인간군상들…"

재은이 말했다.

"그렇게까지…"

"넌 아니라고 생각하니? 저 엉큼한 표정 좀 봐! 욕정에 몸을 떨고 있잖아? 저런 인간들은 죽어 마땅해."

"저들에게도 인간적 고뇌가 있겠지. 그리고 벌써 죽어버렸잖아?"

"뭐? 인간적 고뇌? 너어, 참 이상하다. 네 눈엔 왜 저 인간들의 욕망이 뵈지 않는 거니?"

"욕망이 있겠지. 사랑도 있겠지. 인간이니까."

"사랑은 무슨 얼어 죽을… 착각이 있을 뿐이야. 난 그 생생한 실례를 알고 있어."

"…"

"결혼 20년 차인 내 친구 중에 첫사랑 남자를 만나 울고불고 난리를 치다가 불륜에 빠진 애가 있어. 대학 때 헤어진 남잔데 사업가가 되었다는 소식은 신문으로 알고 있었대. 문득 나타난 그 남자, 아직 너를 잊지 못한다며 눈물지었다니 감동 감탄 눈물… 할 짓 못 할 짓 다했지. 회사 주식을 상장하면 몇만 주 떼어 주겠다는 약속도 했고… 사랑 때문에 도저히 벗어날 수 없다고 그 친구 고민이 깊었어. 결국 어떻게 됐는지 재은이 너라면 짐작 하겠지?"

재은은 깜짝 놀라 물었다.

"내가? 어떻게?"

빙긋 웃으며 희수는 말했다.

"아주 쉽게 결판이 났어. 섹스로 결판이 났으니까."

"어떻게?"

"불륜은 그렇다고 하더라. 너무 흥분한대. 섹스 도중 남자의 코에서 피가 주르르 흐르더란다. 의사가 뭐라고 했는지 알아? 안 압이 높아 실명 위험이 있다며 섹스가 독약이라고 했대. 용코로 걸린 거지. 형벌이야, 형벌… 하지만 사랑한다고 울고불고 난리를 치는 사이에 섹스가 문제겠니? 섹스 없는 백색 애인으로 계속 만나야지. 그런데 그 사람들 어떻게 됐는지 알겠니? 체면치레로 두서너 번 더 만나고 끝장났어. 알겠니? 주식도 흐지부지… 짐승스런 욕망뿐이야. 불륜이란…"

재은은 사람에 따라 다를 것이라고, 사랑 비슷한 건 누구나 할 수 있지만 사랑의 진수에 다다르는 사람은 몇 되지 않을 것이라고 말했다. 진실한, 그리고 예술적인 영혼의 소유자만이 사랑의 핵심에 다다를 수 있고, 사랑과 혼연일체가 될 때 섹스의 진수에 다다를 수 있을 거라고 재은은 말했다.

"얘가? 아주 그 방면의 도사처럼 말하네? 너, 불륜 경험했지?"

희수는 빤히 재은을 바라보며 연거푸 다시 물었다.

"넌 사랑도 자격이 있어야 누릴 수 있다고 하는 거니? 지금? 그리구 불륜에서 섹스의 진수를 맛보았다고 하는 거지?"

"…"

"사랑은 없어. 짐승스러운 섹스가 있을 뿐이야. 그것을 포장하여 스스로를 속이고 상대를 속일 뿐이야."

재은은 말했다.

"아니야."

희수는 불씨가 담긴 눈초리로 재은을 쏘아보고는 재빨리 그녀의 앞을 가로질러 일행의 뒤를 따라갔다. 일행은 머나먼 고조선 시대에 폼페인들이 누렸던 집단 식생활의 흔적, 음향 조절이

가능한 공연장의 역학 구조에 감탄하며 폼페이 성을 뒤로했다. 카프리섬에 가기 위해 쏘렌토행 기차에 몸을 실었다.

기차 안에는 영화배우와 같은 미남미녀들이 즐비했고, 동양인의 눈이 즐거웠다. 마침 빈 좌석이 있어 희수와 재은은 나란히 앉았다. 희수가 말했다.

"남자가 여자를 뚫어지게 바라보는 의미가 뭔지 넌 아니?"

"글쎄."

"네가 모르면 누가 알지?"

"너나 나나 다 마찬가지지 뭐…"

"넌 연애 경험 많잖아?"

희수는 장난치듯 말했다.

"…"

"꽁무니 뺀다고 빼지니? 대답을 해야지. 건 그렇구 이 차 안에서 너를 뚫어지게 쳐다보는 사람이 있어."

"이태리인이 동양 여자를 원숭이 보듯 하는 그런 거겠지."

"한국인인데?"

"혹시 내 얼굴에 뭐 묻었니?"

"내가 그걸 말거리로 삼겠니? 여자로 보는 눈이라니까. 아까 식당에서도 줄을 바꾸어 네 맞은편에 앉았고… 느낄 수 있을 텐데… 언제나 두리번두리번, 네가 나타나면 안심하는 눈치가 선해. 네가 버스에 오르지 않으면 그 사람도 오르지 않아."

"너도 그만큼 그 사람을 지켜봤다는 얘기잖아?"

"그럼 봤지. 처음엔 너를 찾다가 우연히⋯ 그다음부터 유심히⋯ 아까 네가 잠들어 있을 때도 그 사람만 자리에 그냥 앉아 있는 거야. 내가 기회를 줬지, 뭐."

"거의 항상 너와 함께 있었으니까 누구를 봤는지 알 수 없는 일이야."

"누군가 아직도 여자로 봐준다는 거 싫은 건 아니잖아?"

"글쎄. 네가 그런 거겠지?"

"어쨌든 부럽다. 넌 어딜 가나 인기 여배우니까. 이상한 마력이 있나 봐."

"마력? 마력은 네게도 있어."

"넌 무시무시한 마녀 같은 점이 있어."

희수는 단호하게 말해놓고 좀 무안했던지, 내게도 마녀 기질이 많았으면 좋겠다는 말로 어물쩡 넘어갔다. 그리고 다시 말했다.

"보지 않으면 아무 일도 일어나지 않아. 봄은 사랑이야."

"여름은?"

"열음이겠지. 말장난 그만하고 유일한 씨 좀 봐."

"⋯"

"저편에 마주 앉았잖아. 내가 빤히 쳐다보니까 시선을 어따 둘지 몰라 절절매더니 이젠 아주 시침 딱 떼고 창밖만 보고 있네. 딱한 사람⋯ 다 들켜가지고⋯ 잘 해봐."

"당황하는 봄은 네게 당황하고 있는 거야."

육지의 산 중턱을 가로질러 간 기차는 깊은 교각 아래 바다가 출렁이는 연육교를 건너 쏘렌토 섬에 닿았고 섬을 횡단하여 반대편 항구에 도착했다.

머리 위에서 태양은 섬광처럼 작열했다. 나풀리 쪽 대지는 맥없이 누워 있었다. 희끗희끗 속살을 드러낸 베수비오스산은 뜨거운 햇볕에 파슬파슬 바스러질 것 같았다. 금가루처럼 부서져 내리는 햇빛은 해무에 섞여 번쩍거렸다. 보라색 베일처럼 드리워진 해무 저편의 대지와 수평선은 꿈결처럼 아득했다. 재은은 머리가 띵 울려 혼몽상태에 빠질 것 같았다.

카프리행 페리호는 제 자리에서 한 바퀴 맴돌더니 넓은 바다로 나아갔다. 일행은 갑판으로 올라갔다. 선글라스를 쓴 유럽인과 한국 여자들은 갑판 의자에 앉아 바다를 바라보고 있었다. 바다는 납빛의 푸른 거울처럼 빛났다.

먼 수평선이 희미하게 앞을 가로지르고, 망망대해가 펼쳐져 있을 뿐 섬은 보이지 않았다. 배가 바다를 조금 헤쳐 나아가자 보라색 해무에 가려진 회색 섬이 뭉툭한 정수리를 내밀었다. 카프리섬이라고 누군가 소리쳤다. 조금 후, 섬은 수평선에 달랑 떠 있는 상자 갑처럼 나타났고, 상자는 곧 트럭으로 변하고, 트럭은 오리처럼 변했으며 오리는 목 부위와 꼬리의 중간이 가차 없이 잘린 형태로 수평선 위에 떠 있었다. 그러니까 카프리섬은 앞뒤가 잘린 오리처럼 바다 위에 달랑 떠 있었다. 달랑 떠 있다는 말은 카프리의 개성을 설명했다. 카프리는 밋밋하게 바다에 잠기는 섬이 아닌, 바다로 수직 낙하하는 위험한 섬이었다.

움푹 패인 오리목 같은 골짜기 아래 좁은 항구가 펼쳐지고, 별 장은 급경사의 숲속에 희끗희끗 숨어 있었다. 희수는 보라색 베 일을 벗고 완연한 모습을 드러낸 섬을 바라보며 말했다.

"이제 카프리가 있다는 실감이 드니? 아름답지 않다는 것도 알겠지?"

누군가 대꾸했다.

"저게 카프리란 말이야? 우리나라 제주도만 어림도 없잖아?"

"그러고 보면 제주도 참 아름다워."

"제주도가 여기쯤 있다면 얼마나 좋아? 관광객들 많이 몰려올 텐데…"

페리호에서 내린 일행은 카프리섬을 돌기 위해 제트 요트에 승선했다. 승객들이 앉자마자 요트는 속력을 내기 시작하여 항 구를 벗어났다. 배가 섬 모퉁이를 돌자 까마득히 치솟은 바위 절 벽이 나타났다. 아래위 두 개의 바위가 중간에서 맞물린 거대한 수직 절벽이었다. 홍어 입처럼 길게 다물어진 어두운 부분을 가 리키며 가이드는 말했다.

"저 바위와 바위가 만나는 곳 보이지요? 거기가 동굴 입구이 고, 안에 어마어마한 동굴이 있답니다. 로마 황제 아우구스투스 가 수많은 미소년들을 데리고 놀던 곳이지요. 황제는 전 로마에 서 열 살쯤 된 미소년을 선발하여 데리고 놀다 자의식이 생기는 열네 살이 되면 절벽에서 바다로 떠밀었다고 해요. 동굴 입구는 반대쪽에 있는데 이따 차로 올라갈 때 안내해 드리지요."

동성의 사랑은 그리스 신화에서 플라톤의 아테네를 거쳐 로마로 흐르는 시간을 타고 현재에 이른 모양이었다. 절대 권력자인 아우구스투스도 금도를 지켜야 했던지, 아름답고 편리한 궁정을 두고, 머나먼 카프리의 음습한 동굴에서 환락에 빠졌던 모양이다. 동굴에서의 은밀한 환락이 더 기쁘고 즐거웠는지 모른다.

재은과 〈그〉가 얼싸안고 뒹굴던 장소는 블랙홀, 어두운 동굴이었는지 모른다. 두 사람은 언제나 화급했다. 그의 가족이 오기 전 찰나적인 절정에 도달하기 위해 항상 급했다. 격렬한 그에게 그녀는 뜨겁게 호응했다. 언젠가는 막 절정에 다다른 순간 벨이 울렸다. 허겁지겁 바지를 끌어 올리며 이층으로 올라가던 그의 모습을 그녀는 또렷이 기억했다. 커다랗게 고정된 눈동자에 그녀는 없고, 팽팽한 공포만 가득했다. 그녀는 스커트가 말려 올라가 팬티가 보이는 게 아닌지, 전전긍긍하며 현관으로 달려갔다. 그의 아내라면 들통 날 게 뻔했다. 다행히 그의 아들이 현관 밖에서 기다리고 있었다. 그는 짜증스레 아줌마 화장실에서 나왔어? 라고 물었다. 그녀는 구원을 받은 것 같았지만 목소리가 뒤집어지는 것까지 막을 수는 없었다. 그래, 그래, 그녀는 순순히 인정하고 화장실로 향했다. 뒤에서 그의 아들이 물었다. 아버지는? 몰라, 나는 몰라. 그녀는 황급히 그러나 좀 퉁명스레 말했다. 화장실의 거울 속에는 얼굴이 벌겋게 달아오른 여자가 헝클어진 머리를 하고 색색 숨을 몰아쉬고 있었다.

병상에 누운 그의 아내가 잠든 틈에도 그는 재은을 이층 서재 바닥에 쓰러뜨렸다. 아니 그녀가 일부러 청소기를 들고 이층으로 올라갔을 것이다. 두 사람은 순간에 불같은 섹스에 돌입했다. 화끈하고, 짜릿하고 날카롭고 환상적인 순간을 불태우며 두 사람은 아래층의 기척에 신경을 집중했다. 인기척에 집중하며, 행위에 집중하는 섹스의 블랙홀에 휩쓸려버린 두 사람은 화산재처럼 밀려드는 섹스에 압도되었다. 세상을 잊은 섹스는 영원과 통했다. 두 사람은 순간에 영원을 살아낸 것처럼 충만했다. 사람들은 그런 섹스를 알기에 찰거머리처럼 이 지구에 달라붙어 있는지 모른다. 그래서 사람은 북극의 얼음 구덩이에서도, 사막의 불 구덩이에서도 살아남아 이 지구 덩어리에 다닥다닥 매달려 있을 것이다. 재은은 서커스처럼 위험한 섹스에 길들어, 남편과의 무미건조한 섹스를 견디는 고통을 감내해야 했다. 재은은 숨을 몰아쉬며 말했다.

"그러고 보니 카프리는 위와 내장을 지니고 있는 셈이네. 그래서 강한 생명력으로 사람들을 끌어모으나 봐."

"네 말대로라면 미소년들은 똥 덩어리처럼 저 절벽으로 떨어진 거구나? 카프리는 입도 항문도 다 있고… 참 기묘한 섬이야."

희수는 이어서 말했다.

"도대체 인간 욕망의 끝이 어디냔 말이야. 수많은 미녀도 부족하여 소년이란 거야? 그 야리야리한 것들을! 욕망의 극치야.

극치… 저 입구 얼마나 음험해 보이니? 저 음습한 동굴은 인간이 누리고 싶은 환락의 구렁텅이야."

두 사람은 늘 오늘이 끝이다, 다시는 만나지 말자고 뇌이며 헤어졌고, 끝내 다시 만났다. 그런 세월이 10년 흘렀다. 재은은 한숨처럼 뇌었다.

"뱃속에 2m가 넘는 동굴을 지닌 인간의 운명이겠지."

"넌 지금 인간 욕망을 옹호하는 거니?"

"인정할 수밖에…"

"알만해."

시틋하게 말하는 희수에게 재은은 말했다.

"넌?"

"난 남녀의 사랑이란 결국 욕망밖에 없다는 걸 알아."

"사랑도 있겠지."

"희망뿐이지."

재은이 말했다.

"남편과 정 좋게 산 네가 왜 이러는지 알 수가 없다."

희수는 눈을 날카롭게 뜨고 대답했다.

"배반 때문이야."

"어떤 배반?"

"아주 진부한…"

재은은 굳게 입을 다물었다. 희수가 말했다.

"내가 방금 생각해낸 수수께낀데… 함 풀어 볼래?"

"응."

"온몸이 입이고 성기이며 똥구멍인 것, 낮에만 성교를 하고, 제 자식 낳아 키워 모조리 잡아먹는 괴물이 뭐게?"

하늘의 태양은 작열하고, 빛살은 장대처럼 허공을 푹푹 찔렀다. 바다는 햇빛에 조응하며 소용돌이치고 있었다. 숲은 푸르고 사람들은 배 위에 수북이 앉아 있었다.

"…힌트라도 좀 줘봐."

"아주 거대해."

"아메바 같은 건 아니구나."

"자웅동체는 아니지."

"모르겠어."

"이 지구! 괴물 중 괴물이지? 우린 지구의 밥일 뿐이야."

재은은 그녀를 따라 한숨 쉬듯 말했다.

"그러고 보니 우린 지구의 밥일 뿐이구나."

"남편은 나를 부쉈고, 지구는 남편을 먹었지."

"어찌 그런 잔혹한 말을…"

희수는 하얗게 웃고 대답했다.

"배반자에겐 복수가 제격이야."

재은은 후르르 몸을 떨었다. 희수는 거푸 말했다.

"괴물인 지구도 남의 것은 빼앗아 먹지 않아. 그런데… 그런데…"

얼굴을 찡그리는 재은에게 희수는 말했다. 섬뜩한 어조였다.

"지구의 먹이인 주제에 남의 것을 훔치는 꼬락서니하고는…
간이 뒤집힐 것 같아, 정말."

"훔쳐 먹은 먹이가 더 맛있어서 지구가 그런 식으로 키우는지
모르잖아? 인간이 그렇게 되어 먹은 걸 어떡해?"

희수가 빽 고함을 질렀다.

"뭐? 웬 궤변이야, 궤변이?"

재은은 떨리는 목소리로 대답했다.

"네 수수께끼도 괴상하잖아? 머리를 몇 바퀴 돌려서 만든 수
수께끼 말이야."

갑자기 쌔앵 속도를 내기 시작한 요트의 소음이 두 사람의 대
화를 휘몰아갔다. 희수와 재은은 입을 다물고 바다를 바라보았
다.

두 쌍의 남녀가 타고 있는 요트가 천천히 이쪽으로 다가왔다.
긴 머리칼을 포니테일로 묶은 금발의 서양 여자는 요트 바닥에
엎드려 선탠에 몸을 맡기고 있었다. 반바지에 티셔츠 차림의 두
사내와 금발을 풀어헤친 다른 여자의 활기찬 담소가 이쪽 뱃전
에 닿을 듯했다.

아우구스투스 황제의 절벽을 돌자, 설악산 연봉 같은 날카로
운 봉우리 셋이 겹쳐 나타났다. 사람들이 와아, 탄성을 질렀다.
듬성듬성 푸른 나무가 무더기져 있는 산봉우리가 푸른 바다에서
치솟아 하늘을 찌를듯 드높았다. 가이드가 말했다.

"이제야 찰스와 다이애나가 신혼여행을 왔던 카프리라는 실

감이 들지요?"

그의 말이 돌연 영상으로 변했다. 수려한 산봉우리 위로 다이애나와 찰스의 상반신이 거대한 사진처럼 나타났다. 파카볼스의 상반신도 배경처럼 겹쳐 떠올랐다. 우울한 찰스와 천연덕스러운 다이애나, 음울해 보이는 파카볼스의 얼굴은 곧 사라졌다. 희수가 말했다.

"곳곳 처처에 불륜이야. 그런데 그 사람들 누가 불륜을 저질렀는지 아무리 생각해도 모르겠어."

"누가 진정한 사랑을 했느냐가 문제겠지."

"사랑 타령 그만 좀 해라. 다이애나가 본처인지, 후처인지 알 수가 없단 말이야. 찰스를 먼저 만난 사람은 파카볼스이고, 결혼은 다이애나가 먼저 했으니까. 여하튼 뒤에서 찰스를 조종한 파카볼스가 천진한 다이애나를 이겨 먹었으니 세상은 요지경 속이야."

"야릇한 인생이지."

햇볕이 폭포수처럼 쏟아져 내렸다. 폭염의 바다가 출렁이면 바람이 태양의 열기를 씻어주었다. 태양과 바다가 각축을 벌이고 있는 것 같았다. 재은이 물었다.

"저 봉우리가 카프리 정상이니?"

"아니, 황제의 절벽 꼭대기가 정상이야."

"거기서 무엇을 볼 수 있을지…"

"기대해도 좋아. 기가 막힌 장면이 기다리고 있을 테니까."

재은은 말이 없었다.

바위 연봉을 지나자, 나무가 푸룻푸룻 밋밋한 산등성이가 나타나고, 숲속에 숨어 있는 별장이 드문드문 모습을 드러냈다. 기묘한 바위 절벽 꼭대기에는 어김없이 별장이 있었다. 계속 나타나는 별장은 모양도 색깔도 다 달라 삼삼한 눈요깃거리를 제공했다. 절벽 꼭대기 별장에서 해변까지 구불구불 흘러내린 계단은 호사 취미에 돈을 아끼지 않는 누군가의 의지가 하얗게 반짝이고 있었다. 희수가 말했다.

"찰스라면 저런 별장을 소유하고 있겠지."

"다이애나와 황홀한 첫날 밤을 보냈을 거야."

"그리고 파카볼스와 놀았겠지."

"설마, 같은 장소에서…"

"그게 남자야."

"파카볼스가 반대했을 거야."

"그 여자, 아마 다이애나의 침대에서 뒹굴었을 걸."

"설마."

"그게 불륜의 심리야. 본처의 침대를 즐기는 게… 남편도 그러다 죽었어. 과도한 섹스를 하다가 혈압이 터진 거야. 비밀에 부치고 장례를 치렀지만…"

희수는 꼬인 목소리로 말했다. 이어서 희수는 침묵하는 재은에게 말했다. 남편은 이층 서재 바닥에 누워 죽어 있었어. 구겨진 침대 시트에 얼룩이 남아 있었지. 비릿한 냄새가 났어. 경찰을 불렀지. 결과 남편은 죽기 전 섹스를 했고, 혈압이 터졌다는 걸 알았어. 경찰이 침대 시트의 얼룩을 분석했어. 그의 정액과 여자의 분비물이 발견되었어. 재은의 얼굴이 하얗게 질렸다. 갑자기 희수가 소리쳤다.

"저 사람들 좀 봐! 저렇게 외진 해변에서 가족끼리만 놀고 있잖아?"

일가족 네 명이 아무도 없는 절벽 밑 해변에 요트를 대놓고 좁은 모래톱에서 놀고 있었다. 부모와 남녀 두 명의 아이들이 떠드는 소리가 요트의 모터 소리를 헤치고 귀에 닿을 듯 청량했다. 희수가 말했다.

"찰스와 다이애나, 윌리엄, 해리에게도 저런 시간이 있었겠지."

"그럴 테지."

"저들의 시간은 아무도 뺏지 못해. 영원해. 비록 깨어졌지만 저 순간의 진실을 누가 감히 훼손하겠니? 인간의 진실은 아기를 낳아 기르는 데 있어. 누구도 지구의 욕망을 거스를 수 없을 테니까."

엇갈려 지나는 요트 안의 관광객들이 콩나물처럼 소복이 앉아 흔들어대는 손끝에서 여행의 환희가 나풀거렸다. 가족이나 연인들이 지중해의 뜨거운 햇볕과 해풍과 절경을 만끽하는 개인 요트에는 경탄과 기쁨이 넘실거렸다. 요트는 바위 사이의 좁은 통로를 지나 바위를 돌아, 뱃길을 되짚어 카프리 항구로 돌아갔다.

항구에서 일행은 30인승 봉고 버스를 타고 가파른 절벽을 지그재그로 올라갔다. 직벽의 낭떠러지를 지날 때 오금이 저렸지만 가이드는 이태리 최고 운전기사의 솜씨를 믿고 무서워하지 말라고 일렀다. 과연 마주 오는 자동차를 아슬아슬 비켜가는 기사의 솜씨가 경탄스러웠다. 봉고 버스가 베수비오스산이 희미하게 보이는 가파른 절벽을 돌 때 가이드가 사람이 겨우 드나들 어두운 구멍을 가리켜 보였다. 아우구스투스 황제의 동굴 입구는 잡초가 우거지고 음침하여 환락의 장소라기보다는 좀도둑의 소굴처럼 보였다. 아름다운 카프리가 깊고 음습한 내장을 지니고 있으니 잘 어울린다고 희수는 말했다.

봉고 버스는 산정의 고원에서 멈추었다. 한국 면사무소 소재지 정도의 숲 마을이 내려다보였다. 아르마니, 프라다, 마크 제이콥스, 베르사체, 브렌타노, 등등 유명 패션샵이 있는 쇼핑몰은 대낮에도 휘황한 불을 밝히며 산정 마을이 부촌이라고 역설하고 있었다. 산정 마을을 둘러싸고 있는 지중해는 납빛으로 푸르렀다. 왼쪽에 이어지는 밋밋한 산 능선 끝에 카프리 정상이 불쑥 솟아 있었다. 정상에서 리프트의 의자에 앉은 사람들이 내려오고 올라갔다. 리프트가 내려오기를 기다리며 재은은 말했다.

"빨리 정상에 가고 싶어."

"기대가 크면 실망도 큰 법이야. 기대는 금물."

희수는 기대하라고 했다, 기대하지 말라고 했다 종잡을 수 없이 굴었다. 이태리 종사원들은 빨리, 빨리, 앉아, 할머니라고 외쳐대며 한국 여자들의 리프트 탑승을 도왔다.

희수가 먼저 리프트에 앉고 재은은 바로 뒤에 앉아 숲속의 별장을 내려다보며 올라갔다. 바다의 범위는 점점 넓어졌다. 비탈에는 옥수수나 토마토, 서양 야채가 심어져 있었다. 튼실한 둥치의 야자수 이파리도 저물어가는 석양빛에 맥을 추지 못하고 늘어져 있었다.

리프트에서 내린 일행은 계단을 밟고 올라갔다. 정상은 마당이었다. 일행은 마당가에 있는 관광지의 가게와 노천카페로 몰려갔다. 마당가의 가드레일 아래는 비탈이었다. 푸실푸실 메마른 땅에 덩굴식물 따위 잡초가 자라고, 우산 소나무가 드문드문 서 있었다. 박토와 해풍에 시달려 한국 소나무처럼 구부러진 우산 소나무는 뜨거운 태양 아래 머리를 숙이고 있었다. 땅끝에 아득히 펼쳐진 바다, 그 끝에 수평선과 하늘이 있었다. 아우구스투스 황제의 동굴 절벽 꼭대기는 마당 위에 솟아 있었다. 엄격히 따진다면 그 꼭대기가 카프리 정상이었다.

"비경은 어디 있는 거지?"

"좀 기다려. 기가 막힌 비경을 보려면 저쪽으로 돌아가 절벽 꼭대기로 올라가야 해."

재은이 물었다.

"천 길 낭떠러지 위로 올라가야 한단 말이니?"

"그럼."

희수는 재은을 비탈로 이끌었다. 발을 내디딜 때마다 잿빛 흙이 모래처럼 밀리고 흙먼지가 피어올랐다. 지중해성 건기에 메마를 대로 메마른 비탈에는 서양인 몇 명이 돌아다닐 뿐, 동양인은 보이지 않았다. 희수와 재은은 잉크를 풀어놓은 것 같은 바다가 보이는 절벽 위로 조심조심 올라갔다. 재은은 저기 가면 절경絶景이 보이느냐고 물었다.

"그래, 맞아 경치가 끊어지는 곳이야."

희수는 번번이 실죽 웃었다. 한 그루 우산 소나무가 서 있고, 아카시아 비슷한 나무들이 자라는 카프리 정상은 침대처럼 판판했다. 그 위 비탈이 뒷마당을 차단했다. 재은이 울상을 지으며 말했다.

"오금이 저려 더 이상은 안 되겠어."

희수는 가차 없었다.

"엄살은 무슨 엄살이야? 너한테 절경을 보여주려고 내가 이렇게 땀 흘리는 마당에…"

재은은 다리를 떨며 희수에게 손을 내밀었다. 희수는 재은의 손을 잡고 앞장서 올라갔다. 두 사람은 곧 네 사람이 겨우 앉을 수 있는 선반처럼 평평한 땅에 올라섰다. 희수는 우산 소나무 아래 앉고 재은은 그 앞에 앉았다. 서너 발짝 아래 삼, 사백 미터의 까마득한 절벽이 있었다. 절벽은 느낌만 허용할 뿐, 넘보는 것은 허락하지 않았다. 두 사람은 말이 없었다. 몸이 떨려 말도 할 수 없었다.

바다는 쪽빛이고 수평선은 다이아몬드처럼 빛났다. 수평선에 닿은 하늘은 투명한 황금빛이었다. 희수와 재은은 하얀 물 꼬리를 흘리며 바다를 헤쳐 가는 세 척의 배를 한동안 내려다보았다. 종이배처럼 작게 보였다. 종이배는 거리距離의 폭력을 실감케 했다. 선객은 보이지도 않았다. 배도 정지해 있었다. 바다에서 카프리 정상에 닿는 동안 속도와 부피를 상실한 배가 바퀴벌레처럼 천천히 이동하고 있었다. 희수가 말했다.

"카프리에 왔다는 실감이 드니?"

"응. 여기가 비경이라는 거니?"

대답도 없이 희수는 뇌었다.

"왜 그리 넌 카프리가 있다고 믿지 못했지?"

"글쎄…"

"실은 네게도 아름다운 것은 꿈속에나 있는 것이라는 생각이 잠재되어 있는 거겠지. 사랑처럼…"

"난 왠지 늘 모든 게 실감이 들지 않아. 그런 DNA를 타고났는지 몰라."

"꿈인 것 같은 DNA?"

"응, 그런데 여기가 비경이라는 거니?"

한동안 가만히 앉아 있던 희수의 목소리가 갑자기 단호해졌다.

"비경은 여기 있어!"

희수는 배낭에서 빳빳한 뭔가를 꺼내 들고 꽤 에로틱한 장면이라고 말했다. 재은은 눈을 감았다. 감은 눈에 장면과 장면이 선히 떠올랐다. 그와 그녀는 숨을 헐떡이며 땀에 젖은 몸을 찰싹 밀착시키고 있었다.

실오라기 하나 걸치지 않은 남녀가 배를 맞댄 채 뒤엉켜 있는 장면, 두 마리 새우처럼 겹쳐진 장면, 뒤에서 여자를 끌어안은 남자가 손바닥으로 여자의 유방을 감싸 쥔 장면. 여자의 몸은 농염하고, 남자의 몸은 야자수 둥치처럼 튼실했다. 남자의 몸에 눌린 여자의 배는 탱탱하고, 남자의 손에 담긴 젖가슴은 분홍색이었다. 두 사람이 누리는 육체의 시간은 영원한 현재처럼 생생했다. 재은은 무궁한 어둠 속에 빛이 반짝이던 찰나를 보고 있었다. 육체의 시간, 영원은 흘러간 꿈처럼 아득했다. 하지만 희수에겐 살아 숨 쉬는 현재였다.

두 사람의 육체 위에는 아늑한 평화가 소복소복 쌓여 있었다. 섹스의 결렬함, 희열과 열락을 샅샅이 겪고 난 뒤, 몸이 물먹은 솜처럼 나른한데도 그녀는 떨어지기 싫었다. 그도 허겁지겁 재결합을 시도했다. 부드럽게 풀린 몸을 그녀의 나른한 몸속에 밀어 넣은 그는 조용히 누워 있었다. 죽음과 같은 피로와 녹작지근한 행복에 잠긴 재은은 수억만 년 전 최초의 여자로부터 유전된 고독이 녹는 것을 느끼며 혼곤한 잠에 빠져들고 있었다. 그러나 그것은 벌써 흘러가버린 과거, 무능한 과거였다. 그녀는 희수의 절절한 현재를 보고 오스스 몸을 떨었다. 희수는 말했다.

"이 사진 어디서 발견했는지 아니? 그의 컴퓨터 파일을 뒤졌지. 그의 체취를 느끼기 위해 하나하나 체크했어. 누가 이렇게 생생한 에로 사진이 나오리라고 짐작할 수 있었겠니? 처음엔 에로 취미도 있었구나, 했지. 좀 생경했지만 뭐 그럴 수 있잖아?"

희수는 재은을 노려보며 말했다. 재은은 석상처럼 앉아서 일 초 후의 일을 알 수 없다고 생각했다. 갑자기 희수가 소리쳤다.

"너, 여기서 죽어줘야겠어!"

재은은 파랗게 질렸다. 희수는 그녀를 노려보며 쌔근쌔근 숨을 몰아쉬었다. 너는 내 인생을 산산이 부숴버렸어. 우리는 더할 수 없이 사랑하는 부부였거든. 그가 죽었어도 난 사랑을 추억하며 행복할 수 있었어. 그런데 이젠 끝장이야. 평생 널 돌봐줬지. 남편과 나는… 그런데… 너는, 너는, 희수는 더 이상 말을 잇지 못했다. 재은은 눈을 감았다.

"진실하고 예술적인 영혼이라고? 우리도 그렇게 사랑했다. 마녀 같은 너만 아니라면 완벽했어. 내 사랑이 착각이라면 네 사랑도 착각인 거야. 착각을 깨트린 죄로 넌 죽어야 해. 자, 봐!"

어느새 곁에 있는 우산 소나무를 꼭 끌어안고 희수는 재은에게 발을 뻗었다. 힘껏 밀어버리면 재은은 끝장이었다. 희수의 눈초리에 섬광이 번쩍거렸다. 재은의 주위에는 한 포기의 풀이 자라고 있을 뿐이었다.

"내 걱정은 하지 마, 넌 실족했을 뿐이니까."

재은은 무슨 수를 써서라도 살고 싶었다. 살려달라고 애원할까, 용서해달라고 빌어볼까, 아니면 완력을 쓸까. 소리칠까. 이

렇게 살고 싶은 것은 무엇일까. 마약 같은 섹스의 환상을 잊지
못해 이렇게 질기게 살고 싶은 것일까. 그러나 분노에 치를 떨고
있는 희수가 무슨 짓을 저지를지 알 수 없었다. 자칫 그녀는 열
네 살 미소년처럼 절벽 아래 푸른 바다로 굴러떨어질 판이었다.
주위에는 사람도 없고, 정상 뒤 마당은 보이지 않았다. 재은은
눈을 감고 조용히 말했다.

"질투하는 거니?"

재은은 억울했다. 희수만 결핍되어 있던 건 아니었다. 그녀도
결핍되어 있었다. 그가 죽은 뒤 비로소 자신의 내부에 동굴이 뚫
려 있다는 사실을 알았다. 자기 자신으로 채워야 할 텅 빈 공동
이었다. 그녀는 항상 절벽 위에 서 있었다. 그를 만나지 못하면
인생이 끝장인 것만 같았다. 그를 만날 때마다 그녀는 자신도 모
르게 스스로를 죽이곤 했다. 그의 눈치를 살피고 비위 맞추기에
급급했다. 그는 황제이고 그녀는 시녀였다. 그는 단지 최고의 남
자로 떠받드는 재은을 좋아하는 것처럼 보였다. 그녀가 자신의
주장을 내세우는 여자였다면 그는 재은을 사랑하지 않았을 것이
다. 재은은 나는 당신의 비위를 맞추기 위해 나를 비웠던 거라고
그에게 말해주고 싶다. 그렇게 할 수 있다면 가슴이 시원할 것
같았다. 그와 재은은 일상을 함께 하지 못했다. 항상 비상시국이
었다. 비상시에 착각이 끼어드는 건 당연했다.

"그는 단 한 번도 나를 만나지 못하고 죽은 셈이야."

재은은 떨리는 목소리로 더듬더듬 뇌었다.

"…"

"그가 너를 최고의 여자라고 했다면 내가 그를 최고로 떠받들었기 때문일 거야. 내게서 받은 것을 너에게 베풀었던 것뿐이야. 너도 그래서 행복했던 거 아니니?"

"지금 넌 죽기로 작정했구나. 좋아, 죽기 전에 날 아주 짓뭉개 봐. 싹싹 뭉개 봐!"

희수는 독하게 쏴 붙였다. 재은은 후르르 몸을 떨었다. 사방이 꽉꽉 막힌 것 같았다.

재은은 돌돌 몸을 말고 앉아 400m 아래로 굴러떨어지는 자신을 상상했다. 낙하의 서늘함에 자신을 내던지면 시원할까. 이 찬란한 여름날의 카프리 정상에서 지구의 아가리로 굴러떨어지는 한 알의 알갱이, 어쩌면 사치스러운 죽음인지 모른다. 특전사 블랙 베레들은 낙하하는 이삼 초 기절한다고 한다. 기절하지 않는다 해도 반짝이는 지구를 바라보며 새처럼 바다에 떨어지는 순간, 심장이 멎을 것이다. 비상의 쾌감을 느끼고 끝나는 깨끗한 죽음이었다. 재은은 혼잣말로 중얼거렸다.

"내가 끊어지면 경치도 끊어져. 그런데 내가 무슨 상관이야?"

희수는 재은이 울며불며 애원하는 순간 그녀를 밀어버릴 셈이었다. 그러나 재은은 가만히 앉아 있었다. 희수라는 존재도, 아슬아슬한 카프리 절벽에 앉아 있다는 사실도 까맣게 잊은 듯싶었다. 죽는 게 무서워 결핍이니 뭐니 되지도 않은 말을 지껄이더니 아주 바보가 된 것 같았다. 희수는 재은이 지껄이는 말을 이명처럼 듣고 있었다.

"넌 왜 그리 최고의 여자라는 남편의 말에 홀려 살았니? 그는 왜 그리 최고로 받드는 나를 좋아했던 것일까. 나는 또 왜 그가 나를 최고로 사랑한다고 생각했을까. 지구의 밥인 주제에… 홀리지 않으면 어찌 살겠니? 홀려서라도 살아야 하는 거 아니냐?"

"마지막이니까 하고 싶은 말 다 해봐."

"네 말대로 여긴 절경이야. 모든 게 보이거든. 우리가 물려받은 우주의 유전자도 보여. 우리는 끊임없이 신을 추구하는 존재이기에 최고를 꿈꿔. 지구도 그런 우리가 졸깃졸깃 맛이 있을 거야. 그건 밥에 뿌려진 양념이나, 마취제 그런 건지도 몰라, 모르겠어."

"…"

"이 사람들이 몸을 비비며 흘린 땀 따위가 뭐란 말이니? 너도 어젯밤 그랬잖아? 어젯밤 너는 우리 방을 빠져나가 유일한의 방으로 들어갔어."

"…"

한동안 말이 없던 희수가 말했다.

"그래, 느네들이 미친 게 뭔지 알고 싶어서 그랬다. 간섭은 웬 간섭이야?"

"그래, 좋아 날 떠밀어 봐! 밥알처럼 아래로 떨어지면 되겠지. 괜찮아."

재은은 내가 끊어지면 경치도 끊어지고, 찰나적인 끝장은 괜찮다고 생각했다. 그도 그렇게 끝장을 맞았다. 괴로움은 남은 자의 몫일 뿐. 희수는 태연한 재은을 보고 전신의 힘이 풀리는 것 같아 이를 악물고 다리에 힘을 가했다. 뒤에서 유일한이 목청껏 외치는 소리가 들려왔다.

"교포가 매점에서 밥을 지어 팔아요. 스파게티 질렸잖아요? 빨리 와서 밥 먹어요! 밥!"

갈 수 없는 나라

아내는 왼쪽 다리는 제대로 내려뜨리고 바른쪽 다리는 접어 의자에 올려놓은 자세로 밥을 먹고 있었다. 스커트 자락이 걸쳐진 허벅지의 푸른 힘줄이 중부 유럽의 국경선을 따라 꿈틀거리는 것 같았다. 아내는 콩나물을 젓가락으로 뒤집어 밑에 것을 입에 넣고, 또다시 뒤집어 속엣 것을 입에 넣느라고 정신이 없었다. 쩍 벌어진 입, 콩나물을 겨냥하는 붉은 혓바닥, 울긋불긋한 입안, 그는 식탁에서 벌떡 일어섰다. 아내는 왜? 묻고는 다시 밥을 먹기 시작했다.

그는 아내에게 자세를 바로 하라고 하거나 스커트를 건드리며 지나가지 않았다. 아내는 물색없이 샐샐 웃을지 모른다. 이만큼 살았으면 내게도 자유롭게 앉을 권리쯤 있는 것 아니에요? 능치려 들지도 모른다. 시시콜콜 간섭하다 당신 늙으면 난 싫어,

하거나 주르르 눈물을 흘릴 수도 있었다. 다음은 빤하게 간다. 그는 의무방어전을 치르느라고 진땀을 흘릴 것이다. 그 패턴을 구기고 싶었다.

그는 고향집 마당을 외돌아 흐르는 도랑을 떠올리며 짓궂은 미소를 지었다. 투명 생물처럼 흘러가는 물 허리에 커다란 바위를 밀어 넣은 적이 있었다. 거기까지 미끄러져 온 도랑은 바위에 머리를 쳐박고 펄쩍 곤두박질치며 굽이쳐 흘러갔다. 아내는 아직 그 자세 그대로 밥을 먹고 있었다.

그는 거실 벽에 걸린 동아시아 지도를 힐끗 쳐다보았다. w기업 중국담당 과장인 사위는 동아시아가 뭉치면 세계를 쥐고 흔들 수 있다며 빙긋 웃었다. 그러고 보니 중국의 만과 한국의 반도, 중국의 반도와 한국의 만은 요철처럼 맞아떨어졌다. 일본의 닛본도까지 한반도를 감싸 안으려는 듯 굽어 있다. 수억 년 전 한 덩어리였던 세 나라는 역사 이래 원수처럼 싸웠고, 지금도 치열한 각축을 벌이고 있다. 그는 집을 뛰쳐나갔다. 늦가을 야기가 싸늘했다.

아파트 단지에는 짙은 어둠이 내려져 있었다. 어떻게 하나? 어떻게 하나? 신음하며 그는 어두운 아파트 단지를 두 바퀴 돌았다. 자꾸만 약간 육감적인 허벅지를 내놓고 식사한 죄를 아내에게 묻고 싶었다.

미니 슈퍼에서 그는 종이 팩 소주와 땅콩 한 봉지를 사 가지고 아파트 단지 밖으로 나갔다. 아파트의 쥐똥나무 울타리는 8차선

대로를 따라 길게 이어졌다. 아파트 울타리와 보도 사이의 둔치에는 플라타너스, 미루나무, 목련, 단풍나무 등등의 나무들이 가로등 불빛을 등지고 복면의 괴한처럼 우뚝우뚝 서 있었다. 그는 나무 밑에 웅크리고 있는 개나리와 파초를 헤치며 조심조심 걸어갔다. 발걸음에 따라 벌레 울음소리가 잦아들고, 수풀 속에 숨어 있던 연인들의 속삭임도 문득 멈추곤 했다. 울타리 끝머리에 다다른 그는 로터리가 내려다보이는 통나무 벤치에 앉았다.

　도시의 밤은 빛과 어둠으로 양분되어 있었다. 거무스레한 밤하늘, 보다 검은 형상을 그리고 있는 산 능선과 빌딩들, 그런 도시를 배경으로 불밤송이처럼 반짝이는 가로등 불빛, 가로등은 그런 도시를 노랗게 지워놓고 있었다. 도로에는 가로등 불빛이 홍수처럼 흐르고, 나무와 수풀은 먹그림처럼 까맣게 떠올라 있었다.

　바람이 불면 검은 나무와 수풀이 갈라지면서 불빛에 물든 배경이 나타나고, 두 개의 검은 바위 같은 연인들의 형상이 선연히 부각되곤 했다. 연인들의 형상은 다시 불어오는 바람에 요동치는 풀숲에 지워졌다.

　찬 날씨 탓에 성가신 모기 따위는 없었다. 으슥하긴 하지만 범죄 따위 일어날 리도 없었다. 아파트 경비실이 가깝고, 수풀 속에 숨어 속삭이는 연인들도 있었다. 나무를 휩쓸어가는 바람 소리, 바람을 가르는 자동차 소리가 가을밤의 스산함을 더해갔다. 문득 울타리 안쪽에서 인기척이 들리고, 여자가 중얼거리는 소리가 들려왔다. 그는 재빨리 생나무 울타리에 눈을 대고 지켜보았다.

"어떻게 하나? 어떻게 하나?"

여자는 좀 전에 그가 한 말을 중얼거리며 검은 나뭇가지 사이에 나타났다. 어쩌면 아내일 수도 있었다. 말없이 밖으로 뛰쳐나온 그의 행동이 아내에게 일파만파의 고민을 불러일으켰을지도 모른다. 아파트 녹지 공간을 반쯤 걸어오는 여자는 키가 훌쩍 컸다. 그녀는 다시 중얼거렸다.

"어떻게 하나? 어떻게 하나?"

방법을 찾아야지요, 하마터면 그렇게 대꾸할 뻔했다. 벌써 여자는 저만큼 멀어져가고 있었다. 어둠 속으로 사라지는 여자의 뒷모습을 좇으며 그는 피식 웃었다.

그는 종이컵에 소주를 따라 마시고 땅콩을 입에 털어 넣었다. 8차선 로터리에 고여 있던 자동차들이 푸른 신호를 받고 일제히 풀려나고, 반대편 차선의 차들은 줄줄이 멈추어 섰다. 이런 자동차의 행렬이 두 번 되풀이 되었을 때, 그녀는 다시 나타나 말없이 지나쳐갔다. 로터리 쪽에서 다가온 남녀가 한 덩어리가 되어 풀숲으로 스며들었다.

시간이 흘러갔다. 또다시 중얼거리는 소리가 들리는가 하는데, 그의 등 뒤에 멈추어 서는 여자의 기척이 들려왔다. 그는 살그머니 돌아보았다. 쥐똥나무 울타리 뒤에서 그녀는 자동차들이 쌩쌩 달리는 8차선 도로에 넋을 팔고 서 있었다. 자동차들은 성난 동물처럼 보이고, 여자는 한 그루 식물처럼 보였다. 여자는 꼼짝없이 서 있을 수 있는 전범을 보이려고 그렇게 서 있는 것 같았다. 그는 숨도 쉬지 않았다.

그녀는 밤하늘을 쳐다보았다. 그녀의 곁에는 커다란 미루나무 두 그루가 수문장처럼 마주 서 있었다. 여자는 나무 꼭대기에 시선을 고정시킨 채 또다시 어떻게 하나, 라고 가만히 중얼거리고 한숨을 푹 쉬었다. 여자는 주위를 휘휘 둘러보며 벤치에 앉았다.

어두운 쥐똥나무 울타리를 사이에 두고 그와 그녀는 마주 앉은 셈이다. 싸르르 싸르르 계속 나뭇잎을 흔드는 바람 소리가 그의 기척을 숨겨주었다. 한동안 우두커니 앉아 있던 여자가 컵에 뭔가를 쪼르르 따르는 소리가 들리고, 쓴 소주 냄새가 풍겨왔다. 바스락바스락 비닐 뜯는 소리를 내면서 그녀는 중얼거렸다.

"억울해."

바람이 불어와 나무 이파리를 휩쓸어갔다. 그녀는 다시 중얼거렸다.

"더러워."

그녀는 다시 뇌었다.

"죽이고 말 거야."

그는 가슴이 쿵 내려앉았다. 나무 밑의 어둠이 살기를 띠며 번쩍였다.

"죽여야 해!"

그녀는 단도를 던지듯 말했다. 어둠의 살이 부르르 떠는 것 같았다. 여자는 하염없이 미루나무 꼭대기를 올려다보고 있었다.

그는 미래의 어느날, 아파트 살인 사건 오리무중, 이라는 신문 기사를 보게 될지 모르고, 신고해야 한다는 책임감에 전전긍긍하게 될지도, 허겁지겁 뉴스를 찾게 될지도, 여자가 저지른 범죄에 몸을 떨지도 모른다. 가공할 범죄에 세상이 온통 들끓을지도 모른다. 바람에 휩쓸린 미루나무는 바다를 향한 어망처럼 밤하늘에 휙 펼쳐져 있었다.

"난 목사도 스님도 믿지 않아. 나무 널 믿어. 넌 말이 없지. 그게 좋아. 내게는 네가 최선이야."

그녀는 중언부언 지껄여대었다. 바람이 불고 나무 이파리들이 싸르륵 싸르륵 어둠을 쓸고 있는 동안, 그는 긴 숨을 몰아쉬었다.

"죽여야 해."

그 여자는 떨리는 목소리로 중얼거리고 우두커니 앉아 있었다. 설마 살인 사건이 그렇게 쉽게 일어나지는 않겠지, 그가 어물거리는 사이 그녀는 훌쩍 일어서서 천천히 걸어가기 시작했다. 그도 벌떡 일어섰다. 이미 그녀는 아파트 모퉁이로 사라지고 없었다. 살인을 막아 보겠다고? 그는 픽 웃었다.

그녀는 아마도 이 아파트의 주민일 것이다. 그의 앞을 지날 때 거침이 없었고, 벤치에 앉을 때도 머뭇거리지 않았다. 냉장고 원피스라는 홈웨어 차림으로 미뤄 그녀는 가정주부인 것 같았다.

깊어 가는 가을밤에 아파트 단지를 혼자 헤매이는 그녀가 죽이려는 사람은 누구일까. 아마 그녀는 분란 끝에 집을 뛰쳐나왔을 것이다. 분란의 대상이 시어머니라면 방황은 낮에 이루어졌을 것이다. 밤늦은 시간에 그녀와 충돌할 사람은 시동생이나, 시숙, 남편 등, 남자일 가능성이 컸다. 상상도 못 할 경우일지도 모르긴 하지만.

다음날, 밤 열한 시, 미루나무 밑에 서서 그녀는 말했다.

"부숴 버려야 해. 새로워질 수 있다면… 아, 아…"

그녀는 금세 돌아갔다. 그리고 나타나지 않았다.

세 번째 날, 그녀는 나무 밑 벤치에 앉아 말했다.

"어떻게 하나?"

"…"

"어떻게 하나?"

풀숲을 쓸어가는 바람 소리에 수풀 속에 숨어든 남녀의 속삭임이 흐르고 있었다. 그녀는 혼자서 소주를 마시고 과자 종류로 보이는 안주를 먹는 듯싶었다. 그는 기다렸다. 그녀는 말이 없었다. 그녀는 거푸 넉 잔의 소주를 따라 마시고 한숨처럼 뇌었다.

"어떻게 하나? 어떻게 하나?"

그는 손으로 무릎을 문질러 대었다. 그래도 손가락이 저리고 시렸다.

"어떻게 하나?"

그는 자신도 모르게 무릎에 손을 고정시키며 불쑥 말했다.

"새로워지면 되잖아요?"

"누? 누구요? 남 얘기를 엿듣고… 모두 똑같아. 비겁한 인간들…"

낮은 비명이 어둠을 가르며 굴러왔다. 풀숲에 숨어 있는 연인들을 놀라게 할 필요는 없었다. 그는 차분히 대답했다.

"내가 비겁하다기보다는 그쪽 분이 부주의했잖아요? 내 얼굴이 보이나요?"

"아뇨."

대들 듯한 그녀의 말에 그는 느긋한 미소를 지었다.

"그쪽 분은 검은 실루엣으로만 보여요. 속을 털어놓기에 이보다 좋을 순 없지요. 나는 피가 도는 인간이지만 소문도 내지 않을 테고, 수치를 줄 수도 없죠."

그녀는 돌아가지 않았다. 그는 다시 미소 지었다.

"나도 그쪽 분과 똑같은 말을 하며 이 아파트를 돈 적이 있어요. 며칠 전에…"

"그래요? 왜 그랬죠?"

그녀는 체면과 예의와 소문에 대한 우려를 버린 듯 다급하게 물어왔다. 그는 또 미소 지었다.

"아내가 싫어서요."

그녀는 재빨리 반문했다.

"얼마만큼이죠?"

"이혼하고 싶을 만큼…"

"하면 되잖아요?"

그는 아내에겐 죄가 없다고 말했다. 그녀는 위자료라는 말이 있지 않느냐면서 가난한 남자에겐 이혼은 사치일 뿐이라고 말했다. 바야흐로 판이 무르익어 가고 있었다. 그는 자신만 참으면 여러 사람이 편해지는 상황이라고 대답했다. 그녀는 아내의 어떤 점이 그렇게 싫으냐고 물어왔다.

"어떡하면 좋을까요?"

"시간은 모든 사람에게 공평하게 주어지지만 사람을 살리기도 죽이기도 하죠."

"시간이란 놈은 그쪽보다 더 고약하군요. 대량 학살자이니까요."

이어서 그는 어떤 문제로 고민하느냐고 물었고, 그녀는 죽이고 싶어 한다는 것을 알고 있지 않느냐고 되물어왔다. 그는 죽이고 싶은 사람이 누구냐고 물었고, 그녀는 대답하지 않았다.

"대상이 누구지요?"

대답도 없이 그녀는 다시 물었다.

"살인 사건의 피해자는 누구라고 생각하죠?"

"그쪽 분은 지금 범인을 피해자로 보고 있잖아요?"

"살해당하는 입장에서 보면 어쩌면 편안한 죽음일지 모르잖아요? 갑자기 한순간에 죽을 테니까요. 대신 범인은 상상할 수 없는 여러 가지 벌을 받게 되잖아요?"

"지금 그쪽 분은 살인을 적선이라고 말하는 겁니까? 어떻게 그럴 수 있지요? 사람 목숨을 파리 목숨 취급해도 되겠어요? 도덕도 뭐도 없나요? 여자가…"

미쳐가는 여자와의 줄타기는 위험했다.

"여자는 그런 생각도 못 하나요?"

그녀는 야멸차게 쏘아붙였다. 그는 말이 없었다. 그녀도 말이 없었다. 그는 어떻게든 그녀의 말을 평정해 놓고 싶은 마음 간절했지만 적당한 말이 떠오르지 않았다. 그녀는 이상한 죽음에 몰두해 있고, 그는 갑자기 죽음의 벌판으로 내몰린 것 같았다. 그는 무슨 말이든 해야 한다고 생각했다.

"그런데 춥지 않아요? 밤공기가 차군요. 나는 옷을 껴입고 나왔거든요. 이거라도 걸치세요. 따뜻해질 겁니다."

그렇게라도 말을 하고 나니 가슴이 부드럽게 풀어진 것 같았다. 여자가 대답도 하기 전에 그는 울타리 위에 오리털 파카를 올려놓았다. 그녀는 그의 파카를 가져갔다.

"왜 몸이라는 말을 생략하는 거죠? 내가 육체나 몸이라는 말에 알레르기 반응이라도 보일 것 같아요?"

"아뇨. 습관이죠."

여자가 해치려고 하는 육체는 어쨌든 절대적이었다. 그녀가 긍정적인 반응을 보이기 시작하자, 그도 조금 마음이 놓였다.

"소주 한잔 어때요? 따뜻해질 텐데요?"

그녀는 자신에게도 소주와 안주가 있다고 대답했다. 그는 울타리 위에 오징어 봉투를 올려놓았다. 그녀는 과자 봉지를 올려놓고 오징어 봉지를 가져갔다. 울타리 이쪽과 저쪽의 어둠 속에서 그와 그녀는 소주를 마시고 안주를 먹었다. 술이 도는지, 그녀는 약간 풀어진 소리로 말을 쏟기 시작했다. 그녀는 그러니까 넉 잔의 술에 취해 술주정에 대해 말하기 시작했다.

술 취한 남편은 싸우지 않고는 잠들지 못하죠. 난 지쳤어요. 결혼 20년 동안 나는 스스로를 받아들이기 힘들 정도로 변했어요. 지렁이도 오랫동안 밟히면 독기를 뿜나 봐요. 요즈음 나는 죽기 아니면 살기로 남편에게 대들죠. 그러자 남편은 상대를 바꾸었어요. 다행이라고요? 애꿎은 아이들이 희생물이 되었는데요? 그녀는 한숨을 쉬고는 거침없이 말했다.

남편은 술에 취하면 눈이 게게 풀리고 얼굴은 약간 창백해지죠. 그는 약간 창백한 얼굴로 지뢰가 있다고 가족들에게 경고해주기는 해요. 그 정도 적선은 아까워하지 않지요. 그러나 걸리는 것은 많아요. 흩어진 신발, 볼멘소리, 말대꾸, 민첩하지 못한 행동, 아이들과 나는 지뢰를 밟을 수밖에 없는 처지에 놓이게 되지요. 언젠가 딸아이가 말하더군요.

"아빠는 다이너마이트야."

속으로 회심의 미소를 지으며 나는 말했어요.

"그래?"

대답도 물음도 아니게 말꼬리를 흐렸지요. 딸이 다시 말했습니다.

"나는 폭탄이 되고 싶어."

나는 외마디 소리를 질렀어요.

"왜? 왜?"

나는 놀랐습니다. 나도 남편처럼 유교적 질서에 기대고 살아왔다는 것이 확연히 드러난 순간이었어요. 내가 그렇게 싫어하면서도 자신도 모르게 의지하고 있던 게 유교적 질서 의식이 아닌가 싶었지만 그것도 결국 딸의 손에 무너지려 하고 있었어요. 나는 아이들이 폭력적인 아버지 밑에서도 꿋꿋하고 착하게 성장하리라는 희망에 의지하며 살아온 셈이지요. 그런데 딸이 다이너마이트 같은 아버지에게 폭탄으로 대결하겠다니 눈앞이 캄캄했습니다. 그러나 중학교 일 학년짜리 딸은 다시 태연하게 말했어요.

"폭탄이 되면 나는 먼저 소주 공장을 폭파할 거야. 맥주 공장도, 양주 공장도, 이 세상 술 공장이란 술 공장은 모조리 폭파하고 말 거야."

후유, 가슴을 쓸어내렸어요. 딸이 얼마나 귀엽고 자랑스러웠는지 모릅니다. 하지만 꽃봉오리 같은 딸의 가슴속에 이런 울분이 숨겨져 있다고 생각하니 눈시울이 뜨거워지더군요. 내 괴로움에 매몰되어 아이들을 제대로 돌보지 못했다는 후회가 밀물져 왔습니다.

에너지의 운동법칙은 누르면 삐어지게 마련이라지요. 나는 현재의 고통이 언젠가 보상될지도 모른다는 희망에 기대어 고통스런 나날을 버텨왔는지 모르겠어요. 우리에겐 실낱같은 것이라도 희망의 끈을 놓치지 않고 현재의 고통을 건너뛰려는 습성이 있는 것 같아요. 그런데 보상은커녕, 언젠가 곪아터질 날이 올지도 모른다고 생각하니 가슴이 암담하게 굳는 것 같았습니다.

어제도 남편은 고2 아들에게 한바탕 난리를 피웠지요. 고2라면 공부에 비상이 걸린 시기라는 것은 모두들 인정하는 사실 아닌가요. 현관 밖까지 퇴근해 온 아버지가 아이들 방에 불이 켜져 있으면 밤거리로 되돌아간다는 일화가 널리 회자되는 세태이니까요.

애들 아버지는 용감무쌍했지요. 남편은 공부하는 아들을 척 불러내어 계란 프라이를 해달라고 명령했습니다. 그는 늘 계모 밑에서 스스로 밥을 꺼내 먹으며 자라온 과거사를 자랑하며 아이들에게도 그렇게 하라고 강요했습니다.

어디 부자지간에 잘 해봐라. 나는 아버지와 아들이 되어 가는 꼴을 한번 지켜보자는 심보로 열심히 다리미질만 했어요. 지금까지 아들은 남편과 나 사이에 불화가 터지면 제 방으로 들어가 꼼짝하지 않았습니다. 집에서 폭탄이 터져도 죽은 듯 콕 틀어박혀 있을 것 같았습니다. 제 몸보신에 철저하다는 생각도, 야속하다는 생각이 들기도 했지만 얼마나 무서우면 저럴까 이해하지 못하지는 않았습니다. 하지만 아들이 냉갈지게 느껴지는 것 또한 사실이었습니다.

아들의 여동생은 그렇지 않았어요. 딸이 없었다면 남편에게 무슨 꼴을 당했을지, 때때로 아찔했습니다. 죽었을지, 불구가 되었을지 모를 일이죠. 솔직히 나는 속으로 아들에게 너도 네 애비에게 한번 당해봐라 하는 심정이 없지 않아 있었습니다. 부모 자식 간에도 한계는 분명히 있었지요.

아들이 겨우 계란 프라이라는 것을 만들어 아버지에게 바치더군요. 아버지가 버럭 고함을 질렀어요.

"뭐! 이런 새끼가 다 있어? 이거, 이거 소금도 치지 않았잖아?"

아버지는 부엌에 소금이 어디 있는지 모르는 아들을 인간도 아니라는 식으로 몰아붙이더군요. 거센 추궁과 질타가 이어졌습니다. 아버지의 잡아 죽일 듯한 태도에 아들은 죄인처럼 부들부들 떨고 있었습니다. 애들 아버지는 성이 나면 핵폭탄처럼 터지는 사람이지요. 고래고래 고함을 지를 때면 육신이 모조리 목통으로 빠져나오는 것 같았어요. 아들의 공포를 덜어주고 싶은 마음 간절했지만 뾰족한 수를 찾지 못하고, 애만 태우고 있었습니다. 이런 경우, 내가 나서면 불에 기름을 끼얹는 격이 되고 맙니다. 그는 어미의 도리가 아니라고 불같이 화를 내며 내게 덤벼들 테고, 더 큰 불화로 번질 게 뻔했습니다.

그게 위험한 짓이라는 것쯤 누가 모르겠습니까. 남편과 아내는 부부나 부모라는 이름으로 싸잡아 넘겨지잖아요. 아버지에게 하극상을 저지른 자식이 어머니에게 그러지 말라는 법이 어디 있겠어요.

남편이 산자락 같은 우산이라도 펼쳐준다면 결혼 생활이라는 것도 낙원이 될 가능성이 있겠지요. 아내는 그 우산 속으로 아이들을 끌어들이기만 하면 될 테니까요. 남편은 그런 내 고민은 생각하지도 않고, 자신의 위상만 세워달라고 펄펄 뜁니다.

솔직히 걸핏하면 아버지의 주먹에 휘둘리는 엄마의 말에 무슨 위엄이 있겠습니까. 그는 자신에게 복종하지 않는 나 때문에 체면이 말이 아니라고 나를 잡도리하지만 요즈음 아이들에게 그런 말이 통하기나 하겠어요? 눈 가리고 아웅 한다고 들어먹을 아이들도 아니고요.

나도 가부장적 위계질서를 기계적으로 지킬 수는 없었어요. 휴머니티가 빠진 위계질서란 영혼 없는 육체와 다를 게 없으니까요. 아버지라는 이름으로 자행되는 폭력에 무조건 머리를 조아리는 아이들의 모습을 상상해 보세요. 나는 행여 폭력에 굴종하는 게 몸에 밸까 두려웠어요. 때때로 제어할 수 없는 모성 본능으로 가로맡고 나서면 남편은 네가 아이들 역성만 드니 아이들이 저 모양, 저 꼴이라며 길길이 날뛰었습니다.

나는 아들의 영혼에 빌었어요. 아들아, 네 마음속에 행여 나쁜 놈이라는 낙인 따위 찍지 마라. 아들아, 계란 프라이에 소금을 치지 않은 너는 나쁘지 않아. 실수했을 뿐이야, 그러니 기죽지 마라. 앞으로 세상에 나가서는 부당한 일에 사내답게 저항해라. 지금은 아버지이니까 참고 벌벌 떨고 있지만 좀 더 크면 아버지 손을 꼭 잡고 차근차근 따지고 설득해라. 나는 속으로 통곡

했습니다. 함부로 아이들 편을 들 수도 없고, 아이들이 아버지의 폭력에 휘둘리다 못해 찌들어가는 모습을 지켜볼 수도 없고… 수렁에 빠져 헤어나지 못한다는 생각이 들어 억울했습니다. 아버지가 아이들의 속을 썩이는 상황이 진저리나게 싫었습니다.

오늘도 그는 두 눈이 게게 풀린 상태로 현관에 들어섰습니다. 얼굴이 창백했어요. 그는 소주 한 병으로는 간에 기별도 가지 않는 사람입니다. 두 병 마시면 얼굴이 약간 붉어지고 알큰한 정도가 되지요. 그 단계를 넘어서면 소주를 사이다처럼 벌컥벌컥 들이마시고, 망나니가 될 때까지 퍼마시지 않으면 직성이 풀리지 않습니다.

우리 집에 비상, 비상이 걸렸어요. 아이들이 굳은 얼굴로 각자의 방으로 들어가고 나는 이번에는 곱사리 당하지 않겠다고 잔뜩 도드리고 있었습니다. 사냥감을 찾아 번뜩이는 눈에 딸의 셔츠가 걸려들었습니다.

"너! 이 빨랫감 왜 내놓지 않았어?"

아버지는 딸에게 버럭 고함을 질렀어요. 아들과 달리 딸은 짜증스럽게 반응했습니다.

"내놓으면 되지, 왜 야단부터 쳐!"

아버지는 야비한 어조로 욕을 했어요.

"뭐? 이녀어언이!"

"욕하지 마!"

딸의 용기는 가상했어요. 대리 배설의 쾌감이라고 해도 어쩔 수 없네요. 마음이 시원하게 뚫리는 것 같았어요. 그가 소리쳤습니다.

"야, 이년아! 어따 대고 이따위 말버르장머리야?"

〈야, 이년아!〉라고 소리칠 때의 어투는 저잣거리의 막된 인종들의 야비한 어조 그 이상이었습니다. 아버지가 어떻게 딸에게 그렇게 천박한 욕설을 퍼부을 수 있을까요. 야비하게 비틀어진 목소리에 치를 떨며 나는 그의 턱 밑에서 해결을 보고 싶어 부르르 몸을 떨었습니다.

"아빠 왜 맨날 술만 먹으면 우리를 못살게 굴고 그래?"

아버지라는 자의 무서운 질타에도 딸은 암팡지게 쏘아붙였습니다. 딸아, 장하다. 넌 굳세게 저항해라. 나는 속으로 응원했어요. 그는 길길이 날뛰면서 딸을 두들겨 패기 시작했습니다. 딸도 바락바락 악을 썼습니다.

"그만 때려! 왜 때려! 왜 때리는 거야?"

딸은 쏟아지는 주먹세례를 두 손바닥을 방패 삼아 막아내면서 소리쳤어요. 결사적인 자세, 험악한 표정, 무서운 목소리, 딸은 쇠처럼 단단한 얼굴로 되받아칠 수 있다는 하극상의 냄새를 풀풀 풍겼습니다. 아버지도 불같은 성격에 사건, 사건이 터질 것 같았어요. 눈앞에 흉몽이 전개될 판인데도 나는 무기력하게 서 있었습니다. 온몸의 맥이 풀려 손가락 하나 까딱할 수 없었어요.

남편도 부모된 자의 본능에 찔렸는지, 멈칫했습니다. 딸과 끝까지 싸워서 남는 게 무엇일까요. 패륜, 부상, 죽음, 가출이 있을 뿐이지요. 광란은 거기서 중지되었습니다. 그러나 그는 깨끗이 손을 털 위인이 아니지요. 곁에 만만한 꼴뚜기가 있으니까요. 긴 세월 작신작신 밟아줬는데도 아직 싱싱하게 살아있는 인간, 그 인간은 죽어도 괜찮은 남이니까요. 그는 약아 빠지게, 비겁하게 나왔습니다.

"응, 집구석 꼴이 이게 뭐야? 애들 계육을 어떻게 시켰길래 저 년이 저 지랄이야?"

그는 교육을 계육이라고 발음하면서 두 눈을 부릅뜨고 악을 썼어요. 가슴이 콱 막히는 것 같았지요. 그래도 제 딸이 다치는 건 싫어서 공격의 칼날을 내게 돌리는구나, 그러고 보니 인간은 화를 내도 제 이익에 따라 방향을 바꾸는 동물이더군요.

내 삶은 꽃밭은커녕, 잔디밭도 아니었어요. 전쟁이 휩쓸고 간 폐허, 가시밭, 아수라장, 그런 것 이외 아무것도 아니었습니다. 전에 나는 이런 인생은 상상도 못 했어요. 아이들과 남편과 오순 도순 살 줄 알았지요. 나는 순한 편이고, 아이들도 속을 썩이지 않지요. 그렇다고 내가 완벽하다는 건 아닙니다. 나는 툴툴거리거나 발끈거리는 성격이긴 하지만 먼저 트집을 잡거나 공격적이지도 억세지도 못합니다. 내가 술주정꾼 남편을 어르고 쓰다듬으며 살기에는 그릇이 작은 인물이라는 점은 인정해요. 그의 앞에서 감정이 번쩍번쩍 변하더군요. 눈물이 솟고, 솟은 눈물이 들어가고, 대신 분노가 치솟았습니다. 누가 누구에게 감히 교육 운운하는가. 이렇게 날이면 날마다 아이들을 망쳐놓지 못해 발광

하는 인물이 나한테 감히 교육 운운하다니 기가 막혔어요.

불화한 부부는 아이들을 제 편으로 끌어들이고 싶은 유혹을 받기 쉬운 일이지요. 하지만 아이들을 위한다면 그래서는 안 되지요. 아버지를 폄훼하면 아버지가 부재하는 거나 마찬가지 아닐까요? 지금까지 나는 울며 겨자 먹기로 아버지 위상을 복원시키려고 한껏 노력했습니다. 아이들 앞에서 남편을 변호하고 두둔했습니다. 내게도 일말의 양심이 있으니 아버지를 무조건 존경하라고 강요하지는 못했습니다. 눈 가리고 아웅 한다고 될 일도 아니고요. 아이들의 이해를 구하는 방향으로 나갔습니다.

아버지는 계모에 대한 울분을 품고 살아왔고, 지지리 고생만 한 불쌍한 사람이라고, 지금도 노동조합도 없는 직장에 다니며 힘들게 너희들 뒷바라지를 하고 있다고, 이 세상에서 자식인 너희들이 아버지를 이해하지 않으면 누가 이해하겠느냐고, 나이 들어 늙어지면 괜찮을 것이라고, 그나마 찢어진 가정을 봉합해 보려고 혼자 진땀을 흘렸습니다. 이렇게 하여 아이들의 상처에 겨우 새살이 돋을 때를 기다렸다는 듯이 남편은 또다시 난도질을 합니다. 나는 분노에 치를 떨며 고함을 쳤습니다.

"누가 감히 교육이라는 말을 입에 담는 거야? 왜 못난 나를 탓하는 거지? 훌륭한 아버지가 훌륭하게 교육시키면 되잖아?"

나는 조롱하고 비웃었습니다. 다이나마이트를 건드린 셈이지요. 이런 경우 무던히 참는 여자, 애교와 호들갑으로 넘기는 여자, 눈물 작전으로 나가는 여자, 침묵을 지키는 여자, 냉전을 구사하는 여자, 보따리를 싸는 여자, 악을 쓰는 여자, 때리는 여자, 이혼하는 여자, 술주정하는 여자, 별별 여자가 다 있겠지요.

나도 해법 비슷한 것을 구사하기는 했습니다. 하지만 기진맥진 지쳐 늘어지거나 피를 보지 않으면 소동은 가라앉지 않았습니다.

그는 발광했어요. 나를 노려보며 손을 번쩍 치켜들더군요. 나도 죽기 살기로 쳐부수겠다는 자세를 취했고요. 살기등등한 싸움이 벌어질 판이었지요. 딸이 뛰어들었어요. 딸은 아버지를 뿔난 짐승 다루듯 방으로 몰아넣었습니다. 비로소 집안이 잠잠해졌습니다. 아들의 방에선 숨소리도 들리지 않았고요.

이제 우리는 각자의 방에 들어가 죽은 듯 자는 일밖에 남아있지 않았습니다. 몸과 마음이 갈가리 찢어졌지만 날이 밝으면 다시 일상을 겪어내야 하니까요. 일상은 구멍을 내는 사람의 미래에 더 큰 구멍을 뚫어놓을지도 모르잖아요? 딸이 제 방으로 들어가고, 어둠 속에 혼자 우두커니 앉아 있으려니 눈물이 주르르 흐르더군요.

이 폐허, 난장판에서도 잠들 수 있다면 하룻밤은 구원될 수 있겠죠. 그러나 눈이 말똥말똥 잠이 올 것 같지 않았어요. 어떻게든 만 리 밖으로 달아난 잠을 불러오지 않으면 안 되지요. 나는 지갑을 들고 허겁지겁 일어섰습니다. 그러나 현관문을 닫으면서 보고 말았습니다.

현관문에 의해 직사각형으로 잘려진 공간에서 딸은 몸부림치고 있었습니다. 딸은 비틀거리는 아버지를 방으로 마구 떠다밀고 있었어요. 그는 뒤로 자빠질 듯 자빠질 듯했어요. 나는 타격을 받았습니다.

나는 뛰어 들어가 가로막아야 했어요. 뛰어 들어가 취한 몸뚱이를 칼로 푹 찌르고 싶었어요. 피 묻은 칼을 들고 멍청히 서 있는 내 모습이 번쩍 떠오른 순간 현관문이 쾅 닫혔습니다.

나는 층계참에 풀썩 주저앉았습니다. 내가 살인의 욕망에 몸을 떨었다는 사실이 뇌리를 찌르더군요. 타인의 살 속으로 파고드는 칼날의 감촉을 생생히 느꼈어요. 통쾌한 희열이 머릿속을 가로질렀습니다. 가슴이 툭툭 뛰더군요. 손에 칼은 쥐어져 있지 않았지만 살인의 감각에 몸이 떨렸습니다. 실감 나게 살인을 경험한 셈입니다. 마음을 찌르는 게 한 가지 더 있었습니다.

지금까지 딸은 어떤 경우에도 아버지를 저렇게 마구 대하지 않았습니다. 딸에게도 그날이 오고 말았구나, 마음이 덜컥 내려앉았어요. 사람이 제가 머물던 곳에서 한 발짝 뒤로 물러선다는 것, 본래의 내게서 이탈하여 싸늘해진다는 의미, 정情의 흐름이란 첫걸음이 천만리 길이 된다는 것을 남편과 살면서 나는 알게 되었지요. 천륜 사이일지라도 최초에 내디딘 한 발짝은 단지 한 발짝에 머물지 않습니다. 점점 사이가 벌어져 멀리멀리 떨어져 나가게 되더군요. 사람 사이에 지속적으로 벌어지는 나쁜 일처럼 무서운 것은 없습니다.

결혼 초에는 나도 그의 말 한마디, 부드러운 손짓 한 번에 옹친 마음을 풀곤 했습니다. 다음엔 하루, 이틀, 사흘, 나흘이 걸렸고, 그는 내 마음이 풀리기도 전에 또다시 나를 분하게 만들곤 했습니다. 내 화가 풀리기도 전에 거푸거푸 타격을 가했습니다. 화난 마음은 그대로 굳어지고 급기야 의무적인 말밖에 하지 않게 되었으며 방도 따로 쓰게 되었습니다. 그는 오히려 그런 나를 분하게 여기고 모든 책임을 내게 돌립니다. 아이들 앞에서 엄마의 얼굴에 먹칠을 합니다.

"너, 결혼 전 애인 생각나서 그러지?"

그는 두 눈을 부릅뜨고 삿대질을 하며 소리쳤습니다. 그의 말은 야구방망이처럼 허공을 날아 아이들의 원초적인 정서를 힘껏 내리쳤습니다. 아이들의 얼굴이 하얀 가면처럼 굳어졌습니다. 아이들의 영혼에 균열이 생긴 것입니다. 번개 뿌리가 뻗어나간 밤하늘처럼, 나무뿌리가 뻗어간 바위처럼, 금 간 크리스탈 병처럼 아이들의 영혼에 쫙 쫙 금이 갔습니다. 나는 오욕 속에 우두커니 서 있었습니다.

아이들의 이상인 정결한 어머니의 상은 무참히 깨어졌습니다. 아이들이 못 들은 척 자리를 피하더군요. 돌아서서 제방으로 가는 아이들의 등을 보는 내 가슴에 북극의 얼음이 펼쳐졌습니다. 아이들의 마음속에 엄마가 어떤 모습으로 각인되었을지, 마음이 돌덩이처럼 굳는 것 같았습니다. 나는 입을 앙다물고 주먹을 움켜쥐었습니다. 손이 부르르 떨리더군요. 아무리 분해도 그렇지 아이들 앞에서 엄마에게 치명상을 입히다니요. 애비 된 자라면 아이들을 위해 어미의 추악한 허물도 덮어 주어야 하는 것 아닌가요. 그런데 누명을 씌워 하수구에 처박았습니다.

술주정꾼을 만나 인생이 부서진 나 같은 희생자에게 어찌 그런 짓을 저지를 수 있는지, 몸은 허물어지는 것 같은데 마음은 독하게 똘똘 뭉쳐지더군요. 너와 나는 이제 영원히 남이다. 절대로 오늘의 수모는 잊지 않겠다. 다시는 너를 인간으로 대하고 싶지 않아.

아이들에게 자신의 약점을 있는 대로 노출시켜온 그는 꿀리는 기분을 만회하고 싶었겠지요. 뒤늦게 아버지라는 자각이 들고 아차 싶었겠지요. 어떻게든 체면은 차리고 싶은데 뾰족한 방법은 없고, 폭력의 꼬임에 귀가 솔깃했겠지요. 네 처가 있다고, 확실한 수단을 두고 뭘 망설이느냐고 속삭였습니다. 그는 허겁지겁 언어의 수류탄을 조립하여 내게 던졌습니다. 수류탄은 터지고 나는 산산조각이 나고, 내 곁에는 약점의 구덩이가 깊게 파였습니다. 원천적으로 잘못된 느네 엄마는 남편에게 잘못할 수밖에 없고, 그래서 화가 나는 것이라고 선언한 셈입니다. 그는 나를 짓밟고 서서 자신의 위치를 공고히 했습니다. 거의 날마다 나를 짓밟아 놓고도 이번에 또 만행을 저질렀습니다. 나를 이겨 먹기 위해, 나를 더욱 짓밟기 위해, 비루먹은 닭 같은 나를 납작코로 싹싹 무찔렀습니다. 이날부터 나는 그에게서 영영 떨어져 나갔습니다.

아이들은 어떨까요? 이 문제를 엄마에게 정면으로 따져 물을 수 있을까요? 어미인 내가 그렇지 않다고 변명할 수 있을까요? 그런다고 의혹이 말끔히 가실까요? 아이들의 내면에 뿌려진 의혹이 독초처럼 무성해져 그들의 의식을 꽉 채워버리면 우리는 어떻게 될지, 아찔했습니다.

아버지에게 애교를 부리던 딸의 모습이 눈에 선하네요. 이제 다시는 그런 모습을 볼 수 없겠지요. 부모가 북돋우고 가꾸어 주어야 할 아이의 꽃밭은 처참하게 무찔러졌습니다. 부모가 딸의 꽃밭을 강탈했습니다.

딸은 술 취한 아버지에게 늘 선수를 치곤했어요.

"엄마, 많이 많이 밉다, 그치? 내가 아빠 대신 엄마 때찌때찌 할 거야. 많이 많이 때려줄 거야."

딸은 내 등에 제 손바닥을 대고 탁탁 때렸어요.

"엄마한테 때찌때찌 많이 했다. 그치?"

이만하면 바위도 부드러워질만 하지 않나요? 그리고 딸은 아빠도 술 많이 먹고 왔으니 때찌때찌 해야 한다며 제 아빠의 등을 탁탁 때렸어요. 오리털 파카 등에서 제법 탁탁 소리가 나더군요. 아버지는 딸의 꼬임에 이끌려 이불 구멍 속으로 순하게 빨려들었습니다. 딸이 아버지의 어깨를 토닥이며 어릅니다.

"지금부터 아빠는 코 자는 거야."

"내일 아침 해 뜰 때까지 일어나면 안 돼. 내가 때찌때찌 할 거야."

"나, 눈 뜨고 싶은데… 한 번만 봐주라?"

"안 돼. 안 돼."

"말을 하면?"

"이제 내 속 그만 좀 썩이고 코오 잠 좀 자라, 응? 알았지?"

"그럼, 나아, 코 잔다."

"내일 아침까지다. 앗찌?"

남편은 잠이 드는 것 같았어요. 그러나 평화는 쉽게 오는 법이 없었어요. 몇 구비 험한 고개가 우리를 기다리고 있었지요.

"나아, 오줌 마려운데…"

"오줌 같은 건 왜 눈다고 그래! 그냥 코오 자라니까."

"나, 한 번만 봐주라."

"안 돼. 코오 자야 해."

말은 그렇게 하면서도 딸은 아버지를 화장실로 인도했고, 몇 번의 실랑이 끝에 딸은 다시 또 겨우 아버지의 어깨를 토닥여 주는 단계에 이르렀지요. 아버지는 가까스로 잠이 들었어요. 딸은 아버지의 숨결에 귀를 대보고는 밤도둑처럼 조심조심 몸을 일으키더니 까치발로 살금살금 물러 나와 숨을 멈추고 바르르 손을 떨며 전등 스위치를 내렸습니다. 계속되는 긴장에 내 손에도 땀이 흥건히 고이더군요. 마지막으로 딸은 일 밀리미터씩 방문을 밀어 문틀에 집어넣었습니다. 성공, 성공이었어요.

딸은 창백한 얼굴로 방문에 기대어 서서 주르르 눈물을 흘렸습니다. 나는 딸을 부둥켜 안았어요. 서로 부둥켜 안은 우리는 복도의 어스름 속에 서 있었어요. 불륜처럼 날카롭고 황홀한 슬품이 나를 꿰뚫고 지나갔습니다. 함께 고난을 겪으며 완전히 하나가 된 우리는 폐허에 핀 한 송이 꽃처럼 따뜻하고 향기로운 감정에 취했습니다. 네 마음이 내 마음이고, 네 마음이 내 마음인 상태, 서로 상처받은 마음을 위무하는 황홀경 속에서 내 눈에 눈물이 흘렀습니다. 그러나 야릇한 행복은 깨어질 차례였습니다. 문 뒤에서 벼락 치는 소리가 들렸으니까요.

"이것들이 사람이 자고 있는 데 왜 불을 끄고 지랄이야?"

딸과 내가 불시에 갈라서는 순간, 방문이 벌컥 열렸습니다. 그는 흉몽처럼, 야차처럼, 우리를 노려보고 서 있었습니다. 딸이 안간힘을 다해 아버지를 잠재우고, 아버지가 벌떡 일어나고, 또다시 잠재우기를 몇 번이나 되풀이했는지 내 입에는 신물이 돌고, 딸의 입술은 바짝 말랐습니다. 그는 몇 번의 소동 끝에 겨우 잠이 들었어요.

이번엔 내가 딸을 얼싸안고 방으로 들어가 이불 속에 묻고 딸 곁에 누웠습니다. 딸의 이불 속으로 손을 밀어 넣었더니 잉어처럼 미끈한 팔이 만져지더군요. 나는 아이의 살갗을 살살 쓸기 시작했어요. 내 손이 깃털이라면, 내 소망은 그것뿐이었어요. 내 손이 딸의 뻣뻣한 신경을 부드럽게 눅여주고 얼어붙은 마음을 녹이고, 고통을 씻어줄 수 있다면, 딸이 깊이 잠들기를 나는 속으로 빌었습니다.

나는 피로하거나 아파서 잠들지 못하는 딸을 수면으로 이끄는 방법을 알고 있었지요. 하지만 그날은 왠지 내 손이 순결하

게 느껴지지 않았어요. 딸을 희생시킨 허점을 메우기 위해 한껏
포즈를 취하고 있구나, 내 손은 빙빙 겉돌기만 했습니다. 다행히
딸은 곤히 잠이 든 것 같았어요. 그런데 갑자기 딸의 조그만 손
이 내 이불 속으로 밀려 들어오는 게 아니겠어요? 제 손으로 엄
마의 손을 쥐고 딸은 가만히 말했습니다.

"괜찮아."

"너를 쓸어주다 보면 나도 잠이 들 거야. 괜찮아."

나는 다시 딸의 팔을 쓸기 시작했어요. 딸은 다시 내 손을 내
이불 속에 모셔다 놓고 말했습니다.

"엄마는 쓸어줄 사람이 없잖아? 난 이제 잠이 들 것 같으니까
걱정하지 마."

딸의 태도는 더없이 부드러웠지만 왠지 나는 움찔했어요. 이
상했습니다. 갑자기 어둠이 뻑뻑해진 것 같았습니다. 딸과 내가
톱니바퀴처럼 맞물려 돌면서도 갑자기 잘 돌아가지 않을 때처럼
뻑뻑한 것 같았습니다. 절연, 적요가 밀려들고, 딸이 안개에 둘
러싸인 섬처럼 멀게 느껴지더군요. 거기에 있으리라는 짐작은
가지만 보이지 않는 섬, 안개를 헤쳐 노를 저어가도 닿을 수 없
는 섬, 언제부터인지 딸과 나 사이에는 이런 부당한 거리가 생겨
있었습니다. 내 손이 허둥지둥 딸에게 다가갔습니다. 딸의 볼이
만져지더군요.

딸의 눈자위는 슬프도록 말랑했습니다. 촉촉이 젖어 있었지
요. 나는 딸의 눈물을 닦아주며 아가 울고 있었구나, 울지 마라,

모두 잊고 잠이나 자자. 부드럽게 끌어안을까 생각했습니다. 하지만 그럴 수 없었습니다. 뭔지 떳떳하지 않았어요. 딸의 침묵은 무겁게 가라앉고, 내 비굴한 행동은 거품처럼 위로 떠 오르는 것 같았습니다. 나는 딸에게 꿀려드는 처지였습니다. 솔직히 딸에게까지 꿀리는 입장이었지만 꿀려 할지, 어쩔지 내키지 않았습니다. 알량한 자존심 때문에 어디까지나 엄마의 위치는 위치라고 생각했습니다. 그래도 명색 엄마인데 가볍게 처신해선 안 된다고 생각했습니다. 내가 딸을 안는 순간, 딸의 눈물이 또르르 굴러가 저만큼 떨어진 곳에서 어미라는 인간을 말똥말똥 쳐다볼 것만 같았어요. 엄마라는 허울 속에 숨어서 독선을 부리고 싶었던 거지요. 자식의 고통을 멀거니 바라보기만 했던 엄마가 딸과 단둘이 되자 엄마라는 지위를 누리고 싶었던 것입니다. 경우가 아니라는 걸 알면서도 에미의 위치를 이용하여 허방을 건너뛰려 하고 있었어요. 나는 제법 딱딱한 어조로 물었어요.

"왜 그래?"

"그냥."

코를 훌쩍이는 딸에게 나는 어리석은 한 발을 더 내디뎠습니다.

"아빠가 미운 거니?"

"아니."

"그럼 왜 울고 그래?"

사람은 굳세게 제 눈으로만 보려 합니다. 나는 어리석은 한 발을 더 내디뎠습니다.

"오늘 당한 게 억울해서 그러니?"

"아니."

"그럼 왜?"

"우리가 서로 미워하는 게 난 제일 슬퍼."

나는 부끄러워 얼굴이 화끈 달아올랐습니다. 어린 딸의 마음이 어미의 마음보다 넓고 크고, 딸은 당당하고 어미는 초라했습니다. 딸은 〈엄마〉라고 꼭 집어 말하지 않고 우리, 라고 얼버무렸습니다. 중2 짜리 딸이 엄마처럼 엄마를 배려하면서도 책임은 책임대로 물은 셈입니다. 전적인 책임은 아니고 폭력적인 아버지를 좀 감안해줄 수 없느냐는 식으로 내 의사를 떠보는 정도였지만 내게는 무한책임을 지라는 말로 들렸습니다.

나는 남편을 어르고 쓰다듬으며 살기에는 용량이 작은 인물이라고 이미 말했습니다. 용서하는 게 죽음보다 어렵다고 생각하는 작은 그릇입니다. 나는 기진맥진 지쳤고 용서는커녕, 나 자신도 추스를 수 없어 누군가 내 손을 잡아주면 좋겠다고 생각하는 처지입니다. 감정이 고갈될 대로 고갈되고, 상처가 깊어 난관을 무릅쓰고 인생을 헤쳐가려면 크나큰 힘을 발휘해야 합니다. 이성으로는 그러고 싶지만 되지 않으니 자신이 더 답답합니다. 그런데 딸은 내가 자신이라는 껍질을 깨고 독수리처럼 솟아오르라고 요구하고 있습니다. 나는 홍길동처럼 담 위로 훌쩍 솟아올라야 합니다. 오히려 나는 힘이 쑤욱 빠지는 걸 느낍니다.

내 고통을 누가 알아주나, 당하고 산 것도 억울한데 관용까지 베풀라고 하니 어쩌란 말이냐고 부르짖고 싶었습니다. 모성이나 이성으로 걸러지지 않은 내 원초적 육성이 그렇습니다. 나도 한 번 마음 편히 살고 싶다는 욕구가 치솟아 딸의 요구 따위 하얗게 바래는 것 같았습니다.

딸은 불화의 근원인 아버지에게는 묻지도 추궁하지도 못합니다. 오히려 만만한 내게 포용을 요구합니다. 무서운 호랑이는 건드리지 못하고, 만만한 노루를 상대로 따지고 야단을 친 것입니다. 딸도 제 안일을 위해 제 편할 대로 행동하는 것이지요.

방금 전 불륜처럼 밀착되어 있던 모녀의 모습은 어디로 갔을까요? 에미도 딸의 간절한 요구를 수용할 수 없고, 딸도 에미의 아픔을 알지 못하니, 에미와 딸은 벌어질 수밖에 없습니다. 내가 딸에게 섭섭하듯 딸도 그럴 것입니다. 이게 현실입니다. 등줄기에 얼음물이 주르르 흐르는 것 같았어요.

내 앞에 어두운 크레파스가 나타납니다. 러시아 대평원 지진에 갈라진 대지가 무시무시한 틈새를 벌리고 있습니다. 알 수 없는 깊이를 지닌 채 아귀처럼 검은 입을 벌리고 있는 지구의 틈새, 하데스의 지하 세계와 같았습니다.

젊은 코작 기병들의 도약이 눈에 선합니다. 그 틈새를 힘껏 뛰어넘는 훈련입니다. 뛰어넘으면 살고, 아니면 어둠의 나락으로 굴러떨어집니다. 팔다리를 힘껏 벌리고 새처럼 비상하던 수많은 기병들이 암흑의 밑바닥으로 우수수 우수수 떨어졌습니다.

살아남은 기병은 몇 되지 않았습니다. 코작이라는 영화의 장면이었습니다.

나는 독수리가 되어 크레바스를 건너뛰거나 딸과의 틈새를 벌리거나 둘 중 하나를 선택해야 합니다. 딸과 나의 한계를 인정하지 않을 수 없네요. 혼자라는 생각이 뇌리를 칩니다. 딸과 나는 결코 하나가 아니지요. 남편 대신 아이들과 오순도순 살아가겠다는 미래의 꿈도 기대할 게 못 됩니다. 제 아버지에게 애교를 부리던 딸이 냉랭해진 과정이 나를 상대로 되풀이되지 말라는 법이 어디 있겠습니까.

요즈음 딸은 잘 울지 않아요. 오늘처럼 아버지에게 바락바락 대듭니다. 그 애도 자신으로부터 아버지로부터 점점 멀어지고 있는 셈이지요. 자신과 자신 사이에 틈새가 벌어져 건너뛸 수 없다면, 부모 때문에 소녀 시절을 생략해버린 딸은 처녀시절까지 건너뛰려 할지 모릅니다. 그런 딸의 모습을 어찌 볼 수 있을까요? 그것을 막으려면 내가 도약하지 않으면 안 됩니다. 또다시 까마득한 절벽입니다. 절벽.

어떻게 하나? 어떻게 하나? 나는 차디찬 시멘트 바닥에 주저앉아 겨우 중얼거렸어요. 딸은 어떡하면 좋을까요? 그리고 나는?

시간이 흘러갔어요. 늦가을 밤의 냉기가 아니었다면 나는 탈진 상태 그대로 오래 앉아 있었을 겁니다. 내면이 모조리 부수어진 느낌을 추스르며 일어섰어요. 미니 슈퍼까지 어떻게 갔는지 기억나지 않아요.

"추운 야밤에 어디 가요? 그런 차림으로…"

가게 앞에서 이웃집 여자가 나를 보고 깔깔 웃더군요. 내 옷
차림이 너무 썰렁했어요. 서리가 내릴 듯 써늘한 가을밤에 잠옷
비슷한 냉장고 원피스에 맨발에 슬리퍼를 끌고 있었으니 보는
사람이 추울 정도였지요.

"야밤에 바람이 났지요."

시침 뚝 떼고 얼버무렸지만 목소리가 뒤집어져 있었습니다.
지갑을 탈탈 털어도 소주 한 병에 과자 한 봉짓값밖에 되지 않더
군요.

집이란 무엇인지, 그래도 집이라고 그쪽으로 허둥지둥 걸어
가는데, 문득 발이 길바닥에 딱 붙어 버렸습니다. 머리를 들어보
니 불이 환하게 켜진 딸의 방 창문이 보이더군요. 싫다, 정말 가
기 싫다, 입에서 시디신 신음이 줄줄 흐르고, 아무리 용을 써도
발짝이 떨어지지 않았습니다. 그렇다고 갈만한 곳이 생각나는
것도 아니었어요. 여관에라도 갈까. 그러나 지갑엔 돈도 없고,
언제까지 서 있을 수도 없었어요. 무작정 걷기 시작했지요. 아파
트 단지를 몇 바퀴나 돌았는지 몰라요. 더럽다, 더러워… 언제까
지 이렇게 살아야 하나? 억울해. 평생 이렇게 살 수는 없어. 없
어, 없어. 없어. 중얼중얼 뇌이며 걸었나 봐요. 주차장에 있던 사
내가 웬 미친 여자인가, 하듯이 나를 쳐다보더군요. 내처 걸었어
요. 시간이 얼마나 흘렀는지, 다른 집들은 모두 불이 꺼지고, 아

파트 단지는 밤의 적막 속으로 가라앉고 있었습니다. 방방에 불이 환하게 켜진 집은 우리 집 하나뿐이었습니다.

내가 살던 아파트는 그러니까 비상이 걸린 집이라고 만천하에 광고하고 있었어요. 환한 불빛 아래 떨고 있을 아이들 모습이 눈에 선하더군요. 눈에 눈물이 고이고, 불현듯 아이들을 지옥에 버려두고 도망친 엄마라는 생각이 가슴을 쳤습니다. 그런데도 나는 집이라는 곳에 전혀 들어가고 싶지 않았어요. 이래서 멀쩡한 엄마들이 아이들을 버리고 도망치는구나, 전에 나는 입에 침이 마르게 그런 여자를 비난했지요. 그런데 나는 죽은 엄마보다 가출한 엄마가 낫다고 변명하면서 그래도 제 새끼이니까 내게 하듯 가혹하게 굴지는 않겠지. 핑계를 대며 밤거리를 방황했습니다. 아직도 그는 목청껏 떠들고 있습니다.

"느네 엄마가 말도 않고 상대도 하지 않으니 내가 이러지!"

딸이 뭐라고 쫑알거리더군요.

내일모레 딸은 시험을 쳐야 하는데 아버지라는 사람이 적막한 이 한밤에 딸을 붙들고 고래고래 고함을 지르고 있습니다. 나는 또다시 아파트로 뛰어들고 싶은 충동에 부르르 몸을 떨었습니다.

어떻게 하나? 딸은 어떻게 하고 아들은 어떻게 하나? 당장 이 질곡을 끝내고 싶은데, 그런데 아이들은 밑거름을 듬뿍 주어야할 시기에 접어들어 있습니다. 망설임, 끝없는 망설임, 빠듯한 살림 쪼개봤자 빤하지요. 아이들에게 지독한 가난을 줘야 할 뿐입니다. 가난이 나을지, 가정불화가 나을지, 판단이 불가능합니다. 어떻게 하나? 나는 계속 중얼거리며 아파트 울타리 길을 걸었습니다.

"그런데 그쪽 분이 들었군요. 어떡하면 좋을까요?"

"글쎄요."

내게 돈이 있다면 드리고 싶다는 말이 떠올랐지만 '어떻게 하나?'라고 겨우 입속으로 뇌이면서 그는 말했다.

"괜찮아요. 내 처지도 비슷하니까요."

"어떡하면 좋을까요?"

그녀의 시선이 어둠 속에서 번쩍 빛을 발하는 것 같았다.

"그렇다고 사람을 어떻게 한다고 해결되겠습니까?"

그의 목소리는 딱딱하게 굳어 있었다.

"아니, 아니에요. 그런 게 아니에요. 지금 내가 죽이고 싶은 인간은 나 자신이니까요."

그녀는 뒤늦게 자신을 호도하려고 작정한 것 같았다. 익명의 사이에서도 부끄러움이 자란 모양이었다. 그는 말을 더듬었다.

"그럼 지금까지 자, 자신을 죽이겠다고 그런 겁니까?"

"인생이 이젠 진저리가 나요."

결국 그녀는 자신을 죽이려 한 모양이었다. 술주정이 사람을 죽이는군요, 라고 말하며 그는 어떤 조건에서도 사람에게 다가가는 길은 멀고 험하다는 생각을 했다.

"이제는 그 인간과 그저 마주 대하지만 않으면 살 것 같아요."

"…"

"지금은 남편이 술 취한 꼴만 봐도 간이 뒤집힐 것 같아요. 이렇게 싫은 사람과 사느니 죽는 게 나을 것 같아요."

그녀는 강경하게 말하고 다시 막막한 어조로 말했다.

"나는 낙원을 잃었어요. 누가 내게 어떻게 하던 자신이 떳떳할 때 나는 행복했어요. 한 점 그늘도 없었지요. 지금 나는 사람을 죽이고 싶은 마음 때문에 불행해요."

두 사람은 말없이 상대의 검은 실루엣을 바라보고 있었다. 그녀가 올려다보는 어두운 밤하늘에는 두 서넛의 별들이 반짝이고 있었다. 매연 속에 보이는 별은 진짜 별이 아닌 인공위성이라고 했다. 수풀 속의 연인들은 두 사람 형상의 바위처럼 꼼짝하지 않았다. 바람이 불고 풀숲이 연인들을 가려주었다.

"내 문제는 결말이 나지 않는군요. 그러니 일단 접어두죠. 그쪽 분은 왜 어떻게 하나, 인가요?"

"내 문제도 문제는 문제죠. 난 그저 사는 게 진저리가 나요. 나도 어떻게 하나, 중얼거리며 돌아다니다가 여기 앉아 한잔하고 있는 거니까요."

"여기로 오기 전 댁에서 어떤 일이 발생하지 않았나요?"

"아무것도… 내 마음속에서만 발생했죠."

그는 있는 그대로 털어놓았다. 그녀는 부인과 어떻게 만났느냐고 물었다. 열렬히 연애를 했다면서 그는 부모의 극심한 반대를 무릅쓰고 결혼한 사이라서 어떻게든 잘 살아 본때를 보여주자고 다짐했는데도 이 꼴이 되었다며 한숨지었다. 이제는 그런 다짐 따위 부질없는 과거사일 뿐이라고 했다.

아내는 늘 김치에 젓가락을 쑤셔 넣고 위에 것이 흩어지는 것도 모르고 속에 것을 꺼내 먹느라고 정신이 없었다. 그는 손가락으로 흩어진 김치를 가지런히 하는 아내에게 주의를 주었으나 아내는 자신의 손이 닿지 않는 음식은 없다고 대꾸했다. 그때의 손가락과 지금의 손가락이 다르다고 설명하기도 전에 진이 빠지는 것 같아 그는 입을 다물곤 했다. 잠옷을 홀러덩 벗어 던지고 이불 속으로 들어가는 모습을 보면 온몸의 힘이 빠졌다. 그런 일은 한두 가지가 아니었다.

그녀는 말이 없고, 시간은 흘러갔다. 불 꺼진 아파트와 빌딩들은 침울한 밤기운에 잠겨 들어 무거운 괴물처럼 보였다. 울타리 밖에서 그가 말했다.

"자중자애하세요."

울타리 안에서 여자가 말했다.

"부숴야 해요. 그래야 내가 살 수 있어요."

무슨 뜻인지, 그는 종잡을 수 없었다. 좀 전엔 자신을 부수겠다고 하더니 이번엔 누구를 부수겠다는 것인지, 열두 시를 가리키고 있는 시계를 보며 그는 내일 밤 열 시에 여기로 나올 수 있느냐고 물었고, 긍정적인 대답을 들었다. 어떤 책임도 없는 말에는 무한 자유가 부여되어 있었다.

다음날 늦은 밤, 울타리 밖에서 그는 울타리 안의 그녀에게 해답을 찾았느냐고 물었다. 그녀는 대답하지 않았다. 그는 알코올 중독은 세월이 갈수록 악화되었을 것이라고 말했다. 그녀는 대답했다.

"난 끓어 넘친 물은 다시 쓸어 담을 수 없다는 것을 알게 되었어요."

"엎질러진 물이라고 하지 않는군요."

"오만의 결과는 그래요. 지금까지 나를 아무렇게나 정으로 찍어놓은 그는 나를 흉하다고 하죠. 나도 그런 자신을 받아들이기 힘들고요."

"…"

"전에는 이렇게까지 불행하진 않았어요. 나 자신이 무서워요."

"도대체 그쪽 분은 누구를 죽이려는 겁니까? 누구죠?"

"나요, 나 자신… 정에 찍혀 흉한 나…"

그녀의 속마음이 양파껍질처럼 벗겨졌다. 그러니까 그녀는 결국 자살을 꿈꾸고 있었다.

"그쪽 분은 나와 반대로 생각했군요."

그녀는 차분히 말했다. 그는 우선 벼랑 끝에 서 있는 여자를 평평한 대지로 돌려세워 놓아야 한다고 생각했다.

이번엔 그녀가 내일 다시 여기로 나올 수 있느냐고 물어왔다. 아내와 헤어질 수 있다면, 그는 왠지 맥이 빠지는 느낌이었다.

아내는 가구에 왁스칠을 하고 있었다. 가구는 반짝반짝 윤이

났다. 두 딸이 출가해버린 뒤 집안은 항상 고적했다. 아내의 등 뒤에서 그는 위자료는 충분히 주겠다는 말은 하지 못했다. 아내는 가구 문지르는 데 열중하여 그가 뒤에 서 있다는 사실조차 알지 못했다.

다음날, 아파트 단지가 어둠에 잠겨 들자 그는 울타리 길을 따라가 어제 그녀가 앉아 있던 통나무 벤치에 앉았다. 한 시간이 지나도 그녀는 나타나지 않았다. 그는 추위를 이기기 위해 술을 홀짝거리고 미루나무에서 플라타너스까지 왔다 갔다 몸의 온기를 돋우었다. 어두운 풀숲에는 세 쌍의 연인들이 숨어 있었다.

삼십분 후, 울타리 밖에서 부스럭거리는 소리가 들려왔다. 사랑의 열기로도 추위를 이기지 못하는 것이겠지, 그러나 울타리 밖에 나타난 사람은 그 여자였다. 그녀는 어제 그가 앉았던 벤치에 앉았다. 그는 조심조심 그쪽으로 다가갔다. 울타리 밖에서 그녀가 말했다.

"그냥 계세요. 그쪽 분 대신 제가 밖으로 나왔으니까요."

"네?"

"…"

"날 경계하는군요."

"그쪽 분을 경계하는 건 아니고… 저 별을 보세요.

머리를 들어보니 검은 나무 이파리 사이에 별 하나가 깜빡이고 있었다.

"요즈음 세상에는 별도 진짜가 아니죠."

그는 한동안 주체할 수 없는 부끄러움에 잠겨 있었다. 이윽고 그가 말했다.

"오늘이 끝이라는 말로 들리는군요. 이 명함이나 받으세요. 필요할 때가 있을지 모르니까요."

그는 가짜로라도 떠 있고 싶었다. 진짜가 될 희망이 없는 건 아니지만 지금 그녀에게 해줄 수 있는 건 그것뿐이었다. 울타리 위에 놓인 명함을 챙기며 그녀는 말했다.

"나는 자해 같은 건 절대로 하지 않아요.

"…"

"본래의 나를 회복해야 해요."

여자는 야무지게 뇌까리고 다시 말했다.

"죽이고 싶어요. 나의 누추함을! 옛날의 나로 돌아가고 싶어요."

갑자기 풀숲에서 두 남녀가 뛰쳐나와 검은 석상처럼 마주 섰다. 여자가 소리를 질렀다.

"과거로 돌아가자고? 너부터 돌아가 봐! 그리고 나를 거기로 끌고 가 봐."

가로수 그늘

당신은 공원 벤치에 길게 누워 잠들어 있다. 나는 당신을 내려다보며 우뚝 서 있다. 나도 자살이라는 걸 하면 길게 누워 편히 쉴 수 있을 텐데, 한 번이라도 누워보고 싶은 치명적인 열망이 가슴 속에서 꿈틀거린다. 누울 수 있는 부드러운 몸을 지닌 당신, 부드럽기 때문에 자유로운 당신을 부러워하며 우두커니 서 있는 나, 하필 당신은 이런 나를 사모했고, 합일을 시도하다 실패했다. 여름날은 뜨겁게 달아오른다.

　　당신은 다른 퇴직자들처럼 심심풀이 땅콩 삼아 나무 그늘 아래 누워있는 게 아니다. 나를 향해 너무 힘을 쏟은 나머지 기력을 탕진하고 지쳐 늘어진 것뿐. 당신과 내가 합쳐진다는 것은 세상이 확 뒤집히는 일이고, 시도했다는 것 자체만으로도 혼몽 상태에 빠질 수밖에 없는 엄청난 일이다. 좀 전 당신은 공원의 자동판매기로 비틀비틀 걸어가 맥주 한 캔을 꺼내 들이키고 잠이 들었다.

가엾은 당신, 세상 한번 푸지게 살아보려고 온 힘을 다했던 당신, 내가 만약 당신의 꿈속에 들어가 나를 심을 수 있다면 당신도 내 영혼에 뿌리를 내리고 깨어날 수 있으련만, 나는 당신을 살리기 위해 온 힘을 다할 것이다. 이렇게 뻣뻣한 나를 사모한 당신이니까.

유행가 가사는 당신을 비추는 거울이다. 당신은 내 앞에 서기만 하면 초라해졌다. 나이 오십 가까이 되었을 때부터 당신은 왠지 나를 무서워했다. 나만 보면 가슴이 철렁 내려앉고, 먼빛에 내가 보이면 꽁무니를 사렸다. 오늘 다시 깨어나면 당신은 아마 달라질 것이다.

당신은 아까 가로수가 나를 먹여 살렸는지, 당신이 가로수를 먹여 살렸는지, 모른다며 내 눈치를 살폈다. 알면서도 당신은 짐짓 시치미를 뗐다. 나의 당신, 우리 서로가 서로를 먹여 살렸다고 하면 어떨까. 나는 당신의 똥, 오줌을 먹고 자라고 당신은 나를 팔아먹고 자란 적이 분명있으니 부정할 필요는 없다.

어린 당신을 키워준 시설의 정화조에는 커다란 뚜껑이 덮여 있었다. 당신은 뚜껑을 열고 오물을 퍼서 내 옆에 파놓은 구덩이에 붓고 흙을 두툼하게 덮어주었다. 나는 지금도 당신의 체온을 느낀다. 회초리만큼 자란 우리 사이를 왔다 갔다 하면서 당신은 봄, 여름, 가을 내내 밭두둑의 잡초를 뽑고 우리의 원수인 해충도 잡아 주었다. 당신은 화가 나면 우리의 모가지를 뚝 분지르며 소리쳤다.

"사람의 새끼는 죽으라고 들볶아대고 나무 새끼는 제 새끼처럼 키우고…"

당신 누이가 손목을 끊었을 때도 당신은 우리 사이를 마구 치달렸다. 그래도 분이 풀리지 않아 당신은 내 동무들의 허리를 뚝뚝 꺾었다. 그때 불구가 된 내 동무들 몇몇은 원장의 손에 뽑혀 죽임을 당했지만 다른 몇몇은 상처 자리에 싹을 틔워 어엿한 가로수로 성장할 수 있었다. 실낱만큼이라도 목숨이 붙어 있다면 힘껏 생명력을 발휘해야 한다는 것을 나는 그때 알았다.

아이쿠, 늘씬늘씬 통통하기도 하구나, 황금알을 낳은 거위가 따로 없지. 보육원 한다고 보조금 받지, 일손은 공짜지, 가로수 납품업이라는 거 철저한 관급사업 아닌감? 고아들 핑계로 관에 납품을 하거든. 새뜰 보육원 원장 머리는 팽팽 돌아간단 말이야. 묘목원을 지나는 사람들이 시새움이 바람결에 실려 와 내 귀를 간지럽혔다.

사실 가로수 묘목 사업은 원장의 본업이고, 보육원은 부대사업에 지나지 않았다. 당신과 나는 원장의 사업과 궤를 같이하며 성장했다. 우리가 어른 팔뚝만큼 굵어졌을 때 원장은 우리를 쑥쑥 뽑았다. 우리는 끊어진 뿌리로 맑은 피를 흘리며 트럭에 실려 도시로 시집을 갔다. 말이 좋아 시집이지, 우리는 이별의 아픔에 눈물을 흩뿌리며 팔려 갈 수밖에 없었다. 지난 세월 내내 당신들을 들볶으며 살아온 우리의 안타까움이 원장에게 전해진 건 그나마 다행이다.

"쟤들 시집을 보냈으니 우리 저녁에 불고기 먹자."

지금 당신에게 시원한 그늘을 드리우고 있는 플라타너스가 그 트럭에 실려 시집을 간 〈나〉라는 것을 당신은 알지 못한다.

당신의 감겨진 눈꺼풀 사이로 풍경이 흔들린다. 두 아이의 손을 잡은 아기 엄마가 구불구불 공원길을 걸어온다. 어린 시절의 당신이었다면 눈이 번쩍 뜨일 풍경이지만 지금은 눈꺼풀이 천근만근 무겁다. 당신은 눈 뜨기를 포기하고 꿈에 휩쓸린다. 그 무렵 당신의 페넌트에는 당신의 오랜 꿈이 오롯이 담겨 있었다.

하얀 집이 있는 잔디 언덕에 서서 꽃무늬 앞치마 두른 여인과 어린 남매가 출근하는 아빠에게 손을 흔들고, 길가에는 꽃이 피고 종달새가 지저귄다. 그것은 당신이 그림이나 만화, 책과 영화를 볼 때 제일 먼저 다가드는 풍경이었다. 당신은 가족이 사는 전원 풍경을 먼저 보고, 확대하고, 기억에 아로새겼다.

우리는 갈망을 향해 뿌리와 가지를 뻗어가지만 사람들은 여기저기 정처 없이 헤매인다. 헤매이다 죽는 한이 있어도 헤매이는 성질을 가지고 있다.

그 시절, 당신은 먹어도 배가 고팠다. 숟가락을 놓기 아쉬워 천천히 밥을 먹고, 마지막까지 식탁에 앉아 있어도 살도 찌지 않았다. 반대로 당신의 누이는 늘 시름시름 아팠고, 밥도 잘 먹지 않았다. 당신은 밥맛이 없다는 누이를 조금도 이해하지 못하면서도 밥은 먹어야 하지 않느냐고 말했다. 누이는 대답했다.

"꼭 살아야 하는 거니? 사는 게 빤한데도?"

누이의 말은 당신의 힘을 모조리 빼앗아가는 위력이 있었다. 소녀시절은 생략하고, 처녀시절을 건너 뛰어 벌써 늙어버린 당신의 누이는 보물찾기에 나선 소년의 설레임을 알지 못했다. 그녀는 마지못해 학교에 가고, 마지못해 보육원에서 시키는 일을 했다. 언젠가 당신은 내 모가지를 휘어잡고 서서 밭두렁에 앉아 풀을 뽑는 누이에게 소리쳤다. 모가지가 끊어지게 아픈데도 나는 수액을 빨아올리려고 모가지에 힘을 주었다.

"아냐!"

당신은 다시 외쳤다.

"세상엔 뭔가가 있어. 난 꼭 그걸 캐내고 말 거야."

"하긴…"

당신의 누이는 희미하게 웃고는 말했다.

"하긴 아무도 빼앗을 수 없는 건 희망뿐이겠지. 하지만 난 다 마찬가지라는 생각뿐이야."

"아니야! 나는 갖고 싶은 게 많아. 가족, 집, 친척, 돈 그런 것을 가질 거야."

당신과 달리 우리는 엄마를 그리워하지 않는다. 엄마의 몸에서 찢겨지는 순간 우리는 엄마를 까맣게 잊었다. 우리가 기억하는 것은 바람과 햇볕과 물과 거름뿐이다. 엄마가 우리에게 심어준 유전자의 이치가 그렇다고 한다. 우리가 한 점 불평도 없이 당신들의 보살핌을 받아들인다는 생각에 잠겨있던 나는 당신의 누이가 외치는 소리를 들었다.

"그따위 것! 다른 애들은 태어날 때 이미 다 가지고 있는데?"

"그래, 그러니까 나도 갖겠다는 거야."

"그럼 네가 그런 것을 가지려고 애쓰는 동안 다른 애들은 또 다른 것을 갖게 돼. 그럼 넌 그들을 따라 가지려고 또 애쓰고… 그러다가 늙어 죽겠다, 늙어 죽어. 넌 언제나 손해잖니? 난 그렇게 살고 싶지 않아. 언제나 목이 마른 건 참을 수 없어. 차라리 포기할 거야."

"그러니까 가지겠다는 거지. 위인들은 불우한 환경 속에서도 훌륭한 일을 해냈으니까. 나라고 못 할 게 뭐야?"

당신은 악착같이 공부했다. 회초리처럼 자란 우리를 헤치며 잡초를 뽑을 때도, 우두커니 앉아 있을 때도, 길을 걸을 때도, 잠들기 전에도 당신은 수학문제를 풀고, 영어 단어를 외우느라고 분주했다. 책상에 앉아서는 그때 풀지 못한 것만 공부했다. 그러니까 책상에 앉는 시간은 빙산의 일각일 뿐, 그 밑에는 커다란 덩어리가 숨어 있는 셈이었다. 그런 당신에게 누이는 말했다.

"떠오르지 않으면 추락은 없어. 추락하면 부서질 뿐이야. 되는대로 살면 안 되겠니? 넌, 돈을 벌겠다고 하는데 글쎄… 난 모르겠다."

"부모도, 친척도, 집도, 돈도 없지만… 돈은 벌면 있게 할 수 있는 유일한 거야. 난 꼭 돈을 벌 거야. 글구 장갈 가서 가정을 꾸밀 거야. 내가 그러는 동안 누나는 뭐 할 거야?”

누이는 픽 웃었다.

“탁구나 칠까?”

“그래! 그래! 누나는 탁구는 자—알 치지! 올림픽 선수가 될지
도 모르잖아?”

당신은 몰랐다. 누이도 몰랐다. 당신의 말 한마디가 엄청난
효과를 발휘할 줄 꿈에도 알지 못했다. 최초라는 것은 샘물처럼
신선하다. 샘물은 모든 생명을 번성케 하는 힘을 지니고 있다.
그때까지 단 한 번도 격려를 받아본 적이 없는 누이는 생전 처음
격려라는 것을 받았다. 원시인에게 투여한 페니실린처럼 격려의
말은 엄청난 효과로 나타났다. 누이의 얼굴은 생기와 광채로 반
짝반짝 빛났다. 가로수인 나도 지나가던 행인이 시원하다거나
무성하다고 하면 우썩우썩 자라는데 예민한 누이에겐 더 이를
말이 없다. 늘 애처롭고 연약해 보이는 누이는 그늘식물 같아서
내가 받은 햇빛과 거름을 나누어 무성하게 키워서 내 아내로 삼
고 싶을 정도였다.

그런 그녀가 탁구를 치기 시작했고, 잔병치레도 싹 가셨다.
누이는 학교 대표선수에서 군 대표, 도 대표가 되어 전국체전에
참가했다. 체전에서 누이는 은메달을 목에 걸고 돌아왔다. 당신
과 함께 묘목원 사잇길을 걸으며 누이가 자신의 미래에도 뭔가
있을 것 같다며 환히 웃는 모습을 보고 내 이파리들이 반짝반짝
윤을 냈다. 누이가 사는 게 뻔하다는 말을 취소하는 소리를 듣고

내 우둠지는 뾰족 머리를 내밀었다.

"네가 옳아. 네가 이겼어. 세상엔 틀림없이 뭔가가 있을 거야."

체력향상의 문제는 누이가 꼭 해내야 할 과제였다. 시설의 식사는 운동선수의 체력을 보충하기에는 턱없이 영양이 부족했다. 원장은 누이에게 계란 프라이라도 먹이려고 애썼다. 원장은 내 이파리에 낀 진드기를 눌러 잡는 누이에게 이놈들이 잘 자라줘야 네게 불고기를 먹일 텐데, 아쉬운 듯 말했다. 그 목소리의 진지한 울림에 내 세포들이 수액을 쑥쑥 빨아올렸다.

어느 날, 보육원에서 벼락 치는 소리가 들려왔다. 원장실 쪽에서 그릇 깨지는 소리, 악다구니, 여자의 날카로운 비명이 치솟았다. 한동안의 정적, 그리고 여자의 비통한 신음 소리에 이어 누군가 소리를 질렀다.

"차를 불러! 차를!"

원장이 피 흘리는 누이를 들쳐 메고 뛰쳐나왔다. 부원장인 원장 부인은 원장을 묘목밭으로 불러내어 죽기 살기로 싸웠다. 말과 말 사이에 끼인 사람은 당신의 누이였다. 당신의 누이는 원장 부인의 이빨 사이에서 으깨어져 피를 흘렸다. 그녀는 당신의 누이를 의심하고 질투했다. 화근은 불고기와 계란 프라이였을 것이다.

유리 파편에 팔목을 베인 누이는 인대 봉합수술을 받았지만 구부러진 손목은 펴지지 않았다. 누이의 꿈은 부서졌다. 누이는 어두운 밤, 우리 곁에서 흐느껴 울었다. 비통한 흐느낌에 내 밑

둥치의 세 번째 이파리가 누렇게 물들기 시작했다. 지금도 그날의 기억이 떠오르면 이파리가 파들파들 떨린다.

누이는 우리 사이에 누워 스스로 손목을 베었다. 나는 잎사귀를 떨면서 누이가 면도날을 손목에 대고 몇 번이고 망설이는 모습을 목격했지만 누이가 손에 살짝 힘을 가하는 걸 막지 못했다. 하얀 피부에 선홍색 핏방울이 방울방울 맺히자 누이는 질끈 눈을 감고 면도날에 힘을 가했다. 누이의 손목에서 흘러나온 피가 밭두둑을 붉게 물들였다. 누이의 붉은 피는 시궁물 보다 더한 고문을 내게 가했고 나는 움찔움찔 경련을 일으켰다. 잔인하다. 우리는 먹어야 한다. 내 세포에 누이의 피가 닿았을 때, 나는 부르르 몸을 떨며 천지가 진동하는 변환을 일으켰다. 내 세포막은 붉은 피를 맑은 수액으로 걸러 쑥쑥 빨아올렸다. 나는 당신의 누이라고 할 수도 있다.

나와 달리 당신은 얼굴이 하얘질 때까지 당신의 피를 누이에게 수혈했다. 누이는 깨어났지만 구부러진 손목은 더욱 펴지지 않았다. 누이의 손목을 쓸며 우는 당신에게 그녀는 말했다.

"네가 우는 꼴은 볼 수가 없어. 그래, 내가 이 세상에 있어 줄게. 그러니까 너는 네 소원대로 살아야 해. 평범한 거니까 이룰 수 있을 거야."

묘목밭둑에 앉아 책을 읽는 당신을 보고 나도 햇빛과 물과 거름을 섞어 엽록소를 생산했다. 날이 저물어 나는 일을 중지했지만 당신은 책 읽기를 멈추지 않았다. 당신은 **대 경영학과에 합격했다.

보육원이 생긴 이래 처음 유명 대학 합격생이 나왔다며 원은 물론 온 마을이 축제 분위기에 휩쓸렸다. 나와 당신은 거의 같은 시기에 서울에 입성했다. 나는 신도시의 새로 탄생한 호수 공원과 도로 사이에 심어지고, 당신은 학교 기숙사로 들어갔다. 당신은 기숙사 식당 청소를 하고, 알바를 하며 대학에 다녔다. 나는 아침부터 밤까지 이 도로를 질주하는 당신을 종종 목격했다. 아침이 오면 당신은 풀솜처럼 늘어진 손으로 목걸이의 페넌트를 열고 작은 타원 속에서 웃고 있는 일가족의 모습을 보며 자리에서 일어나곤 했다.

그때까지도 우리를 대하는 당신의 태도는 무덤덤했다. 새뜰 시절에도 당신은 너는 너, 당신은 당신이라는 식이었다. 실은 우리가 너무 미워 우리의 허리를 뚝뚝 꺾으며 분을 풀곤 했다.

우리는 야들야들 새로 난 길에 심어졌다. 주위의 허허벌판은 신도시로 번창할 꿈에 부풀고, 미끈하게 뻗어간 도로 끝에는 반짝반짝 빛나는 새 아파트들이 치솟아 있었다. 모든 게 활기차게 쑥쑥 뻗어갈 기세였지만 딱 한 가지 어울리지 않는 게 있었다. 우리 가로수 군단이었다. 말이 군단이지, 우리 플라타너스는 도시의 상처처럼 어설프게 심어져 있었다. 겨우 회초리를 면했거나 위가 뭉툭 잘린 통나무 가로수는 가로수라는 이름이 아까운 막대기나 목재에 불과했다. 가로수는 목발을 짚은 장애인처럼 사각 받침대에 의지하여 행인들에게 한 푼을 구걸하는 꼴로 서 있었다.

당신은 그런 우리를 흘겨보며 뇌었다. '꼴에 가로수라고… 넌 언제 커서 이 거리를 유서 깊은 가로수 길로 만들거니? 모두들 싱싱하고 씩씩한 이 거리에서 너만 부상병 꼴을 하고 서 있잖아? 하지만 그렇게라도 버텨주렴. 태풍이 몰아쳐도 네 발굽을 하늘로 치켜들고 벌러덩 나뒹굴지 마라 응, 당신은 이 거리에서 가로수다운 가로수를 보게 될 날이 오리라고는 꿈에도 생각지 못했다.

누이의 등기 편지에는 우편환이 들어 있었다. 편지 내용은 간단했다. 시내에 나와 편히 살고 있으니 어떤 걱정도 하지 말라고 했다. 시내에서 살게 된 내용이 생략된 편지에는 원장과 누이에 대한 소문이 희미하게 무늬져 있는 것 같았다. 누이가 그렇게라도 이 세상에 있어 주는 것은 당신에 대한 배려 이외 아무것도 아니었다.

졸업하자마자 당신은 아르바이트로 일하던 시장의 개발실장으로 취직했다. 당신은 옷가게 사장에게 제품 생산과 판매 아이디어를 제공했고, 가게는 동종 업계의 부러움과 시새움을 받으며 무럭무럭 성장했다. 당신에게 자금을 대겠으니 사업을 같이 하자는 사람들이 나타났다.

당신의 경험과 신선한 아이디어와 자본의 결합, 연이은 히트 상품의 개발, 일본, 홍콩, 동남아로의 수출, 당신은 아이디어가 떠오르면 난관을 헤치고 상품으로 개발하는 능력이 있었다. 운도 따랐다. 짧은 기간, 당신은 많은 돈을 벌어 중간 규모 백화점 나래의 사장이 되었다. 당신은 자동차로 이 거리를 씽씽 달리며 우리 가로수 따위 거들떠보지 않았다.

여성 의류 백화점 나래를 오픈하기 전, 당신은 고급 브랜드를 선호하지만 주머니 사정이 딸리고, 시장 옷은 마음에 차지 않는 구매층의 방황을 읽고 통계를 뽑았다. 확실한 소비층을 거머쥐고 있는 시장과 백화점 사이에 틈새시장이 있었다. 패션 티브이가 스물네 시간 돌아가는 현재 뒤돌아보면 까마득한 시절이었다. 당신은 해외 패션 잡지와 사진을 즉시 받을 수 있는 유학생 통신망을 구축했고, 중간 구매층의 꿈과 허영을 재빨리 해외 유행에 접목시켰다. 옷은 그들의 주머니 사정에 맞추어 제작되었다. 업계에서 기적의 사나이 운운할 만큼 백화점 나래는 성장했다.

당신과 결혼하겠다는 여자들이 줄지어 나타났다. 대기업 중견 여사원, 스튜어디스, 대학 강사, 의사, 중소기업 사장, 중학교 여교사. 중학교 여교사라는 직업을 밝고 아담하게 여긴 당신은 그녀를 풍경 속의 여인으로 맞아들여 꿈에 그리던 가족을 만들었다. 아내, 어머니, 아버지, 큰아버지, 삼촌, 고모, 이모, 외숙, 형님과 조카들. 당신은 이 세상에 태어난 맛, 사는 맛에 처음 혀를 대 본 것 같았다. 처가 어른들이 김 서방, 김 서방 불러주면 당신은 무조건 벙글벙글 웃었다. 그들이 어려운 부탁을 해도 가능한 한 들어주었고, 아내는 시집 잘간 여자 대접을 받았다. 당신은 홀로 서 있는 나무가 아니었다. 가족들과 함께 숲속에 서 있었다. 당신은 누이도 함께 서 있고 싶었지만 누이는 머리를 저으며 '여기가 제일 편해. 나는 이미 길들어 버렸어'라고 말했다.

당신은 나이도 체력도 희망도 푸르고 싱싱했다. 하늘이라도 찌를 듯 의기양양했다. 가로수 따위 눈에 띄지 않았다. 시대의 구호 탓인지, 하면 된다고 생각했다. 하루하루 원인을 심으며 미래로 나아가면 꿈이 이뤄질 것 같았다. 당신은 보물찾기에 나선 소년처럼 이 거리를 달리며 내게 매연만 쌩쌩 날렸다.

이 거리의 찻집에서 당신은 디자이너를 만나고, 공장에 자제를 실어 나르고 나래에서 집으로 돌아갔다. 부지런히 은행에 드나들며 수표를 끊고 입금을 시켰다. 사업은 가로수보다 무성하게 성장했다. 매스컴은 머지않아 나래가 미도파나 신세계를 능가할 것이라고 떠들었다. 고아, 가난 따위 저리 가라. 고생 끝에 보람이었다. 현장 경험에 접목된 이론, 여성의 마음을 읽는 눈이 성공을 거둔 케이스라고 사람들이 입에 침을 튀겼다. 당신의 나이 탱탱하게 물이 오른 서른다섯이었다.

당신은 그 시절에 우리가 어떤 모습을 하고 있었는지 전혀 기억하지 못한다. 당신은 성장기의 플라타너스를 볼 여유가 없었다. 당신은 왠지 처음 심어진 가로수와 요즈음의 가로수만 기억한다.

위인들, 선생님, 책은 말했다. 희망을 품고 굳세게 밀고 나가라, 청년이여! 야망을 품어라. 당신은 보이지 않는 거룩한 말보다 눈 앞에 펼쳐진 가을 들판의 이치를 더 믿었다. 봄에 뿌린 씨앗은 가을 들판에서 황금빛 열매로 주렁주렁 열렸다.

그런 당신에게 누이가 사망했다는 소식이 전해지리라고는 꿈에도 생각지 못했다. 원장 혼자 지키고 있는 영안실은 누이의 인생이 판화처럼 요약되어 있었다. 누이와 원장의 아지트에 들이닥친 여심이 요동을 치고, 누이는 자신을 부수어 종지부를 찍고 말았다. 자포자기에 찬 선택이 깨어졌을 때, 그녀는 간단히 선택할 수 있었다. 당신은 눈물도 흘리지 않았다. 표본식물처럼 채집되어 있던 누이의 사인은 수면제 과다복용이었다.

서울에 돌아온 당신이 슬퍼할 겨를도 없이 갑자기 나래가 수렁에 빠져들기 시작했다. 경력 사원들이 대형 백화점으로 쏙쏙 빠져나갔다. 판매 노하우를 알고 있는 그녀들은 임금인상이라는 협상 카드 따위 쳐다보지 않았다.

당신은 새내기들을 채용했다. 그들은 아이 쇼핑 나온 고객을 붙들고 실랑이를 벌이다가 구매자를 놓치고, 단골에게 엉뚱한 옷을 권하여 비위를 거슬렀다. 개성이 강한 손님에게 뭘 찾으시죠? 이건 어때요? 성가시게 굴어 쫓아버렸다. 그들에겐 손님을 존중하는 매너도, 손님의 변덕과 개성을 조절하여 매출에 연결시키는 능력도 없었다.

당신 혼자 비지땀을 흘렸지만 매출이 급감했고, 고객이 썰물처럼 빠져나간 매장은 한산하다 못해 적막했다. 겨우 수표를 막았구나, 안도하는 나날이 흘러갔다. 부도가 나고, 집과 아내의 패물까지 팔아 가까스로 빚을 해결했다. 석 달이 지나자, 백화점 업계의 공동 작전에 말려든 케이스라는 소문이 파다했지만 이미 버스는 떠난 뒤였다.

당신은 셋방에 누워 나래에 걸렸던 옷들, 계산대 앞에 늘어선 고객들, 신나게 울리던 음악, 매상고 등등을 생각하며 몸을 떨었다.

당신은 꿈꾸던 미래에 닿아 보물을 캤지만 손에 닿자마자 사라졌다. 이미 당신은 옛날의 당신이 아닌 손에 꿈을 쥐어본 당신이었다. 원점으로 돌아갈 수가 없었다. 당신에겐 나래 시절의 순간만이 삶이고 다른 시간은 삶도 죽음도 아닌 무엇인 것 같았다. 당신은 산 정상에 홀로 서 있는 것 같았다. 사방이 절벽인 산꼭대기, 잠을 자고 눈을 떠도 위태롭고 불안하고 초조하고 괴로웠다.

어린 시절에 힘이 돼주었던 꿈이 이번에 독이 되었다. 버스는 달려가는 당신을 두고 떠나갔다. 비행기는 당신을 떨어뜨리고 멀리 날아가 버렸다. 벌거벗은 당신은 화려한 옷으로 치장한 사람들에게 둘러싸였고, 아담한 방은 폐허로 변했다. 당신은 무서운 꿈 없이 잠들기 위해 몸이 나른해질 때까지 거리를 헤매었다. 그러나 도로변의 빌딩들이 허공중에 떠오르는 환영에 구토가 났다. 당신의 몸무게는 이십 킬로그램이 준 오십 킬로그램이었다.

아내의 직업이 그나마 당신을 구했다.

아내는 말없이 아이들의 학비를 대며 살림을 꾸려갔다. 당신은 아랫목에 누워 재기를 모색했으나 돈이 문제였다. 돈이 조금만 있어도 남대문 시장에 옷 가게를 열 수 있었다. 석 달을 쉰 후, 당신은 시장이라는 이름이 붙은 곳을 샅샅이 뒤지기 시작했다. 중부 시장 주변에서 건어물 꾸러미를 든 소매상인들이 발을 동동 구르는 모습이 눈에 띄었다. 당신은 용달차를 구입했다.

아내의 월급에 당신의 수입을 보태자, 형편이 좀 너그러워졌다. 아내는 자가용을 구입했고, 방학에 해외여행을 떠나는 동료 교사를 보면 속이 상한다고 투덜거렸다. 여행 계획이라도 세울 수 있다면 그날이 그날 같은 하루하루를 견딜 수 있을 것 같다고 불평했다. 가슴이 짓눌리는 것 같았지만 당신은 그녀에게 활기를 불어넣어 어떻게든 가정은 튼튼하게 유지하고 싶었다. 가게를 낼 때까지 허리띠를 졸라매지 않으면 안 된다고 말하지 않은 건 아니었다. 그녀는 대꾸했다.

"될지 말지 한 그깟 사업은 해서 뭘 해? 한 번 망한 것으로 부족하단 말이야?"

경험을 살려 망하지 않겠다는 말을 목 안으로 밀어 넣는 당신에게 아내는 덧붙였다.

"성공한다는 보장이 어디 있어? 난 여행의 맛 정도는 누리며 살고 싶으니까."

당신은 옷가게를 내기 위해 그녀의 살맛을 덜어 저축할 용기가 나지 않았다. 사실 아내를 종이비행기에 태운 사람도, 추락의 고통을 안겨 준 사람도 당신이었다.

세월은 흐르고, 세상은 하루가 다르게 변했으며, 패션에 대한 당신의 감각은 점점 둔해졌다. 조석으로 변하는 신세대의 감각을 맞추기에 당신은 너무 구태의연했다. 자신감은 시들고 사업에 대한 미련도 쇠퇴했다. 백화점에 대한 꿈은 점점 멀어지고, 용달차 운전은 당신의 몸과 마음에 속속 배어들었다. 당신은 더도 덜도 아닌 용달차 운전자였다. 새벽의 가락시장 벤치에 앉아 있던 어제의 일이 확실히 그렇다고 증언한다.

"노벨상은 정주영이가 타야 하는데 엉뚱한 사람이 타서 나라가 이 꼴이지."

용달차 운전자 권이 투덜거렸다. 용달차 기사 몇몇이 가로등 불빛 아래 모여 앉아 정주영 추모에 열을 올리고, 당신은 경매장 쪽에 시선을 팔고 있었다. 경매장에 짐을 풀고 나오는 빈 트럭들, 야채와 과일을 가득 싣고 나오는 용달차들, 리어카, 경비원의 호루라기 소리에 가락시장은 북새통을 이루고 있었다.

"정주영이 왜 죽었는지 알아? 노벨상을 타지 못해 화병으로 죽은 거야."

권의 곁에 앉은 김이 열에 받쳐 소리를 질렀다. 김의 핸드폰이 울리고, 김은 용달차를 몰고 야채 경매장 쪽으로 달려갔다.

나도 대학 동창들에게 대책 없는 순간을 제공했는지 모른다. 당신은 괜히 홧홧 달아오르는 얼굴을 손으로 쓱 문질렀다. 당신의 친구들은 대부분 부장이나 이사라는 지위이고 사장이 된 사람도 있었다. 당신이 동창들에게 미치지 못하는 점은 많았다. 경제력, 전문지식, 품위, 영어 단어, 심지어 근사한 음식점을 안다는 점에서도 당신은 그들의 범위에 미치지 못했다. 당신도 크게 한턱 쏠 수는 있지만 계속할 수는 없었고, 친구들과 말도 분위기도 통하지 않았다. 당신은 동창생들이 구사하는 영어 단어도 알지 못했다. 콘텐츠, 컨셉, 패러다임, 노블레스 오블리주, 배웠는지, 배우지 않았는지 기억조차 희미한 영어 단어를 들으며 당신은 아연실색했다.

"정주영 아들들이 힘을 합쳐 현대를 다시 일으켜 세워야 나라가 제대로 선단 말이야."

권이 다시 북을 찢는 어조로 웅얼거렸다. 당신은 어느 대목에서 고삐가 풀려 격절되었는지 알 수 없다고 생각하며 벤치에 앉아 호출을 기다리고 있는 현실로 돌아왔다. 마침 경매장에서 당신을 불렀다. 김 여사에게서 움직이는 사무실, 핸드폰에 연락이 온 것이다. 용달에 야채를 싣고 하남시 아파트 단지 슈퍼마켓에 들러야 하고, 멸치 따위 건어물을 떼어 큰 짐 한 귀퉁이에 묻어두었다가 돌아오는 길에 김 여사의 가게에 들러야 하는 오전 일과가 정해졌다.

김 여사는 용달차의 첫 손님으로 단골이 된 여인이다. 때때로 당신은 건어물 뭉치를 들고 그녀를 따라 도매상에 들리기도 그녀 대신 물건을 떼어다 줄 때도 있었다. 그동안 건어물 보는 눈이 트였다.

상지동 시장에 닿았을 때는 아침 열 시였다. 상인들의 장사

열기와 더위로 시장통이 서서히 달아오르고 있었다. 차를 댈 곳이 없어 시장 주변을 두 바퀴 돌다가 화원 앞에 겨우 주차했다. 좌판에 물건을 진열하고 있던 김 여사가 건어물 꾸러미를 받아 들며 말했다.

"땀을 비 오듯 흘리시네. 앉아서 물건을 받다니 세상에 이런 일이 어디 있대요?"

"여기 있대요."

김 여사가 깔깔 웃었다.

"헛김 빠지는 소리 그만 하세요. 가만히 있어도 출출 늘어지는 여름 판에…"

김 여사가 엷게 눈을 흘겼다. 가게에는 두 대의 선풍기가 열나게 돌고 있었지만 비릿한 더위를 휘돌리고 있을 뿐이었다. 김 여사는 물건을 귀퉁이에 던져 놓고 냉장고에서 생수병을 꺼내 당신에게 건넸다. 물병에 맺힌 이슬이 시원했다. 김 여사는 아침이나 먹어야 하지 않겠느냐며 간이 부엌으로 들어갔다. 마마 밥통에서 밥만 푸면 되는지, 곧 당신을 부르는 소리가 들려왔다. 당신은 좁은 부엌 안쪽에, 그녀는 바깥쪽에 앉았다. 반찬은 노각무침, 가지냉국, 쇠고기 장조림, 열무김치였다. 가지냉국에 밥을 말아 장조림이나 노각무침을 얹어 입에 넣으니 밥이 술술 넘어갔다. 시장하기도 하지만 맛깔스런 반찬에 입맛이 돌았다.

당신은 온종일 용달차를 끌고 시장에서 시장으로, 시장에서 가정집으로 돌아다녔다. 가락시장에서 집으로 돌아갈 때는 노점상 여인이 권하는 남작 한 박스를 뒤 칸에 실었다.

두 아들이 현관에 나와 당신을 맞았다. 오랜만에 저녁에 두 아들을 만나서 그런지, 당신은 괜히 어색하고 수줍었다. 큰아들이 당신의 품에서 감자 박스를 받아 들고 뒤 발코니로 갔다. 식탁의 반찬은 조금 흐트러져 있었다. 아내의 젓가락은 밥알이 묻은 채 x자로 놓이고, 당신의 숟가락과 젓가락은 식탁 중심을 향해 거꾸로 놓여 있었다. 작은아들이 당신에게 진지 잡수시라고 말했다. 큰아들은 싱크대에서 손을 씻고, 아내는 돌아선 채 밥공기에 밥을 퍼 담고 있었다. 등이 딱딱해 보였다. 당신은 작은아들에게 그래, 라고 대답하고 식탁에 앉았다.

"식기 전에 먹자."

두 아들이 밥을 먹기 시작했고, 모두 말없이 밥을 먹었다.

"왜 이렇게 밥이 늦은 거지?"

"…"

"…"

아뇨, 작은아들의 대답은 답답할 정도로 늦었다. 식탁에는 젓가락 부딪는 소리만 간간 이어지고, 아이들은 쩝쩝 입맛을 다시거나 국물을 후르륵 들이마시며 열심히 밥을 먹었다. 너무 열심히 밥을 먹어서 긴장감이 돌았다. 당신이 말했다.

"느이들 바쁜 모양이지?"

두 아들은 멀뚱히 당신을 쳐다볼 뿐, 말이 없었다. 당신은 그냥 넘어갈까 생각했다. 그러나 두 아들도 무안하고 아내도 무안하고 당신도 무안했다. 무안을 풀기 위해 당신은 스스로 대답했다.

"바빠도 밥은 제때 먹어야지."

당신은 모골이 송연했다. 겨우 헛소리만 늘어놓은 것이다. 가족들은 또다시 밥을 먹기 시작했다. 심심해하는 손님에게 들려주는 얘기를 하면 아이들이 웃을까. 당신은 안간힘을 다했다.

어느 미국 교포가 백인하고 단둘이 엘리베이터를 탔다는구나, 그렇게 얘기를 시작했다.

"그 백인 교포의 아래위를 훑어보며 'you go home' 그랬단다. 교포는 궁리 끝에 'you go home'이라고 쏴주고는 'indians is my family' 'here is my home' 그랬더니 그 백인 머쓱해져 아무 말도 못 하더라는 구나."

친구들에게 써먹어도 될 것이라는 말이나 하지 말았으면 얼마나 좋았을까. 아이들이 썰렁하다는 표정을 지었다. 아내는 생선 가시를 발라내느라고 정신없는 척했다. 당신은 바짝 오그라드는 마음을 추스르며 속으로 외쳤다. 자신을 잃지 마라, 네 마누라에 네 새끼들이 아니냐.

아이들은 공부에 바쁘고, 당신은 용달차 끌기에 바빴으며, 노는 물이 너무 달랐다. 바쁘다, 바쁘다, 하면서 당신의 가족들은 서로 멀리멀리 떨어져 나갔다.

당신의 아내는 밥공기에 남은 밥을 두 숟가락으로 해치우고 싱크대로 돌아섰다. 아이들은 말없이 밥을 먹었다. 당신도 남은 밥을 처리하고 자리에서 일어섰다. 그녀는 당신이 모든 것을 빨리빨리 해치우기를 원했다. 가족 누구보다 빨리 밥을 먹고, 빨리 샤워를 마치고 빨리 방에 들어가 텔레비전에 빠져 잠들기를 원했다. 그녀는 당신이 집에 있어도 없는 듯 있기를 원했다. 당신의 아내는 발코니의 감자 박스를 발길로 툭툭 차며 신경질을 부렸다.

"이런 건 뭐 하러 사와, 사 오길! 고리타분한 짓만 골라서 한다니까. 나 같으면 그런 시간 있으면 수표책이나 턱턱 끊어 쓰게 하겠다."

당신의 아내는 언제나 나래 시절 타령이다. 그 시절 그녀는 수표책을 턱턱 끊어 쓰는 정도는 아니라도 현찰보다 수표를 더 많이 사용했다. 그때의 버릇으로 그녀는 일 년에 두 번 해외여행을 떠난다. 여름방학에는 추운 나라, 겨울방학에는 따뜻한 나라로, 알래스카와 남미, 호주와 캄차카반도, 아프리카와 북 구라파, 그녀가 살아갈 햇수만큼 계절에 맞출 짝은 아직 많이 남았다.

여행을 떠나는 고등학교 교감의 뒷모습은 쓸쓸했다. 이번에도 교사끼리의 그룹 여행인가. 타히티나 피지의 푸른 바다와 원시의 숲으로 그녀를 데려갈 백마 탄 기사는 아직 나타나지 않은 것일까. 그녀는 아름답다. 그러나 곧 스러질 이슬이다. 늦기 전이라고 당신은 아내에게 말해주고 싶었다. 그녀는 바람피우기도 힘들었다. 이 땅에는 그녀의 제자와 학부모들이 사방에서 눈을 반짝이며 선생님을 지켜보고 있었다. 동료 여교사들끼리의 드라이브나 식사와 수다로 그녀의 빈 가슴은 채워지지 않았다.

당신은 여행에 흥미가 없다고 하지만 핑계일 뿐이다. 함께 갈 사람도 없고, 혼자 가기도 싫어 그렇게 도망칠 뿐이다. 용달차 운전자들에게 해외여행은 꿈에도 일어나지 않는 일이다.

현관방으로 걸어가는 당신의 귀에 흘러드는 소리, 큰아들이 뭐라고 하는 소리에 작은아들이 항의하고, 애들 엄마가 끼어들어 조용조용 나무라는 소리. 조금 후, 그들은 숨죽여 킥킥 웃었다. 당신의 인생은 킥킥거리는 웃음소리 사이에 끼어 으깨어지는 것 같았다.

아버지라는 이름 하나로 버틸 시절이 아니지. 아버지도 긍지가 되지 않으면 안 돼. 바쁘게 살아온 지난날들이 다가왔다. 아이들과 끊임없이 접촉하려고 애쓰지 않은 자신이 원망스러웠다. 버스는 이미 떠나버렸는지 모른다. 정을 가꿀 기회는 사라지고. 가족 관계는 엉성한 채 굳어버린 것 같았다.

살을 아낀다는 말속에 가족 사랑의 비밀이 숨어 있는 것 같았다. 몸과 마음이 아프면 약을 먹이고 편히 쉬게 하고, 달래주고 쓰다듬어 주는 부드러운 손길에서 정은 우러나는 것이리라. 실뿌리처럼 살랑거리는 부드러운 손길에서 정은 움트는 것이겠지. 함께 살았지만 멋대로 살아온 시간이 굳어진 굵고 딱딱한 뿌리, 그것을 실뿌리처럼 부드럽고 가늘게 풀어지게 하여 서로를 쓰다듬을 수는 없을까. 당신은 문간방으로 들어가 큰 대자로 벌러덩 드러누웠다. 샤워라도 하면 개운하겠지만 손끝도 까딱하기 싫었다.

당신 부부가 남남으로 살아온 것은 대충 십오 년쯤 될 것이다. 각 방 살이는 방 세 칸일 때부터 시작되었다. 당신의 아내는 마른 새우처럼 웅크리고 자는 당신에게 남자답게 자라고 했다. 당신은 남자답게 자는 방법을 알 수 없었다. 잠버릇은 고쳐지지 않았다. 냄새도 문제였다. 서로 스쳐 지날 때, 그녀는 얼굴을 찌푸리곤 했다. 당신은 매일 목욕을 하고 향수를 뿌렸다.

"무슨 이런 냄새가 다 있어?"

그녀의 비위는 향수와 무관했다. 향수에 섞여 있는 당신의 체취가 그녀의 비위를 상하게 했다. 당신이 신경을 써도 그녀는 당신 곁을 지날 때, 숨을 정지했다 풀곤 했다. 전에는 상의는 상의끼리, 하의는 하의끼리 정리되어 있던 장롱 칸칸에는 아내와 남편의 옷이 따로따로 분리되어 있었다.

당신의 셔츠와 팬티 사이에 아내의 레이스 팬티가 하늘하늘 춤추던 시절은 사라지고 없었다. 요즈음 당신과 당신 아내의 옷은 빨래걸이의 대각선 멀리 떨어져 있었다. 아이들의 옷이 그 사이를 메우고 있어 바람이 몰아쳐도 교통사고는 일어나지 않았다.

오래전 아침에 당신은 아들의 문간방에서 잠이 깬 적이 있었다. 간밤, 거실에서 몇 잔의 술을 마신 기억은 있지만, 문간방에 들어간 기억은 없었다. 당신은 아예 아들의 방에서 잠을 잤다.

그게 편했다. 방 네 칸으로 이사 오자 당신의 방이 생겼다.

지금은 아내가 같은 방을 쓰자고 해도 당신이 펄쩍 뛸 것이다. 당신은 자문해 보았다. 왜 사는가? 앞으로 꼭 해야 될 일이 있는가. 가정의 틀을 유지하기 위해? 아이들에게 상처를 주지 않기 위해? 당신은 식물로 변해가는 자신을 느끼고 비로소 옛날의 나를 기억했다. 나무와 함께 산 적이 있어 자신을 식물로 느끼는지 모를 일이었다.

당신의 가정은 살이 삭아 뼈만 앙상하게 남은 해골처럼 되었다. 용달차 운전은 누구나 할 수 있었다. 5개월만 지나면 시력이 약해 병역을 면제받는 큰아들과 작은아들은 동시에 대학을 졸업할 테고, 당신의 아내는 자신의 수입으로 유유히 살아갈 것이다. 당신이 어떤 결단을 내린다 해도 서러워할 사람은 없었다. 아이들이 좀 우울해하겠지만 머지않아 〈잊으리〉가 될 것이다. 이런 생각은 한두 번이 아니었다.

삶도 죽음도 간단치 않았다. 생각이라는 것을 하기 때문이다. 당신은 삶이라는 것이 결단 따위 받아들이지 않는 질깃질깃한 가죽 공 같다고 생각했다. 당신도 인간적인 너무나 인간적인 고질병을 앓고 있는 셈이다.

무엇보다 당신은 아이들에게 상처를 줄 수 없다고 생각한다. 그들에게 구색을 맞춰주는 게 당신의 마지막 의무일 수 있다. 당신은 자식이라는 나무 밑에 떨어져 거름이 되리라고 생각하면서 당신의 죽음이 아이들에게 오명으로 남겨지는 걸 원치 않았다.

남은 건 단지 그뿐이었다.

용달차를 끌게 된 후, 당신은 친지들의 경조사에 참석하지 않았다. 인사로나마 당신의 안부를 묻곤 하던 처가 어른들은 하나 둘, 저세상으로 떠나고, 당신에게 전화하는 친척은 아무도 없었다. 백화점 사장을 친척으로 맞아들인 그들에게 용달차 운전자에겐 할 말이 없는 모양이었다.

당신이 간여하지 않아도 세상은 잘 돌아갈 테고, 당신의 가정은 당신이 간여하지 않으면 더 잘 돌아갈 것이었다. 메밀이 세 모라도 쓸모가 있다는데… 나는, 나는…

아침에 아내가 식탁을 차리고 밥을 먹는 동안 당신은 자동차라도 세차해 주기 위해 아파트 주차장으로 내려갔다. 그게 일격이 될 줄은 몰랐다. 당신을 보고 경비가 히죽 웃었다.

"어젯밤 비가 내려서…"

경비와 당신은 벌써부터 말동무가 되어 있었다. 아파트 주차장에 용달차를 주차시킬 때마다 경비는 당신 주변을 빙빙 맴돌았다. 대형 아파트에 사는 용달차 운전자가 그에게 희귀종으로 보이는 모양이었다. 당신이 허물없이 대하자 경비는 대뜸 동류로 취급했다. 당신은 때때로 경비실에 들러 이런저런 얘기를 주고받았다.

당신은 경비에게 빙긋 웃어 보이고 그녀의 승용차로 다가갔다. 검정 소나타에는 지난밤 내린 빗방울에 뭉개어진 먼지가 지도를 그리고 있었다. 고무호스 끝에서 발사되는 물줄기의 기총

소사와 지도의 소멸, 마른 걸레질 끝에 자동차는 소나타다운 늘씬한 자태를 드러냈다. 한 발 뒤로 물러서던 당신은 자동차 문에 비춰진 숙녀를 보고 숨을 정지했다.

코발트색 투피스를 입고 구월 중순의 싱그러움에 흠뻑 젖어 있는 그녀, 위로 빗어 올린 머릿결에 흐르는 윤기, 경비실 앞에 서 있는 그녀는 당신의 아내였다. 당신은 자신의 흐늘흐늘 흘러내리는 트레이닝복을 하염없이 내려다보았다.

말도 표정도 없이 또각또각 다가오는 그녀의 구두 발짝 소리에 따라 당신의 손은 방황했다.

"빨리 들어가기나 하지. 무슨…"

톡 쏘면서 그녀는 자동차 안으로 엉덩이를 밀어 넣었다. 그녀의 구두 끝에 스치지 않으려는 당신의 조바심과 빨리 자동차 문을 닫으려는 아내의 조급증이 시너지 효과를 유발했다. 자동차 문틈에 낀 당신의 손가락에서 피가 솟았다. 경비가 뛰쳐나오고, 그녀는 천천히 밖으로 나왔다.

"회의나 없어야 뭘 어떻게 해보지…"

혼잣말로 지껄이는 그녀의 시선은 금속성처럼 차게 빛났다. 당신은 손을 내 저었다. 내려지는 손가락 끝에서 따뜻한 장면들이 사진처럼 하나하나 떨어진다. 피 흐르는 당신의 손가락을 쥔 하얀 손, 지혈제를 뿌리고, 붕대를 감던 손가락이 전하던 따뜻한 체온, 당신의 얼굴이 벌겋게 물들었다. 김 여사의 젖은 눈동자가 아른거린다.

"어쩌나? 이를 어쩌나? 아프죠? 많이 아프지요? 많이 아플 거예요. 쪼금만 참으면 낫는다니까요. 내 손은 약손이니까요."

거푸거푸 강요되는 물음과 다짐과 호들갑과 따뜻한 손가락이 당신의 내면에 웅크리고 있는 아이를 건드렸다. 감전 현상이 전신으로 번져갔다. 아이는 긴 잠에서 기지개를 펼치며 깨어나 따뜻하게 찰랑이는 순간에 감싸여 지그시 눈을 감았다. 꽃들의 향기에 취하고 잠이 올 듯 나른한 행복에 젖어 눈을 감으며 당신은 그 순간이 한없이 계속되기를 빌었다. 당신에겐 누이와 아내와의 행복한 순간이 있긴 했지만 단 한 번도 아이였던 적은 없었다. 당신이 생전 처음 누려보는 아이의 시간은 포근하고 달콤하고… 꿈을 꾸는 것 같았다. 그러나 아이의 순간은 신기루처럼 사라졌다.

"언 손을 다치셨으니… 걱정이네요. 내가 조금만 신경 썼더라면… 죄송해서 어쩐대요?"

죄송해요, 휴지에 피를 닦으며 김 여사는 벌써 당신의 단골로 돌아갔다는 투로 말했다. 신기루라도 좋으니 내 곁에 있어 다오, 당신은 애원했다. 용달차에서 어물을 떼어 나르던 당신이 어물전 가위에 손가락을 찔린 순간은 보석처럼 빛나는 순간으로 당신의 가슴에 아로새겨졌다. 아이를 누리고 싶다고 울려 퍼지는 신음 소리를 들으며 당신은 엉거주춤 서 있는 아내에게 소리를 질렀다.

"가라니까!"

그녀의 소나타는 시커먼 매연을 내뿜으며 달아났다. 손가락에 대충 붕대를 감아 준 경비는 당신을 데리고 경비실로 들어갔다.

　"사모님도 화가 나시겠지. 그래도 당신은 슬슬 움직여도 되니, 팔자 하나는 늘어진 게지."

　경비는 혼잣말로 지껄이며 빙긋 웃었다. 빙긋 웃는 그의 입술에서 흐늘거리는 자신의 처지를 보며 당신은 욱신거리는 왼손 가운데 손가락을 외면하고 희미하게 웃었다.

　"어떤 사람은 결혼을 해도 호박이 넝쿨째 굴러드는데… 이런 늠의 신세는 김치공장 다니는 마누라 에구구 타령에 주름살만 늘구… 그래 어뜨케 교감 선생님을 만난 거유? 그때두 용달차 끌었수?"

　당신은 머리를 끄덕였다.

　"그래 어쩌다 언감생심, 선생님 같은 분을 만난 거유? 얘기나 좀 해 주우."

　"등산길에 만났소."

　"아아, 그랬구면. 우리 아들놈한테도 당장 등산이나 다니라고 해야지. 팔자 고친다고…"

　"것도 방법은 방법이니까."

　"이왕 얘기가 터진 김에… 그래 나이 차이는 을마유?"

　"십 년…"

　"난 이십 년쯤 되는 줄 알았수. 첨에는 첩인가 했구."

"…"

"외양이 좀 차이가 나야지. 저쪽은 새파란 숙녀…"

당신은 말없이 듬성한 머리칼을 쓸어 넘겼다.

"누군 복두 많지. 자동차 닦아주는 건 일도 아니지."

손가락을 조금 다쳤을 뿐인데 이상했다. 당신은 용달차를 끌고 거리로 나가고 싶은 의욕이 일지 않았다. 그렇다고 집에서 빈들거리고 싶지도 않았다.

늦더위가 빽빽이 밀려와 있는 8월의 거리를 당신은 흐늘흐늘 걸었다. 사막도 이렇게 덥지는 않겠다고 꿍얼거렸다. 당신의 머릿속에는 '결단'이라는 말이 떠올라 있었다. 그 말은 면도날처럼 써늘히 빛났다.

당신은 서둘러 뒷골목에 들어섰다. 가로수가 꼴도 보기 싫었다. 당신은 이 삭막한 도시가 사막의 열기를 꾸어다 사람을 들볶아 댄다며 뜨거운 숨을 헤쳐 나아가듯 더위 속을 걸어갔다. 에어컨 실외기가 후끈한 열기를 쏟아냈다. 아주 숨통을 막아라, 당신은 시멘트 바닥에 풀썩 주저앉았다. 굳어버린 사막이니까 모래는 묻지 않겠지. 썬 캡을 쓰고 지나가던 여자가 힐끗 쳐다봤다. 당신도 쳐다봐 주었다. 그녀가 머리를 돌렸다. 당신도 머리를 돌렸다. 실외기가 있는 빌딩 벽을 보며 에어컨이 별것인가, 사막의 낮바람은 밖으로, 밤바람은 실내로 갈라 보내는 기계에 불과하지, 당신은 시들하게 웃었다.

또다시 당신은 하긴 빌딩이라는 게 별것인가, 거푸집에 모래

반죽을 부어 굳혀 만든 언덕이지. 딱딱한 모래 절벽에 구멍을 뚫고 사막을 녹여 만든 유리로 사막을 차단하고, 사막에서 캐낸 석유로 온도를 올리고 내리는 또 다른 사막이지. 당신은 중얼거렸다. 그러고 보니 사막은 도시에 젖을 주어 키우는 도시의 어머니였다. 도시도 어머니 젖을 먹고 살고 있다는 사실을 발견하고 당신은 놀랐다.

더위 밖으로 갔으면 좋겠다. 더위 밖이라니? 그럼 한국으로 가겠다는 거야? 당신은 시멘트 바닥에 주저앉아 피식 웃었다. 요 몇 년 사이 당신은 부쩍 더위를 못 견뎌했다. 더위까지 참으며 살아야 하는 게 진저리나게 싫었다. 살면서 꼭 참아내지 않으면 안 되는 항목을 세다가 그만둔 적도 있다. 무슨 할 일이 남아있다고 참아내면서까지 살아야 하나… 당신은 영화 와호장룡의 주윤발처럼 긴 칼로 허공을 척척 베고 싶었다. 잘려진 더위의 단면은 삶은 돼지고기의 단면처럼 김을 낼지 모르지만 아무튼 속은 시원할 것 같았다. 그도 못하면 차라리 더위에 녹아 버리면 좋으련만… 당신은 다시 뒷골목의 그늘을 벗어나 뙤약볕 속으로 나갔다. 벌써 가로수가 있는 대로였다. 로터리 건너 가로수 그늘이 시원해 보였다. 반갑다는 생각은 순간뿐 또 가로수야? 피하고 싶다는 마음 간절했다.

당신은 가로수를 쏘아 보았다. 플라타너스 주제에 당신을 턱 가로막아 서다니 가슴이 막힐 것 같았다. 푸른 산더미 같은 상체를 떠받치고 있는 가로수 밑둥치들은 거인 나라의 병정들처럼 무지막지해 보였다. 적군을 쳐부수기 위해 행군하는 가로수 군단을 보니 기세등등, 위풍당당이라는 말이 떠올랐다. 넋을 잃고 가로수를 쳐다보고 있던 당신은 비실비실 걸어서 내 그늘 아래로 들어섰다.

우리는 그냥 까마득히 치솟아 있을 뿐인데 당신은 거만스레 아래를 내려다본다고 우리를 미워한다. 푸르러도 독하게 푸르다고 눈을 흘긴다. 우리의 굵은 둥치는 울퉁불퉁 골이 난 것 같다고 외면한다. 용틀임하는 내 밑둥치를 보고는 꿈틀꿈틀 땅을 헤쳐 가는 뿌리의 욕망을 읽고 징그러워한다. 내가 당신의 패배를 강조하는 정도가 아니라 미래의 패배까지 예고하며 으쓱댄다고 원수처럼 여긴다.

내가 양적으로 성장하는 동안, 당신이 왜소해진 건 사실이다. 당신은 개도 안 먹는 나이만 먹었다고 자조할 만큼 키는 줄고, 팔다리는 앙상해졌다. 얼굴은 시들고 머리칼은 하얗게 세었다. 대머리에 남은 머리카락 몇 올은 지난날 갓 심어진 통나무 가로수 끝에서 비어져 나온 몇 가닥의 나뭇가지처럼 볼품이 없다. 나는 가로수로 있을 뿐인데 당신은 내가 무시무시한 기세로 태양과 대결하여 불볕을 막아내고 있다며 위압감을 느낀다. 하긴 당신이 사라져도 나는 청청하게 살아 있을 것이다. 당신은 강한 내 의지와 미래가 두려워 구부정한 자세로 내 그늘 아래를 걸어가고 있다.

당신은 권력이나 명예가 아니고 겨우 곡식과 같은 희망을 품었을 뿐이라고 속으로 외친다. 그러나 모두 병풍 속의 그림이 되고 말았다. 모두 한통속으로 날 속인 거야. 벼논까지… 당신은 중얼중얼 가로수 길을 지나 호수 공원으로 들어갔다. 호수는 푸른 품을 활짝 열고 당신을 맞았다.

잔디 언덕, 가로수, 고층 빌딩들은 이상한 나라의 성곽처럼 호수 둘레를 빙빙 둘러싸고 있었다. 빌딩 위 하늘은 파랗고 호수도 파랗다. 색깔은 색깔일 뿐, 의미 따위 있을 리 없지만, 당신들이 색깔을 구분하고 이미지에 따라 의미를 찾는 것은 고질병 중 하나이다.

당신은 당신에게 사기를 친다. 하늘이 분홍이나 노랑이 아니고 파래서 슬프다고 생각한다. 당신은 하늘이 티 없이 파래서 싫고, 끝없이 넓고 항상 거기에 있어서 싫다고도 생각한다. 당신은 파란 하늘을 북 찢어버리고 싶다. 모든 게 귀찮고 온몸이 축축 늘어진다. 이렇게 늘 당신은 하늘이 파랗다는 이유로 당신을 무찌른다. 당신은 당신의 적이다.

더위를 피해 많은 사람들이 나무 그늘 아래로 몰려들고 있었다. 땀을 쏟으며 뛰는 남자, 유모차를 밀고 오는 여인, 다리를 질질 끌고 오는 중풍 환자와 그를 부축한 젊은 남자, 노인, 젊은 엄마, 아이들이 공원으로 모여들었다가 도시의 골목으로 사라져갔다. 당신은 공원 벤치에 앉았다.

호수에서 불어온 바람이 당신의 살갗을 씻으며 사라졌다. 정자에 앉아 있는 사람들은 당신의 때를 씻어준 바람이 시원하다

며 호수를 바라보고 있다. 공원에는 바람과 한낮의 무료함만 가
득했다. 마침 자신의 머리 위로 솟아오른 통나무 형 배낭을 짊어
진 사내가 정자를 향해 꾸벅꾸벅 걸어가고 있다. 부스스한 머리
칼, 꾀죄죄한 얼굴과 옷매무새에 불황의 땟국이 얼룩졌다.

그는 정자 마루에 배낭을 부려놓고, 냄비와 가스버너, 알루미
늄 바람막이, 라면, 김치를 꺼내 놓았다. 그가 한 살림 차릴 태세
를 취하자, 사람들은 하나, 둘, 정자를 떠났고 정자는 그의 부엌
으로 변했다. 그는 식수대에서 물을 받아 라면을 끓여 훌훌 먹어
치우고 식수대에서 설거지를 하고, 식수대에 머리통을 디밀고
머리를 감고, 발을 닦았다. 그 모든 것을 그는 후딱후딱 능숙하
게 해치우고 정자 마루에 큰 대자로 벌러덩 누웠다. 밭에서 일을
마치고 돌아온 농부처럼 나 몰라라, 누웠다. 그러나 정자에는 벽
이 없고 겨울에는 집이 돼주지 않는다. 지난날 당신에겐 셋방과
아내가 있었다.

당신의 옆 벤치에는 아까부터 팔십 남자 노인 두 명이 망연히
호수를 바라보고 있다. 노인들은 벤치에 앉아 있다는 사실조차
까맣게 잊은 망아에 빠져 있다. 하지만 목을 움직일 때마다 줄었
다 늘었다 하는 쪼글쪼글한 목선이 아직 남은 동물기로 흐물거
린다. 생명이 거의 닳아진 늙은 목이 이물스러워 당신은 시선을
돌렸다. 힘줄이 퍼렇게 불거진 손등, 남방셔츠에 받쳐 입은 늘어
진 러닝셔츠에 당신의 시선이 오래 머물렀다.

중풍에 손과 발이 마비된 노인이 발을 질질 끌며 다가왔다.

우리끼리 만나 반갑다는 듯 노인은 두 노인 곁에 앉아 뭐라고 열심히 중얼거렸다. 두 노인은 웬 동네 개가 짖느냐는 듯 미동도 하지 않았다. 두 노인은 중풍 든 노인이 미운 게 아니라 자신의 미래가 미운 것 같았다. 가로수가 가로수다워졌듯이 내게도 저런 날이 오겠지. 당신은 또다시 나를 올려다보았다. 너희들은 죽어도 신선하게 죽을 거야. 누구도 괴롭히지 않아.

하긴 나의 미래는 울울창창했다. 당신이 죽은 뒤에도 나는 이 거리를 유서 깊게 하면서 역사를 쌓아갈 것이었다. 당신은 네가 무섭다며 다시 한번 나를 쳐다보았다.

어떻게 할까. 내 그늘 아래서 당신은 생각을 되풀이했다. 그러나 대답은 늘 〈어떻게 하지〉로 끝났다. 당신이 운전대를 놓아도 세상은 질주할 것이다. 그렇다고 별스런 미래가 있는 것도 아니다. 남은 건 쓰디쓴 나날뿐, 당신이 어떤 선택을 해도 나무랄 사람도 없다. 모든 게 자유였다. 당신은 완전히 자유였다.

잔디밭 아래 호수는 잔잔하고 고요했다. 호수는 푸른 품을 활짝 열고 모든 것을 받아들였다. 당신은 호수를 향해 〈엄마!〉라고 가만히 불러보았다. 목마른 나무들은 일제히 호수를 향해 달려든다. 허겁지겁 달려드는 나무뿌리에 젖꼭지를 물리는 호수, 나무들은 호수를 쭉쭉 빨아들인다. 나무, 나무들은 푸르게 짙푸르게 자랐다. 사막은 도시의 엄마이고, 호수는 우리들의 엄마였다. 당신은 엄마, 하고 가만히 불러보았다.

내 그늘을 벗어나 호숫가로 다가가는 당신에게 신경 쓰는 사람은 아무도 없다. 사람들은 한낮의 더위에 압도되어 졸음에 겨울뿐이었다. 햇빛에 하얗게 바랜 길에는 한낮의 적요만 질펀하게 깔려 있다. 당신은 쥐새끼처럼 개나리 울타리를 꿰뚫고 나가 시멘트 제방 아래 호수를 가만히 내려다보았다. 엄마의 살갗처럼 부드럽겠지, 당신은 슬며시 개나리 가지를 휘어잡고 매달렸다. 발끝에서 찰랑거리는 호수, 호수는 한없이 다정하고 부드럽게 찰랑거렸다. 당신은 주르르 미끄러져 호수에 잠겼다.

당신은 꿈에 사로잡혔다. 호수의 새끼가 되어 호수의 품에 소롯이 안길 수 있다면 결국 나무뿌리에 닿을 테고, 한 줌 수액이 되어 푸른 이파리까지 치솟을 수 있으리. 그리고 가로수의 짙은 그늘로 떨어져 누군가의 더운 이마를 식혀줄 수 있으리. 당신은 호수를 끌어안고 눈을 감았다. 꿈에 부푼 당신은 수직의 타원을 그리며 물 위로 솟구쳐 올랐다가 가라앉고 또다시 솟구쳐 올랐다. 급격한 회전에 고통이 없어졌는지, 당신은 혼미할 뿐이었다.

나는 갑자기 호수에 물 주름이 잡히는 것을 보았다. 쏜살같이 내달리는 모터보트를 보았고, 하얀 물 날개를 헤치며 호수에 뛰어드는 사내를 보았다. 그는 한 번 두 번 물 위로 솟구쳐 올랐다가 수면 아래로 사라지더니 옆구리에 당신을 꿰차고 펄쩍 솟구쳐 올랐다. 당신의 마지막 자유를 낚아 챈 모터보트는 반대편 호숫가로 쏜살같이 달려갔다. 모터보트의 사내는 당신을 안고 공원 관리소로 들어갔다.

나무 그늘 아래 졸고 있던 사람들은 호숫가로 몰려들어 멋대로 중얼거린다. 죽어도 왜 하필 이 호수란 말이야. 여러 사람 기분 나쁘게… 별 미친 인간도 다 있다니까. 그들은 아무 일 없었다는 듯 다시 나무 그늘 아래로 스며들었다. 그렇다. 나와 당신의 합일은 쉽게 이루어지지 않았다. 겨우 다른 사람들의 기분을 나쁘게 하는 정도에 그치고 말았다. 당신의 자유를 뱉어낸 호수는 잠잠했다.

경험 많은 공원 관리원은 당신이 물을 모조리 토해내도록 조치하면서 경미한 사건임을 알아차리고 짜증을 냈다. 그는 관리소 소파에 누워있는 당신에게 툴툴거렸다. 쇼 같은 건 질색이란 말이야. 나 같으면 여러 사람 모인 곳에서 그런 짓은 하지 않겠다. 이해를 못 하겠다니까. 그는 당신을 흘겨보며 화장실 쪽으로 사라졌다. 당신은 젖은 레자 소파에서 일어나 뜨거운 햇빛이 쏟아지는 공원길로 나섰다. 젖은 옷은 삽시간에 꾸들꾸들 말랐다. 당신은 다시 내 그늘 아래로 들어와 벤치에 길게 누웠다. 맥주를 마시고 바보처럼 누웠다.

햇빛은 금비처럼 쏟아져 내렸다. 시멘트 도로 위에선 사람도 튀고, 빗물도 튀고, 햇볕도 튄다. 더위는 딱딱한 사막을 녹여버릴 듯 뜨겁게 쏟아져 내렸다. 당신이여! 위풍당당한 나 대신 목마른 나를 보라. 내 몸의 절반은 시멘 콩크리트에 박제되어 있다는 것을 알아주었으면 좋겠다. 박제되어 있으면서도 나는 사람들에게 그늘과 산소를 공급해 준다.

당신 한 번이라도 내 목마름을 느껴보라. 나는 목이 탄다. 목이 마르다. 내 뿌리는 헉헉 숨을 몰아쉬며 딱딱한 시멘트 사막 아래 흐르는 생명수를 찾아 죽기 살기로 헤맸다. 부실 공사에 의해 벌어진 틈이 없다면 우리는 벌써 말라 죽었을 것이다. 그래도 나무는 자살하지 않는다. 가로눕지도 못한다. 내 뿌리는 불성실한 토목공이 벌려놓은 틈을 향해, 더러운 시궁물을 향해 꿈틀꿈틀 뻗어간다. 시궁물에 입을 대고 할짝거리는 나, 그 순간 내 세포는 일제히 일어나 시궁물을 거르고, 온 힘을 다해 맑은 수액으로 정화시켜 빨아올린다. 통통하게 물이 오른 나무, 우리는 살찐다. 살찐 우리는 푸른 낙타처럼 굴곡진 등을 들썩이며 사막을 가로질러 호수에 닿는다. 호수는 풍만한 가슴을 열고 우리에게 젖을 물린다.

나는 당신에게 생기를 불어넣고 꺼진 불을 다시 당기는 과업을 수행했다. 불빛 너머 김 여사의 미소가 신기루처럼 희미하게 어린다. 대학 출신인 당신은 시장통 여인을 은근히 도외시하고 펌하했지만 그녀의 미소는 언제나 따뜻했다. 그녀의 미소가 신기루일지 몰라도 당신은 움켜잡아야 한다. 온 힘을 다해 움켜잡아야 한다. 사는 건 그렇고 그런 일, 별다른 의미는 없지만 썩은 이라도 빠지면 구멍이 생기고, 치열이 무너진다는 것을 알아야 한다. 말장난 같지만 당신은 중요하다. 당신은 시궁물이라도 마셔야 한다. 나는 쏴쏴 바람을 불러일으킨다. 시궁물 바람이 시원하게 불어대고 있다.

보다 큰 집

거실 소파에 앉아 항노화 크림을 바르는데 정수리가 섬뜩했다. 머리를 들어보니 늙은 남자의 반나체 사지육신이 찌르듯 다가왔다. 거실에서 우리 옆방처럼 보이는 옆집 베란다에서 그 집 가장이라는 늙은이가 맨머리에 허연 머리칼 몇 올을 얹고 굽은 등을 보이며 돌아서는 참이었다. 세상 욕을 총동원하여 공격 명령을 내리고 싶었다. 휙휙 날아가는 화살이 보이고 속이 좀 후련했다. 여름 늙은이에게 반 파자마에 민소매 러닝셔츠쯤 보통이라고 말하는 사람이 있겠지만, 적어도 그런 차림이라면 옆집 여자의 항노화 현장을 훔쳐보는 짓은 하지 말아야 할 것이다.

하긴 그 할배 원도 한도 없이 폭삭 늙었다. 굽은 허리로 어기적어기적 걷는 모습이 꽁지 빠진 수탉처럼 후줄근해 보였다. 머리칼은 어쩔 수 없다 치자. 굽은 허리와 어기적거리는 걸음새는 노화에 항거하지 않았다는 증거가 아니고 무엇이란 말인가. 허리 운동도 좀 하고 바로 걷는 자세에 신경을 썼더라면 그처럼 험한 꼴은 모면했을 것이다. 그의 처에 의하면 그렇게 늙은 나이도 아닌데, 마냥 게을렀다는 증거처럼 폭삭 늙었다. 꼴에 옆집 여자의 항노화 현장을 훔쳐보다니, 우리 다가구주택의 설계가 부른 참사였다.

우리의 다가구 주택은 삼면이 이웃집에 가로막혀 바람 한 점 통하지 않는 먹통 집이었다. 여름 더위에 지쳐 살다 바람이 분다 싶으면 추운 계절이었다. 추운 계절에 바람은 불청객이고, 우리는 불청객만 맞을 수 있는 집에 살고 있었다. 집에 틀어박혀 살다 밖에 나가면 어느새 나무가 푸르거나, 낙엽이 지거나, 마른 나뭇가지에 삭풍이 불고 있었다. 계절은 먹통에 나를 가둬놓고 꼬리가 빠지게 도망치고 있었다. 나무 한 그루 보이지 않는 집에서 사는 건 사는 게 아니야, 이런 바보 멍텅구리 집에서 살다가는 우울증에 걸릴지도 몰라.

여름 한밤중에 전화벨이 쟁쟁 울리던 기억이 떠오른다. 거실에 물이 들어왔어요! 반지하에 세든 아가씨의 비명에 번쩍 눈이 떠졌다. 머릿속에 비상등이 켜지고, 한달음에 반지하로 달려 내려갔다. 남편은 여행 중이고, 집에는 덩치만 크고 철딱서니라고는 없는 아이들이 잠들어 있었다. 장대비는 우당탕탕 세상을 두들겨 패며 퍼부어 내리고, 창문은 먹물에 잠긴 듯 새까맸다.

반지하 거실은 발목까지 물이 차올라 있었다. 나는 물을 철컥 철컥 밟으며 세입자 아가씨 형제가 바가지로 빗물을 퍼내고 있는 화장실로 달려갔다. 화장실 하수구에서 물이 풍풍 솟구치고, 양변기에서도 물이 철철 넘쳐흘렀다.

장마가 오기 전, 우리는 빗물 저수조의 자동 배수펌프를 점검하고, 폭우를 예고하는 일기예보에 따라 저수조 위에 세워둔 세입자의 자동차를 다른 곳으로 옮기게 하는 등 만반의 준비를 갖추었는데 이 난리였다. 곧 냉장고가 물에 잠길 것이다. 냉장고를 옮길 사람도 없는데 비상, 비상이었다.

밖으로 뛰쳐나가, 물 폭탄과 어둠을 헤치고 빗물 저수조로 달려갔다. 달려가서 멈춰 섰다. 기계치인 나는 배수펌프에 대해 아무것도 알지 못했다. 안다 해도 물이 넘치는 저수조에 손가락 하나 넣을 수가 없었다. 저수조에 만약 전기가 풀려 있다면… 주위를 휘휘 둘러보았다. 벽에 세워둔 대걸레가 눈에 띄었다. 대걸레를 거꾸로 거머쥐고 저수조의 빗물을 휘휘 저어보았다. 어두운 공간 저편에 허연 물줄기가 솟구쳐 포물선을 그리며 바닥에 떨어지고 있었다. 살았다, 살았어.

물에 빠진 생쥐 꼴을 하고 다시 지하로 뛰어 내려갔다. 거짓말처럼 빗물의 역류가 정지되어 있었다. 자매는 열심히 물을 퍼내는 중이었다. 비로소 싱크대와 설거지통이 눈에 띄었다. 스테인리스 싱크대와 설거지통에 흩뿌려져 있는 하수도 찌꺼기, 분홍색 순두부처럼 엉겨 있는 그것, 썩을 대로 썩어 말간 우무처럼 엉겨 있는 오물 덩어리, 괴물의 시체처럼 는질는질한 그것은 우리가 매일매일 하수도에 버린 음식물의 시체였다. 라면과 고기와 기름기와 밥과 김치가 썩고 삭아 반들반들 윤나는 아메바처럼 엉겨 있었다. 우욱 구역이 치밀었다.

생전 처음 대하는 오물의 시체가 빗물의 역류 과정을 차례차례 전개해 보였다. 저수조를 가득 채우고 갈 곳을 찾아 이리저리 헤매던 빗물은 어느 순간 빈 하수도 구멍, 빈집, 빈 통을 발견하고 환호 작열했다. 공간에 따라 무한 변신 가능한 빗물은 하수도 구멍에 머리를 처박고 뱀처럼 빠르게 역류하기 시작했다. 세차게 퍼붓는 장대비에 하수도의 압력은 점점 더 거세어지고, 빗물은 하수 배관에 낀 오물을 분홍 떡가래처럼 밀어 올리며 치솟아 올랐다. 드디어 마지막 지점, 하수도의 시작 지점, 거의 무한대에 가까운 공간과 하수도 구멍의 접점, 극소를 채우며 치솟은 오물은 무한에 닿아 화산처럼 폭발했고 분홍 마그마처럼 쏟아져 내렸다.

나는 하수도 오물에 깊이 머리를 조아리고 싶었다. 뭔가 복받쳐 올라 눈물이 핑 돌았다. 넋을 놓고 우두커니 서 있는 내 꼴을 보고 오물이 히죽히죽 웃고 있는 것 같았다. 세입자 아가씨 형제는 운명에 순종하는 여女사제처럼 열심히 빗물을 퍼내고 있었다.

내 딸이라면 어땠을까. 우선 비명부터 지르고, 목 놓아 엉엉 울었을 거야. 엉엉 소리쳐 운 여파로 줄줄이 눈물을 훔치면서 빗물을 퍼내겠지. 나이 많은 소녀에 겁 많은 아가씨이긴 하지만 성실하고 착한 편이니까.

나는 재빨리 화장지를 풀어 싱크대의 오물을 닦아내고, 세제를 풀어 수돗물로 씻어 내렸다. 휴지에 묻은 오물은 살고, 세제에 녹은 오물은 자취도 흔적도 없이 사라졌다.

그동안 거실의 빗물을 대충 퍼낸 자매는 마른걸레로 물기를 훔쳐내고 있었다. 장하다 너희들, 나는 미안하다고 사과했다. 빗물 펌프가 작동하지 않아 어쩔 수 없었다는 변명의 말도 잊지 않았다.

그 뒤 여름이 오면 불안했다. 배수펌프를 수리해 놓고도 당했다는 기억이 나를 빤히 지켜보고 있는 것 같았다. 가족들이 여름휴가를 떠나도 나는 혼자 남아 집을 지켰다. 시내에서도 멀리 가지 못했다. 여행이나 외출 중 장대비가 퍼붓지 말라는 법이 없었다. 이런 여름을 몇 차례 겪다 보니 집이라는 게 집이 아닌 불안의 진원지이고 족쇄인 것 같았다. 아파트로 이사하면 되겠지만 우리에겐 현재의 다가구와 같이 세도 받고 거주도 하는 양수 겸장의 집이 필요했다.

우여곡절 끝에 우리는 다가구를 팔고 아파트를 매입했다. 계산은 착실했다. 부동산이 오르는 패턴을 보면 아파트가 먼저 오른 뒤에 단독주택이 올랐다. 다음 부동산 상승기의 꼭짓점에서 아파트를 팔고 아직 바닥을 기고 있는 단독주택을 구입하여 다세대를 짓겠다는 신의 한 수와 같은 계산을 감히 했다.

새로 구입한 아파트에 거주할 형편이 되지 못하는 우리는 아이들의 출퇴근이 용이한 지역에 다세대 주택 주인층을 전세로 얻기로 했다. 전셋집을 찾아 헤매던 나는 문득 이 삭막한 도시에 숨어있는 오아시스를 발견하고 멈추어 섰다. 도심 한복판에 이렇게 푸른 공원이 있다니, 가슴이 물결치기 시작했다. 집 가까이 이런 공원이 있다는 것도 모르고 살아온 자신이 한심스럽기도 했다. 소나무들이 이마를 마주대고 모여서 있는 그곳은 백제 고분 공원이었다.

나는 폭염의 사막에서 오아시스를 만난 대상처럼 기뻐 날뛰고 싶은 마음을 누르고 천천히 공원으로 걸어갔다. 아마 사막의 대상도 구원의 대상이 신기루일지 모른다는 두려움을 안고 오아시스가 현실이 될 때까지 침착했을 것이다.

공원은 긴 네모 사각 프라이팬에 달걀 네 개를 나란히 깨뜨려 놓은 형국이었다. 핵심인 네 개의 노른자위는 옛 무덤의 봉분, 흰자위는 봉분의 마당인 잔디밭, 잔디밭은 소나무에 둘러싸여 있고, 산책로는 소나무밭과 잔디밭 사이에 있었다. 공원 바깥은 주택가 도로이고, 도로변에는 건축 30년 전후의 빌라와 다세대 주택이 늘어서 있었다.

공원의 조선 소나무는 구불구불 고풍스럽고, 잔디밭은 시야가 트여 시원했다. 고분 공원은 숲이 우거진 공원이 아닌 소나무가 이마를 마주대고 모여 서 있는 아담한 곳이었다.

공원 주변의 주택들을 한 채씩 꼽아보며 공원을 한 바퀴 돌았다. 대부분 다세대나 빌라이고 단독 주택은 세 채밖에 없었다.

마음속에서 단독주택 소유자들에 대한 부러움과 질투가 부글부글 끓었다. 이 삭막한 도시 한복판에 푸른 숲 공원이 있다는 걸 어찌 알고 일찌감치 집을 짓고 사는지, 부럽기만 했다. 내 시선은 〈그 집〉에 오래 머물렀다.

공원 둘레의 단독 주택 중 그 집의 위치가 제일 좋았다. 다가구 주택이 유행하기 전의 패턴대로 반지하에 2층을 올린 단독주택이 만약 내 집이라면 구옥을 허물고 다세대 주택을 신축하여 우리 가족도 살고 세도 놓을 수 있는, 우리 형편에 꼭 맞는 집이었다.

코너 집인 그 집 앞 도로는 한적한 데다 정면으로 숲 바람까지 맞고 있어 환호성이 터질 지경이었다. 우리 처지에 전원주택은 꿈에 불과했다. 근래 서울의 단독 주택은 재벌이 사는 집이었다. 더구나 우리는 아파트에 살 형편도 되지 못했다. 단독주택을 허물고 다세대 주택을 짓는 요즈음의 대세에 밀려 단독주택은 눈 씻고 봐도 찾기 힘들었다.

우리는 멀리서 고분 공원을 조망할 수 있는 조건 하나를 보고 다세대 주인층을 전세로 얻어 이사했다.

나는 일부러 고분 공원을 가로지르는 먼 재래시장에 다니며 장을 봐왔다. 오다가다 공원 벤치에 앉아 그 집을 한없이 바라보는 게 일종의 취미가 되어 있었다. 저런 집에 사는 사람은 얼마나 좋을까, 얼마나 복이 많으면 서울 한복판에서 소나무 숲을 바라보며 살 수 있을까.

그 집 앞 공원 마당에 두 그루 느티나무가 나란히 서 있었다. 젊은 느티나무는 미끈한 둥치로 해마다 무럭무럭 성장하고, 늙은 느티나무는 어른 세 아름이 넘는 둥치로 해마다 늙어가면서도 의젓한 풍모이고, 느티나무 아래 벤치에는 언제나 사람들이 모여 앉아 있었다. 그 집 창문과 마주 보이는 늙은 느티나무 둥치에는 커다란 구멍이 뚫려 있었다.

두 그루 느티나무는 봄이 오면 연두색 잎을 틔우고, 여름에는 나뭇잎이 무성하게 우거졌으며, 가을에는 누런 단풍이 들고, 겨울에는 마른 나뭇가지로 북풍과 대결하며 햇빛을 통과시켰다. 나뭇가지 사이를 통과한 햇빛은 그 집 벽과 지붕에 오래 머물렀다. 그러니까 그 집은 여름에는 느티나무 그늘이 져서 시원하고, 겨울에는 아침부터 저녁까지 햇볕이 드는 따뜻한 집이었다.

그 집 마당에 낡은 자동차가 주차해 있으면 주택 매매 가능성을 점쳐보며 혼자 웃고, 고급 자동차가 주차해 있으면 매매 가능성이 없다고 혼자 낙담했다. 우리가 그 집을 매입할 자금을 마련할 수 있다는 확신도 없이 무작정 그런 생각에 잠기곤 했다. 어쨌든 매물로 나오기만 해봐라. 융자를 안고서라도, 다소 비싼 값을 지불하고서라도 내 집으로 만들고 말 거야.

아들과 딸은 강남 출퇴근이 용이한 지역에서 살아야 하는데, 석촌 호수 근처에서 사는 동안 우리는 호수에 정이 푹 들었다. 그 집은 호수와 공원이라는 두 가지 조건을 충족시켜 주는 위치에 있었다.

부동산 불황이 계속되어 정점에서 아파트를 팔겠다는 계획은 물거품이 될 것 같았다. 언제든 아파트가 팔리면 호수 근처에 다세대 주택을 장만하겠다는 계획을 세우고 그 집에 눈독을 들이며 사는 세월이 흘러갔다.

어느 날 문득 아파트가 팔렸지만, 그 집이 꿈에 불과하다는 것 정도는 나도 알고 있었다. 어쨌든 우리는 지하철 9호선과 롯데타워가 완공되기 전, 호수 근처에서 다세대주택을 매입해야 했다. 9호선이 완공되어 땅값이 뛰면 우리는 호수에서 밀려날 수도 있었다. 우리는 호수도 숲도 지하철도 놓치고 싶지 않았다.

우리는 기존 다세대주택을 매입하거나, 단독 주택을 사서 다세대를 신축해야 할 처지였다. 주택 신축은 건축업자의 횡포와 이웃의 민원이 무서워 엄두가 나지 않았지만 부득이한 경우 부동산 중개업자인 동생의 소개로 업자를 만난다면 큰 낭패는 없을 것 같았다.

시중에는 집짓기 밥 짓기라느니, 죽을 수에 집을 짓는다느니, 집을 지으면 10년은 감수한다느니, 위험을 경고하는 말들이 부지기수로 많았다. 주택 건축은 건축업자의 횡포, 이웃과의 분쟁, 부실 공사 등등, 처음부터 끝까지 뇌관이 깔려 있는 어려운 문제였다. 좀 엉뚱하고 어리석고 덜렁거리는 편이지만 나이 70을 헛먹은 게 아닌지, 나는 그 집에 대한 꿈을 접고 기존 다세대주택을 찾아 부동산을 헤매고 다녔으나 마땅한 집이 없었다.

설계 문제는 심각했다. 다세대 주택이라면 길 쪽에 거실과 방을 넣고, 이웃과 바짝 붙은 측면에 부엌이나 화장실을 넣어야 그나마 일조권이나 전망이 좋은 편인데 그 반대였다. 모두 우리가 진저리치며 도망친 다가구 주택처럼 옆집과 마주 보는 위치에 거실이 있었다. 심지어 햇빛이 잘 드는 남쪽에 화장실을 넣은 집도 있었다. 도배나 페인트칠은 고칠 수 있지만 설계 변경은 신축 비용과 맞먹었다. 하는 수 없이 단독주택을 매입하여 다세대 주택을 짓는 게 낫다는 결론이 섰다.

또다시 부동산을 헤매고 다녔지만 마땅한 주택이 없었다. 60% 정도 마음에 드는데도 매수하겠다고 나서면 주인이 딱지를 놓았다. 계약 직전에 물건을 걷어가는 일도 부지기수로 당했다. 단독주택이 오름세를 타고 있다는 징조였다. 가격은 들쭉날쭉 종잡을 수 없었는데, 대체로 우리가 매입하기에 버거운 가격이었다. 주택이고 집이고 만사 귀찮아 소파에 늘어져 누워 있는데 돌연 이상한 오기가 발동했다.

기왕 딱지를 맞을 바에야, 그 집에 프러포즈라도 해보고 딱지를 맞자. 알 수 없는 열기에 치받힌 나는 자리를 박차고 일어나 그 집 주변 부동산 골목으로 달려갔다. 첫 부동산에 걸려 있는 대형 지도에서 그 집을 찍어 보이며 혹시 이 집 매물로 나오지 않았느냐고 물었다. 부동산 사장이 그 집은 팔 집이 아니라고 머리를 쌀쌀 흔들었다. 그 집 주변을 샅샅이 훑고 다녔지만, 매번 똑같은 대답을 들었을 뿐, 그 집 주인이 전직 교장이라는 것을 알고 제일 마지막 부동산에 들렀다. 여사장이 말했다.

"며칠 전 그 집 사모님이 팔까 말까 망설이던데… 한번 연결해 볼게요. 평당 얼마까지 줄 수 있어요?"

드디어 내가 그 집의 자장권에 들어가게 된 모양이었다. 전신이 경직되는 걸 느끼며 말했다.

"2,300만 원이요."

"안 돼요."

"2,350만 원이요."

"안 돼요."

"2,400만 원이요."

나는 경매꾼처럼 단계마다 평당 50만 원씩 가격을 올려 불렀다.

"그럼 얘기해 볼게요."

환호 작열하는 마음을 숨기려니 얼굴이 굳는 것 같았다. 그 집이라면 2,600만 원도 지불할 용의가 있는데 2,400만 원이라니 꿈을 꾸는 것 같았다.

"그런데 그 집은 4층까지만 지을 수 있어요. 공원 바로 옆이라고도 제한을 받거든요. 대신 일층에 원룸 두 가구는 들일 수 있어요. 세 가구도 가능할지 몰라요."

나는 말 없이 머리를 끄덕였다. 부동산에서 긍정과 부정을 동시에 말했다면 부정이라고 봐야 했다. 다세대는 모두 5층까지 짓고 있었으므로 그 집은 1개 층을 손해 보는 셈인데 그게 평당 가격이 싸고, 그 집이 주택업자의 손에 넘어가지 않은 이유인 것 같았다.

그 집이라면 1개 층을 손해 봐도 좋아, 짝사랑에 눈이 멀어버린 나는 중얼거렸다. 부동산을 나오는데 다리가 후들후들 떨렸다. 그 집을 매입할 가능성이 1%라도 있다니 꿈인지, 생시인지 구별되지 않았다. 나는 기도했다. 섭리여, 그 집을 매입하게 해 주오. 애들을 위해 그렇게 해 주오. 실은 나 자신을 위한 것인지, 애들을 위한 것인지 모호했지만 일단 그렇게 아첨을 떨어야 할 것 같았다.

전기에 쏘인 듯 머리가 띵해 밥도 먹히지 않고 잠도 오지 않았다. 견디다 못해 수면제를 먹고 아침에 일어났지만, 꿈결처럼 몽롱한 상태였다. 그날 부동산에서 좀 나와 보라는 연락이 왔다. 나는 허공에 뜬 발로 달려가며 다짐했다. 누구에게도 속마음을 들켜선 안 돼. 처음부터 끝까지 침착해야 해.

"그 댁에서 팔 뜻이 있으니 며칠 기다려 달라고 하네요. 자식들하고 상의해 보고 결정하겠답니다."

"그렇군요."

나는 초연한 목소리로 대답했다. 짝사랑이 이뤄질 가능성이 50%로 상승했다. 살다 보니 행운이란 것이 나를 돌아볼 때도 있었다.

"그런데 알아둘 일이 있어요. 사실은 그 사모님과 직접 연결되는데도 중간에 리치 부동산을 끼워 넣었어요."

"그럼 사장님이 저쪽 수수료 손해 보잖아요?"

"전에 다른 부동산에서 계약 직전까지 갔었는데 그 집 사모님이 리치부동산에 가서 상의했나 봐요. 그 집 내외가 리치부동산을 형제처럼 믿거든요. 그런데 리치에서 지금은 팔 때가 아니라고 훼방 놓은 바람에 깨진 적이 있어요. 못하는 것보다 공동중개라도 하는 편이 낫잖아요? 이 일 사모님만 알고 계세요."

부동산 중개사들은 세상 돌아가는 낌새에 빠삭하고, 동업자끼리 피 튀기는 경쟁을 벌인다는 것 정도는 나도 알고 있었다. 부동산 사장의 말을 듣는 둥 마는 둥 물러 나오면서 또다시 기원했다. 섭리여! 그 집을 사게 해주오! 그동안 내가 당한 고통이 얼마인가요? 산더미처럼 많지 않나요? 다른 사람은 상상도 못 할 고난을 겪으며 겨우겨우 살아온 인간 아닌가요? 이렇게 복살 머리 없는 인간에게 한번 쯤 행운이라는 것도 줘봐야 하는 것 아닌가요? 나한테 유독 인심 사납게 굴 게 뭔가요? 지지리 고생만 한 이 인간을 한 번 돌아봐 주세요. 어느새 나는 두 손을 비비며 빌고 있었다. 손바닥이 뜨거워질 때까지 기도는 멈춰지지 않았다. 나는 아이들이 대학에 갈 때도, 그 어떤 일에도 손을 비비며 빈 적이 없었다. 그깟 집이 뭐라고 이러지?

전직 교장이 매도 여부를 결정하겠다는 일주일이 오기도 전에 나는 애가 타고 피가 말라 죽을 것 같았다. 죽든지 살든지 결판나지 않으면 나라는 인간이 불타서 재가 될 것 같았다. 넋을 잃고 소파에 누워 있던 나는 갑자기 벌떡 일어나 부동산 사장에게 전화를 걸었다.

"사장님, 그 집 사모님에게 전해 주시면 고맙겠어요. 제가 실은 목 좋은 상가 건물을 보고 있거든요. 그 건물이나 그 집 둘 중 하나를 사야 할 입장이지요. 그런데 그 집을 팔겠다고 할 때까지 마냥 기다리고 있다가 상가 건물을 놓치면 어떡하지요? 그 댁에 빨리 결정해주면 좋겠다고 전해주세요."

나는 있지도 않은 상가건물을 팔면서도 내 돌팔매가 전직 교장 머리에 떨어지기를 기도했다.

애타게 기다리는 동안에도 일을 착착 진행시키고 있던 리치부동산에서 가설계가 나왔으니 나와 보라는 연락이 왔다.

"법이 바뀌어 5층까지 설계가 나왔네요. 조건이 더 좋아졌으니 사모님 복이지요. 교장 선생님 댁에는 말하지 않았어요."

리치 사장은 이런 말 입 밖에 내지 말라는 말은 차마 못 하고 그렇게 말했다. 전직 교장이 형제처럼 믿는다는 그에게 형제애는 없고, 중개 수수료만 있었다. 사흘이 지났다. 리치부동산에서 도장 갖고 나오라는 연락이 왔다. 나는 허벅지를 꼬집어보며 부동산으로 달려갔다.

전직 교장의 까다로운 비위를 맞추고 불리한 조건을 감수하며 돈 한 푼 깎지 못하고 계약서에 도장을 찍었다. 짝사랑에 눈이 멀어 할 짓 못할 짓 다한 셈이지만 내 안에서 폭죽이 터지고 또 터졌다.

계약을 마치자, 리치부동산에서 건축업자 70명의 명단을 보여주며 이렇게 많은 업자 중 제일 집을 잘 짓는 건축업자를 소개하겠다고 나섰다. 자금도 풍부해서 외상으로 집을 지어주고 전세가 빠지면 공사비를 받아 가는 조건이라고 했다. 평생 2000억 대 자산가를 만난 적이 없는 내게 돈 많은 건축업자는 플러스가 되면 됐지, 손해는 아닐 것 같았다. 주택 구입비를 융자로 땜질할 처지에 그런 업자를 마다할 이유는 없었다.

다른 사람의 소개로 만난 제2의 건축업자는 작업복을 입고 나타났으나 그는 고급 신사복 차림으로 나타났다. 스포츠 선수 헤어스타일에 눈알박이 연푸른 선글라스를 쓴 60대 초반의 그는 찔러도 피 한 방울 나지 않을 것 같은 인상과 달리 구름처럼 몽롱한 목소리를 구사하여 공사판의 건축업자라기보다 더 고급스런 업종의 사장처럼 보이는 인물이었다. 그는 내가 원하는 대로 집을 지어주겠다고 선선히 말했다.

"하얀 대리석 집을 짓고 싶어요."

나는 숲을 전망하는 위치에 하얀 집을 짓고 살겠다는 오랜 소망이 곧 이루어질 것 같아 중얼거렸다. 때때로 많은 나이가 자유로울 때도 있었다.

"회장님 멋지시네요. 나이가 젊다면 어찌해보겠는데…"

리치부동산 사장 내외가 놀랐다는 표정을 지었다. 나이 많은 여자도 여자란 말인지, 건축업자가 오히려 스스럼없이 나왔다.

"젊으신데요, 뭐. 상관없어요."

농담도 받을 줄 아네, 속으로 웃으며 집에 돌아온 나는 이 지역에서 오래 살았고 다세대주택을 지은 적이 있으며, 부자들 사이에 발이 넓은 친구에게 전화를 걸어 혹시 김일만이라는 건축업자를 아느냐고 물었다. 친구는 자기 친구의 집을 지은 사람 같다며 알아봐 주겠다고 했다.

조금 후 친구가 김일만은 올림픽 공원 근처에 빌딩을 소유한 자산가이고, 집도 잘 짓는다는 세평을 전했다. 부동산의 말이 말짱 거짓은 아닌 모양이었다. 마침 건축업자가 전화를 걸어왔다.

"우리 내일 점심시간에 만나요. 보고 싶으니까…"

보고 싶다니? 이 무슨 시추에이션인가, 세상 살다 보니 별일이 다 있었다. 나이 70에 당치 않은 말이라는 걸 알면서도 나는 그럴 수도 있다고 일단 긍정해 놓고, 100%는 아니라고 약간 수정했다. 앞뒤가 다르고 옆구리가 터진 생각들이 뒤섞여 마음이 복잡했다. 어쨌든 2000억대 자산가이고 10년 연하인 그가 왜 나를 보고 싶다고 하는지 만나보면 알 것이다. 내 나이 70은 계약서를 쓸 때 이미 공개된 셈이고, 그도 알고 있었다. 나는 다시 친구에게 전화를 걸었다.

"김일만이가 글쎄 내일 만나자고 그래. 보고 싶다나 뭐라나? 별꼴이지? 놀려먹는 거겠지?"

"어머, 그래?"

우선 반색하고 나서는 친구, 그녀는 나를 나보다 더 사랑하는 여인이었다. 다른 사람이라면 염려하는 척 은근슬쩍 비판의 말을 흘리거나, 조심하라는 경계를 가장한 말로 나를 멋쩍게 할 텐데, 그녀는 우선 나를 긍정해 놓고 조언해줄 만큼 나를 배려하는 마음이 깊었다.

"만나자면 만나. 예쁘게 하고 가서 애교라도 떨어봐. 무슨 짓이든 해서 집 잘 지어야 하는 거 아니야?"

나보다 한술 더 떠 내 역성을 드는 친구의 말대로 다음날 나는 옷을 잘 차려입고 한식집으로 갔다. 먼저 와 있던 그는 대뜸 냉면을 시켰다. 냉면이라는 음식이 그와 내가 업자와 건축주일 뿐이라는 사실을 깨끗이 정리해 줬다. 내가 더 맛있는 음식을 시키라고 권유하는 순간 초대한 사람이 점심을 사지 않는다는 룰도 정해졌다. 일은 한 치의 오차도 없이 본 궤도를 착착 굴러가고 있었다. 그는 매일 국수를 먹어도 질리지 않는다고 했다. 그러니까 2,000억대 자산가의 점심은 국수라는 서민 음식이었다. 세상을 조율 조정하는 섭리의 손길은 공평한 편이었다. 냉면을 먹는 동안 그와 나는 건축에 대한 말을 주고받았다. 다음에 간 커피집에서도 내가 지갑을 열었다. 돈을 지불하는 사람이 정해지는 방식으로 미뤄, 보고 싶다는 말은 행방이 묘연해지고 단지 업자일 뿐이라는 정체성은 확실해졌다. 잘 됐어. 이해관계로 연결된 사이는 냉정해야 해.

우여곡절 끝에 전직 교장과 세입자들이 집을 비우고 물러갔다. 그날 밤 꿈에 나는 온 세상을 하얗게 덮은 눈밭을 걸어가고 있었는데 갑자기 눈밭이 얼음장으로 변했다. 얼음장이 미끄러워 조심조심 발짝을 뗄 때마다 얼음장이 쫙쫙 갈라졌다. 나는 계속 앞으로 나가고 하얀 얼음장도 계속 갈라졌다. 아침에 눈을 뜨고 생각해도 무슨 꿈인지 알 수 없었다. 무속인에게 알아보니 무당이 죽은 혼을 저승길로 인도하기 위해 무명 폭을 찢으며 앞으로 나가는 길 가르기 의식의 다른 표현이라고 말했다. 왜 이런 꿈을 꾸었는지 수수께끼 같았다.

건축업자가 빈집을 한 번 봐두는 것도 좋지 않겠느냐고 물어왔다. 곧 헐어버릴 집이지만 호기심을 품고 있던 나는 공원을 가로질러가 그 집 마당에 당도했다. 빈집이 을씨년스러울 것이라는 예상과 달리 그 집은 갈색 선글라스를 쓴 미인처럼 여전히 아름다운 자태를 뽐내며 서 있었다. 80년대 유행대로 전면이 갈색 통유리로 된 그 집의 매력은 조금도 손상된 것 같지 않았다.

김일만 회장이 현관문을 열었다. 그를 따라 현관에 들어선 나는 멈춰 섰다. 집 안을 가득 메운 어둠이 검은 해일처럼 밀려와 나를 포위했다. 갈색 원목 벽과 천장, 마루와 통유리창이 합세하여 빛을 차단해 놓고 가을밤의 스산함을 불러들인 것 같았다. 방범용 갈색 자바라는 찬란한 햇빛 쏟아지는 창밖의 숲을 감옥의 수목처럼 어둠침침하게 물들여 놓고 있었다.

"이렇게 어둡다니, 상상도 못 했어요. 집과 여자는 가꿀 탓이라는 말이 있긴 하지만 30년 동안 집수리 한 번 안 한 것 같아요."

"이사 간 집은 다 이렇긴 하지만 너무 하군요. 다른 집들은 대부분 80년대식 원목을 뜯어내고 하얀 벽지로 도배했는데… 마루도 다른 집들은 밝은 원목으로 교체한지 오래되었고요. 아주 고집 센 사람이 산 것 같아요."

화장실 벽에 붙인 딱지 모양의 타일은 처음엔 뉴 디자인의 매력을 뽐냈을 테지만 지금은 권태에 찌들어 조잡해 보일 뿐이었다. 나는 군데군데 벌건 녹물이 번진 화장실 문을 닫았다.

방의 도배지도 구질구질 지저분했다. 집을 지은 후 한 번도 도배하지 않은 듯 누렇게 찌들고 무늬까지 촌스러워 머리를 돌려야 했다. 집 안의 모든 것들이 매일매일 새로워지지 않으면 이렇게 더러워진다고 역설하는 것 같았다. 항상 집에 사는 사람의 눈엔 보이지 않는다. 손님의 눈으로 봐야 누추함이 보인다. 더구나 터무니없이 작은 창문이 빛을 차단하고 있어 집안이 온통 어둠침침했다. 어둠과 누추함이 합세하여 음울함을 가중시키고 있었다.

"새로 짓는 집 창문은 크게 내는 게 좋겠어요."

업자와 나는 빈집의 어둠과 누추함에 압도되어 여기저기 기웃거리며 집안을 돌았다. 비교적 깨끗한 아들의 방에 싱글 침대가 놓여 있었다. 전직 교장이 건축 쓰레기와 함께 버려달라고 두고 간 물건이었다. 일은 삽시간에 벌어졌다. 갑자기 그가 내 눈에 자신의 시선을 밀어 넣으며 벽으로 나를 밀어붙였다. 나는 당황했고 주춤주춤 뒤로 밀려났다. 이 무슨 해프닝이란 말인가? 삽시간에 그는 자신의 사지四肢를 큰 대大자로 펼쳐 벽에 나를 가두고 예의 몽롱한 어조로 중얼거렸다.

"지난번에 많이 놀라셨지요? 제가 점심도 사지 않았으니… 사람들은 나를 돈으로만 보거든요. 사람 질리게…"

그래서 어쨌다는 것인지, 애매모호한 말이었다. 그의 몽롱한 목소리와 구두쇠 처신은 그렇게 말하는 동안에도 따로따로 겉돌 뿐이었다. 망신살이 뻗쳤는지 모른다고 생각하며 나는 고민했다. 내가 만약 큰소리친다면 그도 나도 망신이고, 건축 일도 꼬일 수 있었다. 괴리감과 혼란 속에 망연히 서 있는데 그는 다시 몽롱한 목소리로 말했다.

"난 사람을 많이 상대해 본 사람입니다. 이숙님이 다른 사람과 다르다는 걸 알아요. 순수해요."

사람들은 나를 순수하다, 10년은 젊어 보인다 한다. 순수하다느니, 순진하다는 말은 어릴 때부터 들어온 말이고, 현재 나이를 감안한다면 철없어 보인다는 말과 일맥상통하는 말이어서 거부감 없이 들을 수는 없었다. 지금은 10년 젊어 보인다고 하지만 60대까지만 해도 15년 젊어 보인다고 했었다. 어쩔 수 없이 나도 늙고 있다는 증거처럼 젊어 보인다는 햇수가 점점 줄고 있는 것이다. 그 숫자가 0이 되는 날은 닥쳐오고 말겠지.

과연 내 인생은 늙음에 항거하는 나날로 점철되었다 해도 과언이 아니었다. 오십 대부터 헤어숍에 드나들며 케어를 받은 결과 나는 삼단 같은 머리카락을 숏 커트하거나 단발로 늘어뜨리고 다녀도 어색하지 않았다. 얼굴에 주름도 별로 없다. 최고급 화장품을 쓰는 건 물론이고 피부 마사지 숍에 드나들며 케어를 받은 게 헛수고는 아닌 모양이었다. 그러니 10년 젊어 보인다는 말은 공짜로 얻은 게 아니고 돈과 노력의 결과일 뿐이었다.

어쨌든 나를 이숙님이라고 부르는 그가 정말 건축업자 맞는지, 어리둥절할 뿐이었다. 내 이름에 '님'을 넣어 부르는 그가 새삼스러운 울림으로 다가오는 것도, 이런 자신이 이상한 것도 부정할 수 없는 현실이었다. 혹시 내가 어떤 변화의 초입에 발을 디딘 게 아닐까, 이렇게 생각하는 자신을 생경하게 느끼면서도 거부의 말도 하지 못했다. 하지만 더 젊어지고 싱싱해지는 느낌은 무슨 변고인 것인지, 변덕이 죽처럼 끓었다. 이런 나와 달리 아직 차디찬 나는 대체 이 무슨 해프닝이란 말인가? 속으로 중얼중얼 뇌었다. 순간순간 변하는 나는 내가 아니고, 내 마음도 내 마음이라고 할 수 없었다. 하지만 나는 점점 싸늘하게 식어가고 있었다.

"그렇지 않아요! 난 순수하지 않아요!"

나는 신음처럼 외쳤다. 그는 정신이 하얗게 증발해버린 내 이마에 뜨거운 입김을 쏟으며 말했다.

"하도 순수해서 어리둥절합니다. 왠지 자꾸 사무치는 느낌입니다."

사무치는 느낌이라니, 건축업자의 입에서 흘러나온 말이라고 믿어지지 않는 정서적이면서도 애매모호한 말이었다. 그의 말을 가름해둘 필요가 있었다.

"맞아요. 느낌일 뿐 그 이상은 아니지요."

"이숙님은 다른 사람과 달라요. 순수해요."

그는 자신이 파놓은 함정에 한 발 한 발 빠져드는 사람의 막막한 어조로 말했다. 방안의 낡고 찌들고 누렇게 얼룩진 벽과 천정이 나를 내려다보고 있었다.

"이 방을 좀 보세요. 이 방이 바로 내 모습 아니겠어요?"

"부정하면 할수록 자신이 순수하다는 걸 증명하는 거라는 사실 아직 모르겠어요?"

점점 더 깊은 수렁에 빠져드는 그에게 해줄 말이 떠오르지 않았다. 그가 자기 말에 열중해 있는 사이 나는 그가 만든 감옥에서 탈출하는 데 성공했다. 탈출하면서 애교라도 떨어보라던 친구의 말이 떠올랐다. 혹시 내가 고난을 자초하는 건 아닐까. 스스로 근심의 그늘 속으로 들어가고 있다고 생각하면서도 왠지 집을 잘 짓기 위해서라면 무슨 짓이라도 할 것 같던 마음은 깨끗이 사라지고 없었다. 마치 예상치 못한 내가 나타나 나를 벌떡 일으켜 세운 것 같았다. 그런 나는 낯설고 이상하고 납득되지 않았다. 나는 일은 어떻게든 되어 갈 것이라고 미래를 미래에 방치해 두기로 작정했다. 그는 계면쩍은 표정으로 벽에서 물러나 천천히 창가로 걸어갔다. 비루할 정도로 낮아져야 할 때라는 생각이 들었다.

"이 방을 좀 보세요. 낡고 찌들고 텅 빈 이 방이 바로 내 모습 아니겠어요? 회장님에게 어림도 없어요. 내가 분수는 좀 아나 봐요."

기울어진 거울에 비친 내 모습을 상상하며 이건 단순한 해프닝일 뿐이라고 스스로를 위무했다. 그는 말없이 현관문을 열고 밖으로 나갔다. 화난 모습은 아니었지만, 건축의 미래가 미궁에 빠진 느낌이었다.

나는 죽을 수에 집을 짓는다는 말을 떠올리며 얼음장이 쩍쩍 갈라지던 지난밤의 꿈을 기억했다. 내가 누군가의 혼을 저승길로 인도하는 꿈의 의미는 무엇일까.

나는 집짓기 밥 짓기라는 말을 알고 있었고, 남편도 마찬가지였다. 남편은 이웃의 민원과 건축업자의 횡포가 무섭다며 처음부터 신축을 반대했고, 반대했다는 이유로 나를 등지고 앉아 고요했다. 새집 건축은 모두 내 책임, 내 몫이 되고 만 것이다. 내가 비틀거리는 날엔 거 봐, 내가 뭐랬어? 집짓지 말라고 했잖아? 그는 언성을 높이며 책임추궁에 나설 것이다. 나는 힘들다는 하소연은커녕 끽소리도 못하고 매일 건축 현장에 드나들었다.

굼벵이도 담을 넘는다는 말이 있다. 건축에 무지한 나는 나름 진용을 갖추고 집짓기에 나섰다. 유명 건설사 감리 국장인 전셋집 주인 남자는 건축 자문, 주위의 건축 현장은 선행학습장, 우리보다 먼저 집을 짓기 시작한 옆집 현장소장은 건축학 교수로 삼으면 될 것 같았다. 배우면서 집을 지어도 된다는 자신감도 생겼다.

건축 자문은 집의 뼈대와 근육인 레미콘과 철근은 최근 당국의 관리가 철저해서 불량품을 쓰지 못한다고 일러주었다. 설계도면을 보고는 통신선 단자를 땅에 묻는 점을 평가하며 괜찮은 업자를 만난 것 같다고 했다. 나는 인터넷을 뒤지고 을지로 건재 상가를 돌며 마감재를 살펴보았다. 인터넷은 도움이 되지 않았고, 을지로에서 얻은 상식은 자신의 패턴대로 집을 짓는 업자에 의해 철저히 배제됐다. 입이나 다물고 있으면 본전은 된다는 말이 있다. 내가 업자에게 하얀 대리석 집을 짓겠다는 희망을 피력했다는 말은 이미 했다. 가당치 않은 확신에 뿌리를 둔 무지는 빛을 쪼이면 하얀 형해를 드러내고 만다.

"하얀 대리석 집 얼마든지 지을 수 있지요. 그런데 경제성이 없어요. 세 배 네 배 건축비가 더 드는데, 집을 팔 때 누가 그 값을 쳐주겠어요?"

나는 얼굴이 벌게져서 입을 다물었다.

일산 킨텍스에서 열리는 건축박람회장에 갔다. 가짜 건자재가 눈길을 끌었다. 일반인이 대리석이라고 부르는 석재는 화강암을 마모시켜 윤을 낸 것이고, 화강암을 구워 만든 가짜 대리석은 진짜보다 값이 쌌다. 화강암도 검정이나 흰색은 대리석보다 비쌌다. 시멘트를 구워 만든 가짜 화산암은 진짜와 똑같았다. 대리석과 화산암은 물을 흡수하는 자재여서 비가 많은 한국 기후에 맞지 않았다.

옆집과 우리 집의 민원은 서로 상쇄되고, 뒷집의 민원은 건축 공해를 감안해 달라는 인사용 휴지를 돌리던 날 문제 삼을 가구가 없을 것이라는 감을 잡았다. 길 건너 앞집에는 휴지를 돌리지 않았다. 나머지는 공원이니 운이 좋은 편이었다.

업자는 시침 뚝 떼고 나타나 구옥을 허물고 레미콘을 부어 새 집을 짓기 시작했다. 집이 한 층씩 올라갈 때마다 마음이 뿌듯했다. 하루하루 몰라보게 자라는 아기를 돌보는 엄마의 마음과 다르지 않았다. 불면 날아갈까, 행여 꺼질까, 나는 부지런히 현장을 드나들며 현재의 작은 실수가 나중에 큰 결점이 될지 모른다는 우려에 바짝 긴장했다.

레미콘 시공 후 적당한 습기를 먹은 시멘트는 양생이 잘되고, 날씨가 건조하면 바닥에 좍좍 금이 갔다. 시멘트 크랙을 방지하기 위해 나는 아기에게 젖을 물리는 엄마의 심정으로 시멘트에 물을 먹였다. 시멘트는 습기를 먹고 단단해진다는 옆집 현장소장의 조언을 실천한 것이다. 현장 노동자들은 행여 책임을 떠안게 될까 입도 뻥끗하지 않았다. 건축 현장 사람들은 너 나 없이 잇속에 빠삭한 사람들뿐이었다. 건축주는 집 잘 짓는 데만 혈안이 되고, 업자는 건축비를 아끼려고 신경을 곤두세웠으며, 노동자들은 작업량을 줄이기 위해 머리를 굴렸다. 네 이익이 내 손해인 현장에 갈등의 소지는 많았다.

현장 노동자들에게 커피와 간식을 날라다 줄 때마다 옆집 현장소장도 함께 챙겼다. 그의 주름에 고인 미소는 나를 보고 웃는 행운의 얼굴이었다.

임금을 절약하기 위해 현장소장을 두지 않는 업자에게 나는 현장소장 운운하지 못했다. 현장소장 일을 내가 대충 땜질하며 의문점이 생기면 옆집 현장소장에게 묻고, 요구사항은 업자에게 전했다.

건축 초기엔 내가 갑이고 업자가 을이었다. 건축이 진행됨에

따라 건축을 주관하는 그는 갑이 되고, 건축 생무지인 나는 을의
자리로 내려앉았다. 나는 외상으로 집을 짓는 처지인 데다 부탁
하는 입장이고, 업자는 부탁을 들어주거나 거절하는 위치에 있
었다. 현장 노동자들과 오야지 사장이 건축업자 앞에서 고양이
앞의 쥐처럼 절절매며 달착지근한 목소리로 회장님을 연발하는
모습이 영향을 끼쳤을 것이다. 중소 건축업자인 그에게 회장님,
칭호는 과분하지만, 곧 일리 있는 말이라고 인정하게 됐다. 노동
자들은 철근, 대목, 벽돌, 새시, 내장 목수, 미장, 석재를 도급 시
공하는 우두머리 작업자를 〈오야지〉 사장이라고 불렀다. 호칭
의 업그레이드가 당연한 한국에서 중소기업 경영자인 그를 사장
님이라고 부르는 건 자연스럽지만 현장 노동자들의 입장에선 사
장님이 너무 많았다. 그를 회장님이라고 구분하는 게 편하고 그
도 회장님 칭호를 싫어하지 않았다. 회장은 돈줄을 휘두르는 권
력자의 카리스마로 노동자들의 머리 위에 군림하며 반항하는 노
동자는 즉각 해고했다. 그의 카리스마는 다른 업자와 달리 임금
을 칼 같이 지불하는 금력과 단호한 태도에서 뿜어지는 것 같았
다.

우리 가족이 거주할 5층이 올라가기 전날, 잠이 오지 않았다.
5층에 시공하기로 한 빨간 지붕 건자재가 공급되지 않은 것이
다. 5층 창문 바로 위에 난간을 내고 지붕을 덮으면 옥상까지 밋
밋하게 올라갈 건물에 가정집다운 개성과 아름다움이 부여되고,
창문에 들이칠 빗물도 막는 양수 겹장의 디자인인데 불안했다.

집을 짓기 전 빨간 지붕 사진을 보여주면서 이렇게 집을 지으면 주변에서 제일 멋진 집이 될 것이라고 말했고, 회장도 수긍한 디자인이었다. 나는 5층 구조물의 거푸집을 시공하는 대목 사장에게 회장님 약속 운운하며 창문 위에 지붕을 내 달라고 요구했다. 대목 사장이 벌겋게 화를 내며 전화를 걸자 곧 회장이 나타났다. 그에게 메모 쪽지를 전했다. 거기엔 그의 말을 믿고 3일 밤을 새우다시피 작성한 내 요구사항이 빼꼭 적혀 있었는데, 그도 한 장 갖고 있었다. 회장은 대뜸 지킬 수 없는 약속이라고 벼락 치듯 소리쳤다. 이런 경우 나는 큰 의무를 이행하듯 멍청해지는 부류의 인간이었다. 내게는 홀랑 뒤집힌 상황을 요리할 순발력도, 커다란 목통으로 상대를 제압할 배짱이나 담대함도 없었다. 건축현장에선 때로 억지와 뻔뻔스러움이 힘이 된다는 것을 안다는 것과 대처 능력이 있다는 것은 전혀 다른 문제였다. 그의 호통에 주눅이 든 나는 주접을 떨 뿐이었다.

그는 반칙왕 씨름선수처럼 샅바도 잡기 전에 나를 모래판에 내리꽂은 셈인데, 내게는 그를 뒤집어 칠 힘이 없었다. 그는 자신에게 약속을 지키라고 하는 것은 죽어 마땅한 죄라는 듯 계속 악을 써댔다. 나는 수주를 따기 위한 노가다의 사탕발림에 속았다는 사실을 알았지만 벌써 그의 말 몇 마디에 짓뭉개진 상태였다.

그가 큰소리치는 동안에도 나는 내가 속은 요인을 하나하나 꼽아보았다. 그에 대한 세평世評, 내가 원하는 대로 집을 지어주겠다는 사탕발림에 속았다는 생각이 들었다. 김일만이라는 건축업자의 긍정적인 일면을 전체라고 여긴 실수는 돌이킬 수 없었다. 주제 파악도 못하는 주제에 멋진 집을 짓겠다고 덤벙거린 실수가 죄업의 구렁텅이처럼 나를 집어삼킬 기세였다.

비로소 나는 공사의 핵심 문제를 기록하지 않은 계약서에 도장을 찍었다는 사실을 상기했다. 전문가가 아마추어에게 전문적으로 사기를 쳤다는 사실도 인식했다. 건축업자는 표준계약서라는 것을 내밀며 읽어보라고 했다. 지금 돌이켜보니 그것은 업자가 자기 멋대로 건축할 수 있는 계약서일 뿐, 건축주의 요구사항은 하나도 기재되지 않은 불공평한 문서였다. 계약 쌍방의 요구가 적절히 반영된 주택 매매 계약서 수준도 되지 않는 문서를 갖고 있는 나는 법 근처에도 갈 수 없다는 사실을 깨달았다. 그래도 법을 들먹이는 나.

"그런 법이 어디 있어요? 회장님이 설마 약속을 지키지 않겠다는 건 아니겠지요?"

그는 그런 약속은 지킬 수 없다고 벼락처럼 소리치고 재빨리 계단을 내려가기 시작했다. 나도 따라 내려갔다. 구르다시피 뛰어 내려가던 그가 1층 계단에서 바닥으로 굴러떨어진 게 큰 사고가 아니라는 사실을 알면서도 나는 으으 신음하며 발목을 움켜쥐고 꿈틀거리는 그에게 소리쳤다.

"많이 아파요? 구급차 부를까요?"

그는 대꾸도 없이 몸을 털고 일어섰다. 당신 때문에 다친 게 분하다는 듯 탱탱 부푼 얼굴이었다. 바닥에서 네 번째 계단이어서 부상을 입지 않은 것 같았다. 그는 다리를 절며 공원을 향해 걸어가면서 아까보다 더 큰 목소리로 못 해준다고 소리소리 질렀다. 뜻하지 않은 낙상, 자신이 약해진 상황을 자신을 강화시킬 기회로 삼을 줄 아는 그와 나는 공원 벤치에 앉아 주위가 쩌렁쩌렁 울리게 싸웠다. 지켜야 한다는 약속과 지킬 수 없다는 약속이 무섭게 충돌했다. 그는 갑자기 벌떡 일어서더니 현장으로 달려가기 시작했다. 그는 5층에 있는 대목 사장을 1층으로 불러내려 일제 건축 용어를 섞어 이런저런 지시를 쏟아냈다. 대목 사장도 벌컥벌컥 화를 내며 못하겠다고 을러대었다. 나는 길이를 '전'이라고 한다는 걸 겨우 알아들었을 뿐, 한 마디도 알아듣지 못했다. 회장이 한바탕 난리를 치고 사라지자, 오야지 사장은 불같이 화를 내며 5층으로 치달려 올라갔다. 나도 따라 올라갔다. 오야지 사장은 노동자들에게 고래고래 고함을 지르며 이런저런 지시를 내렸다. 이번에도 나는 한 마디도 알아듣지 못했다.

"지붕 해주시는 거죠?"

오야지 사장은 못 한다고 딱 잘라 거절하고, 옥상 면적이 좀 넓어질 뿐이라고 소리쳤다. 옥상 면적이 넓어지면 옥상에 들일 원룸이 조금 넓어질 뿐, 예쁜 지붕은 물 건너간 모양이었다. 거푸 날벼락을 맞으면서도 나는 약자의 전매특허인 기절도 하지 못했다. 오야지 사장이 계속 소리를 질렀다.

"니미럴, 더럽다, 더러워! 못 해 먹겠다! 이건 품이 얼마나 더

드는지 알기나 하나? 허이구, 노임이 얼만지 알기나 하나…"

오야지 사장이 나를 이건이라고 지칭하며 죄인처럼 닦달했다. 회장이 추가 공사비를 오야지 사장에게 떠넘기고 나와의 약속을 반만 지킬 속셈이라는 걸 알았지만 뾰족한 수가 없었다. 오야지 사장의 푸념이 불쾌했지만 나는 끽소리도 못했다.

"좋은 건 다 해 달래!"

늙은 노동자가 철판을 짊어지고 낑낑거리며 나를 조롱했다. 하긴 나는 벌써부터 노동자들의 밥이 되어 있었다. 현장에서 자존심 따위 개나 먹으라, 였다. 나름 전문가인 그들은 우락부락 거친 말로 생무지 건축주인 나를 입맛대로 요리하려 들었다. 간식을 갖다주면 어린애처럼 벙글벙글 웃다가도 못이라도 하나 더 박아달라고 요구하면 단박 싸늘해졌다. 나는 노동자를 깔보거나 무시하면 현장에 해코지를 하고 떠난다는 노가다의 곤조통(심술)에 대해 알고 있었고, 무시할 테면 무시하라고 방치했다. 너희들에게 임금을 주는 사람은 결국 내가 아니냐는 허세 따위 꿈도 꾸지 못했다.

사실 그들은 시멘트 먼지 속에서 일하고 시멘트 바닥에 쭈그리고 앉아 시멘트 가루 범벅이 된 밥을 먹고 격심한 노동에 시달렸다. 일반 식당에서 시멘트 범벅인 그들을 받아줄 리 없어 대형 건설사에서는 함바집을 두지만, 소형 건설 현장 사람들은 전담 식당에서 밥을 배달시켜 먹는데, 멀건 찌개나 된장국에는 돼지고기 한 점 들어있지 않았다. 생선이나 두부, 김치와 콩나물을 먹고 무슨 힘으로 비지땀을 흘리는지, 그들은 집을 짓는 게 아니라 기적을 생산하는 것처럼 보였다.

　머리칼과 속눈썹, 피부에 시멘트 먼지가 뽀얗게 앉은 얼굴로 히죽 웃는 모습은 희극배우 뺨치게 희극적이었다. 그들은 마스크도 없이 시멘트 가루를 쏟아붓고, 맨손으로 시멘트 미장을 했다. 난간을 잡고 현장에 드나들 뿐인 내 손은 아무리 씻고 발라도 거칠고 뻣뻣했다. 빈 몸으로 올라가도 숨이 차는 5층까지 그들은 지게보다 높이 쌓인 벽돌을 지고 올라갔다. 벽체인 시멘트를 양생하는 거푸집은 철판에 볼트와 너트를 박아 제작하는데, 자칫 철판에 깔리는 날엔 사지육신이 으스러질 판이었다.

　비계飛階는 말 그대로 하늘 계단이었다. 5층 높이의 쇠장대를 바닥에 박아 미래의 건축물을 울타리치고, 쇠장대를 가로로 엮어 고정하고, 같은 울타리를 한 겹 더 둘러치고, 1m 길이 쇠막대로 앞뒤 울타리를 연결해 놓고, 구멍이 숭숭 뚫린 철판을 깔면 하늘 계단 완성이었다. 비계 작업자는 쇠사슬을 허리에 감고 다른 한 끝을 가로 장대에 걸고 작업했다. 쇠사슬은 작업자가 움직이는 대로 앞, 뒤로 죽죽 밀렸다. 만약 작업자가 발을 헛디디면 허공에 대롱대롱 매달릴 것이다. 이것이 비계 작업자의 유일한 안정장치이지만 그도 거추장스러운지, 그가 쇠사슬도 없이 원숭이처럼 장대를 타고 5층까지 올라가 비계를 밟고 왔다 갔다 하는 모습은 서커스 뺨치게 아슬아슬했다. 서커스 단원은 마루에 떨어지지만, 그는 시멘트 덩어리나 못이 튀어나온 목재에 떨어

질 판이었다. 건축 현장 아시바(가림 막)뒤에서 일반인이 상상
도 못 하는 위험한 작업을 하는 그들의 노임은 일당 20만 원, 공
치는 날을 제외하면 월 600만 원에 미치지 못하는 돈을 벌기 위
해 그들은 목숨을 걸고 일했다. 툭툭 불거진 근육질 팔과 다리,
검게 탄 피부, 번쩍이는 눈을 하고 허공중에 떠서 소리치며 일했
다.

인도의 숲에는 몸을 둥글게 말고 제 꼬리를 베어 먹고 사는 굶
주린 뱀이 있고, 서울의 빌딩 숲에는 제 생명을 베어 먹고 사는
노동자들이 있었다. 그들은 제 목숨을 잘라 먹으며 명줄을 이어
가는 생물의 삶을 온몸으로 증거하며 생업에 임했다. 나는 건축
주를 무시하고 야단치는 맛에 사는 그들의 재미에 초를 치고 싶
지 않았다.

그들은 새로운 방식, 새로운 설계를 철저히 배격하고 기존 방
식을 고집했다. 화장실도 대낮에 불을 켜지 않기 위해 창문을 크
게 내달고 요구했으나 그들은 겨울에 춥다는 이유로, 밖에서 들
여다보인다는 이유로 딱 잘라 거절했다. 추위는 난방으로 해결
하고 사생활 침해는 반투명 유리를 끼우면 된다는 말로 내 요구
를 관철시키고 다음날 가보니 창문틀에 시멘트 벽돌을 쌓아 조
그맣게 축소되어 있었다. 다시 허물어버릴 배짱은 없었다.

부엌 창문을 낼 때도 오야지 사장과 한바탕 설전을 벌였다.
그는 부엌 창문이 크면 위 찬장이 작아지고, 환풍구의 위치가 높
아진다는 핑계로 극력 반대하고 나섰다. 나는 찬장이 좁아도 좋

고, 냄새는 창문으로 빼면 된다고 빡빡 우겼다. 옥신각신 실랑이를 벌이는데 갑자기 주위가 고요해서 돌아보니 중국인 노동자들이 일손을 놓고 빙 둘러앉아 실실 웃고 있었다. 오야지 사장과 싸우는 나를 원숭이처럼 바라보는 사람들을 향해 나는 고함을 질렀다.

"무슨 구경났어요? 남은 화가 나서 죽겠는데 실실 웃고 그래요?"

생각해보니 종로에서 뺨 맞고 한강에서 눈 흘기는 격이었다. 좋아, 구경 많이 해 봐, 오야지 사장과 싸우는 내 꼴 많이 즐겨 봐, 당신들 사는 게 오죽 재미없으면 내 꼴을 보고 실실 웃겠어? 속으로 중얼중얼 뇌이며 돌아섰다. 대목 오야지 사장은 나중에 책임은 묻지 말라는 다짐을 받고 물러갔다.

무엇보다 회장을 상대하는 일이 버겁고 힘겨웠다. 그는 창문, 주차장 바닥, 타일 시공 등 모두 약속대로 해주지 않으려고 어르고 달랬지만 나도 호락호락 넘어가지 않았다. 회장은 실랑이 끝에 내 뜻을 받아주거나 거부했다. 한 번 거부한 공사는 공사비를 추가 부담한다 해도 들어주지 않았다. 그래서 옥상 원룸 부엌은 창문이 없는 먹통 공간이 되고 말았다. 오기인지, 골탕을 먹이자는 것인지 알 수 없었다. 나는 다음 공사가 다가오면 전전긍긍 밤잠을 이루지 못했다.

납품업자와 오야지 사장들의 불만은 하늘을 찌르고 남았다. 회장은 납품단가를 후려치는데 선수여서 당할 장사가 없다면서 당장 떠나고 싶어도 그나마 돈을 떼이지 않는 맛에 붙어 있다는 탄식을 늘어놓았다.

대 놓고 형을 탓하지 못하는 동생들의 불만도 컸다. 건축 초창기 동생 세 명이 형 밑에서 일하고 있다는 것을 알았을 때, 나는 동생들이 적어도 다세대 주택 한 채씩은 갖고 있으리라고 추측했지만, 형이 돈을 벌면 함께 잘살게 될 것이라는 기대를 품고 초창기부터 저임금 노동을 감수해온 동생들은 서울 위성도시에서 가난하게 살고 있었다. 연립주택을 팔고 은행융자를 안고 형이 약간 보태주면 다세대쯤 얼마든지 장만할 수 있는데 이상했다. 실제 회장은 다른 사람에겐 그런 방식으로 집을 갖도록 힘써주었다. 타인의 경우 회장에겐 부담이 없었다.

노가다들 사이에 2소장으로 통하는 회장의 둘째 동생은 건축물의 틈새를 메우는 실리콘 작업, 입주 가구의 건설 청소와 작은 하자 보수를 책임졌다. 건축 마감 청소는 시멘트 먼지를 들이마셔야 하는 3D 업종에 속했다. 그는 콜라텍에 드나들 푼돈에 체면을 팔아먹는 인물로 우리 집 도어 록 뚜껑을 열어 보이며 어떤 놈이 건전지까지 빼갔다며 내 눈치를 살폈다. 건전지값 2,000원을 건네는데 당신이 '어떤 놈' 아니냐는 말이 입안에서 뱅뱅 돌았다. 그는 다시 눈을 반짝이며 우리 집 창고 바닥에 비닐 장판을 깔아 주겠다고 했다. 에라, 먹고 싶으면 먹어라! 하고 5만 원을 건넸지만 다시는 나타나지 않았다.

셋째는 건물의 수명을 좌우하는 배관 작업과 설비를 책임졌다. 설비란 완공된 집의 화장실에 들어가는 기구와 보일러를 말했다. 이웃 건축주들에 의하면 그는 아들이 대학에 입학한 뒤, 돈 긁을 궁리에 급급해진 인물이라고 했다. 순진한 그도 욕심 사나운 형 밑에서 일하는 동안 보리밥 쉬듯 변했다는 것이다. 김일만 회장이 다른 사람보다 오히려 동생들의 노임을 낮게 쳐주니 동생들이 점점 못되지는 것이라고 건축주들이 수군거렸다.

넷째는 상대의 기분을 상하게 하는 데 도사였다. 건축주들에게 걸핏하면 툴툴거리고 골을 부렸다. 노가다들의 말에 의하면 회장과 나이가 비슷한 두 형은 가끔 형에게 대들기라도 하지만 넷째는 나이 차이가 많은 탓에 회장에게 야단맞고 들볶이는 만만한 꼴뚜기가 되어 있고, 형에게 받은 스트레스를 건축주들에게 푸는 것이라고 했다.

회장에게서 시작된 스트레스는 건축주에게서 끝나지 않았다. 회장의 야박함과 인색함, 억지와 안하무인과 폭언이 악의 줄기처럼 연결 연결 뻗어가는 모양새가 보일 듯싶었다.

회장은 회장대로 자신이 만약 돈이 없다면 동생들이 형을 깔아뭉갤 것이라는 불만을 품고 있었다. 자산가가 될 때까지 금력의 작용과 효과를 속속들이 알게 된 그는 동생들의 복종을 이끌어내는 것은 돈뿐이라고 생각하는 듯싶었다. 회장의 동생들은 회장의 외아들이 잘되기를 바라는 것 같지 않았다.

"그 애가 재산을 지키기나 할지… 일에 대한 의지가 한 푼도 없으니…"

"일 배운다고 현장에 가서 차에서 내리지도 않고 즈 아버지한테 일하고 있더라고 보고하면 끝이니까 할 말이 없지요, 뭐."

둘째는 형이 망하면 속이 시원하겠다는 냄새를 풍기며 조카의 험담을 늘어놓았다. 직계 가족만 챙기는 형에 대한 동생들의 불만은 하늘을 찌르고 남았다.

회장의 생일은 도급업자들에게 돈 봉투를 챙기는 날이었다. 회장의 기대에 미치지 못하는 봉투를 바친 업자는 알게 모르게 작살이 나게 마련이어서 회장의 기대치를 가늠하느라고 골머리를 썩인다고 했다. 받은 상품권을 재차 선물한 어떤 업자는 회장한테 불려가 치도곤을 당하고 등골이 서늘했다고 하소연했다. 그의 야박함에 치를 떨면서도 그들은 회장 앞에서는 회장님, 회장님, 머리를 조아리고, 뒤에선 그 새끼, 그놈이라는 욕질을 하며 죽지 못해 일할 뿐이라고 호소했다.

"그 애비가 말이죠. 이름 하나는 기가 막히게 지었다니까요. 그놈 돈 한 번 써보지 못하고 일만 하다 죽을 걸요, 아마."

'일만'이라는 그의 이름까지 미움의 대상이 되어 있었다.

"해마다 대형 병원에 가서 발끝에서 머리끝까지 샅샅이 검사한다는데 적어도 100살은 살겠지요, 뭐."

"어이구! 병원이 다는 아니죠. 하늘은 공평한 데가 있어요. 절대로 돈도 수명도 다 주진 않아요. 재벌들 단명하잖아요? 그놈 아마 악쓰다 쓰러져 죽을 겁다."

주변 사람들은 물론 동생들까지 회장이 아들 결혼식을 5성급 호텔에서 초호화판으로 치르면서 하객의 식사는 배가 고픈 빈약한 메뉴를 내고, 아들을 40일간 세계 일주 신혼여행을 시키느라고 3억을 썼다고 말들이 많았다. 회장 주변은 사돈의 팔촌까지 가난해서 5성급 호텔에 맞게 치장을 해도 빈티가 가시지 않는 사람들뿐이었다.

집이 완공 단계에 이르자 회장은 외상으로 집을 지어주었다는 점을 부각시키고, 공사가 마무리되지 않았다는 것을 핑계로 공사비를 완불하지 않으면 고마움을 모르는 것이라고 오금을 쩔러놓고, 시급한 공사가 있다면서 우리 집의 남은 공사는 나중에 깨끗이 손봐주겠다는 말을 남기고 떠나갔다.

반쯤 넋이 빠진 상태로 8개월을 보낸 나는 빼빼 마른 몸으로 이사했다. 아직 석재를 붙이지 않은 기둥이 그대로 남겨지고, 미장과 페인트칠을 하지 않은 담장이 미 공사로 남아 있었다. 특히 기둥은 말쑥한 신사복 차림을 하고 알 다리로 서 있는 것처럼 볼썽사나운 모습이었다. 이사를 끝내고 회장에게 전화를 걸면 늘 바쁘다고 했다.

공사비를 완납하지 않은 건축주는 나중에 더 큰 하자가 발생할 경우, 딱 잘라 버린다는 말에 겁을 먹고 공사비를 완불하면서 나는 중얼거렸다. '나도 언제까지나 당하기만 하지는 않아.'

공사가 한 달 두 달 미뤄지는 세월이 일 년 흘렀다. 나는 종종 회장에게 전화를 걸었다. 결국 그가 전화를 받지 않는 날이 닥쳐왔다. 다른 공사장에 가서 남은 기둥 공사비용이 1,000만 원 된다는 사실을 알아냈다. 외상 공사를 핑계로 속은 게 분해 나는 끈질기게 전화하고 문자를 날렸다. 귀찮다는 듯 전화를 받은 그는 비가 새는 것도 아닌데 무슨 전화냐고 오히려 성질을 부렸다. 애초에 미안하다는 말을 모르는 사람이지만 나도 화가 났다. 그는 누구에게나 인사도 없이 전화를 끊고, 말하는 도중에도 전화를 끊어 오만방자하다는 악평을 달고 사는 사람이었다. 그 모든 걸 감안해도 속이 상했다.

그날 밤 웬일인지, 내가 유체 이탈하는 꿈을 꾸었다. 내 몸을 두고 허공에 붕 떠올라 천정에 닿은 나는 방바닥에 누워 있는 나를 내려다보았다. 엄마로 보이는 여인이 입에 핏자국이 선명한 나를 안고 울고 있었다. 나는 나를 두고 허공중으로 훨훨 날아가 푸른 하늘 가장자리에 닿았다. 흰 두루마기 차림의 노인이 나타나 나에게 돌아가라고 호통을 쳤다. 나는 다시 날아가 내게 돌아갔다. 어린 시절 내가 존경했던 친척 어른의 경험담과 똑같은 꿈이었다. 그 어른의 꿈을 내가 왜 고스란히 복제했는지, 아무리 생각해도 알 수 없었다.

다음 날 나는 친구에게 전화를 걸어 나쁜 인간이라고 욕을 했다. 귀신의 작용인지, 마침 김일만이 우리 집에 들르겠다는 연락이 왔다. 공사 문제라면 인부들에게 시키면 되는데 낌새가 좋지 않았다.

창밖에 푸른 느티나무가 보이는 거실 소파에 앉은 그가 내 얼굴을 지그시 바라보며 입을 열었다. 가슴 언저리에서 불길한 기운이 스멀거리기 시작했다.

"이백만 원도 아니지요."

그가 '이'라고 발음하는 순간 오싹 몸이 떨렸다.

"이천만 원 아닌가요? 이천만 원이라면 하늘, 땅이 아는 돈 아닌가요?"

가슴이 두근두근 뛰었다.

"이숙님, 공사판 노가다들 사이에 착하고 순수한 분이라는 칭송이 자자한 사모님!"

"…"

"이백만 원이라면 이 돈일만이도 그냥 넘어갈 수 있어요. 하지만 이건 아니지요. 이천만 원이라면 니 알고, 내 알고… 내가 계산서 맞더냐고 몇 번이나 물어본 적 있지요? 그때마다 이숙님은 머리를 끄덕였습니다. 난 말이죠? 눈치 하나로 돈을 번 인간입니다. 노가다 판에서 삼십 년 굴러먹은 인간이기도 하고요. 이돈일만이는 여사님이 뭔지 주저주저하는 기미를 놓칠 인간이 절대 아니란 말입니다, 내 말은… 오죽하면 돈일만이겠습니까?"

피부의 구멍들이 오므라들고, 눈동자에 미세한 기미가 일렁이는 걸 포착해내려는 의지로 번쩍이는 그의 눈이 깜빡 사라지기를 소원하고, 내 얼굴의 감각이 깨끗이 지워지기를 바라는 열망에 눈앞이 하얗게 바랬다.

"돈일만이라는 내 별명 잘 알잖아요? 이 돈일만이가 사모님을 알고 지낸 세월이 2년… 그동안 쭉 기다려왔지요. 노가다들의 눈을, 내 첫인상을 믿고 싶었지요. 사막에 핀 백합과 같은 사모님을 그래도 이 돈일만이가 오래 기억하고 싶었던 모양입니다. 하지만 이건… 횡령입니다, 횡령. 이숙님… 횡령은 도, 도…"

그가 머뭇거리는 자리는 내가 굴러떨어질 불구덩이였다. 어쩌다 이렇게 되었는지, 처참하게 뭉개진 얼굴을 숙이고 나는 창문을 향해 돌아섰다.

거실 창밖에는 어른 네 아름이 넘는 느티나무가 서 있었다. 거칠게 용틀임하는 나무, 속이 텅 빈 느티나무, 커다란 구멍으로 고양이와 바람이 넘나드는 늙은 느티나무는 이제는 제 살을 베어 먹으며 살고 있었다. 그렇다면 나는 무엇을 잘라 먹으며 지금까지 살아온 것일까. 인도의 숲에서 제 살을 베어 먹고 사는 굶주린 뱀은 양호한 편이었다. 비록 몸은 사라져도 남에게 오염물질을 전염시키지는 않을 테니까.

"미공사니 뭐니, 사람을 달달 볶아대기만 하고…"

회장은 우두커니 서 있는 내게 기둥 공사비를 공제한 나머지 금액을 입금하라는 말을 남기고 사라졌다.

한숨을 몰아쉬며 거실 바닥에 주저 앉아 있자니 지난 세월이 줄줄이 떠올랐다. 어린 시절 나는 순진무구했다. 젊은 시절 나는 순수했다. 늙은 나는 지난 시절의 나와 판이하게 달랐다. 나는 나이를 먹을수록 점점 더 험악해지는 과정을 거쳐 현재에 닿아 있었다.

머지않아 내 몸은 하수도 구멍의 음식물 찌꺼기처럼 썩고 썩어 다른 오염물질을 정화시킬 힘을 지니게 될 것이다. 정신은 사람과 사람을 징검다리 삼아 줄기줄기 뻗어갈 것이다. 정신은 죽음으로 끝나지 않는 끈질긴 무엇인 것이다. 나는 내게 주어진 시간만 잘라먹은 게 아니라, 순수한 마음을 베어 먹고 산 인물이었다. 지금 내게 순수한 마음은 고갈되고 없었다.

시궁창에 구겨 박힌 느낌에 사로잡혀 일 년이라는 시간을 보냈다. 회장을 잘 아는 이웃 건축주가 김일만이 사망했다는 소식을 전했다. 너무 놀라 어안이 막혔다.

"그가 왜 죽어요? 그 사람이 어찌 눈을 감을 수 있단 말이에요? 그 많은 돈을 두고 어찌…"

김일만은 공사 중인 4층 계단에 발을 헛딛는 바람에 1층 바닥에 떨어져 즉사했다고 단숨에 그녀는 말했다.

"우리한테 늘 난간대 없는 계단을 조심하라고 이르던 사람이 어찌 그렇게 죽을 수 있어요?"

돌연 갖가지 형상의 집들이 떠올랐다. 생물이 사는 집, 지금 막 그가 진입해 있을 하수도 구멍 집, 만물의 거처인 우주라는 거대한 집, 그리고 우주 만물의 거처보다 크고 탄탄한 '나'라는 존재의 집이었다.

사람의 몸은 결국 곰삭은 음식물 찌꺼기처럼 다른 오염물질을 정화시킬 힘을 지니게 될 것이다. 이 대목에서 숨이 컥 막히는 충격이 왔다. 김일만이 주위에 남기고 간 행위는 어떤 모양으로 거대한 집에 존재하는 것일까. 주변 사람들을 울분케 했던 그의 행위는 사람들을 오염시키며 가시덤불처럼 여기저기로 뻗어 가는 게 아닐까. 그렇다면 나는…

돌연 내가 건넌 적이 있는 이승과 저승 사이의 다리가 떠올랐다. 하늘이 내게 구원의 밧줄을 내려주었던 순간의 의미에 대해 나는 잘 알고 있었다. 김일만은 그 다리를 건너가 무지無知와 언급의 차원 너머로 사라져갔다. 다리란 그가 4층 난간에서 1층 바닥에 떨어질 때까지, 자신이 죽고 있다는 사실을 인식하는 5~6초의 순간을 말한다. 말이 5~6초이지 그 순간은 확장되고 늘어나 사람의 일생보다 길고 영원할 수도 있었다. 그 순간의 질은 순도에 빛나고 함량이 높아 전 인생을 함축하고 남을 지경이었다.

내게는 병상에서 주사 쇼크로 죽다 살아난 경험이 있었다. 환자의 의식이 돌아왔다는 걸 모르는 레지던트들이 지껄이던 말소리가 지금도 귀를 울린다. '산소 호흡기 말이야. 3분만 늦었어도 갔지, 뭐.' '갔지'라는 말이 천둥처럼 내 귀를 울린다. 그들의 말은 평범함의 극치이고 일상적이며 감각적이지 않은데, 내게는 비수, 비명, 비참, 비통, 비탄일 뿐이었다. 내게 죽음의 다리에 대해 알게 하고 기록할 기회를 선사한 3분. 죽음의 다리에서 불벼락처럼 나를 후려친 회오悔悟와 통탄痛歎의 넘솟, 나는 죽는데 가족과 이웃을 사랑하지 못했다는 생각이 비수처럼 나를 찔렀다. 숨이 컥 막혔다. 뒤이어 면도날 같은 억새가 우거진 통속을 달리는 듯싶은 고통이 엄습해 왔다. 온몸의 상처에서 줄줄이 흐르는 피의 고통은 지옥의 참상을 능가했다. 이제 돌이킬 수 없다는 절연감과 절박감, 안타까움에 온몸에 경련이 일었다. 다시 살아난다면 그들을 사랑하겠노라는 염원이 비수처럼 나를 관통했다. 일찍이 내가 무슨 일을 그렇게 간절히 빌어본 적은 없었다. 비통해하며 죽음의 다리를 건넌 사람의 약속은 그대로 사장되고, 망자는 여한에 사무치겠지만 그것으로 끝난다. 하지만 죽음의 다리를 건너지 못하고 살아남은 자에겐 죽음의 다리에서 한 약속이 사명처럼 남겨진다.

기적적으로 목숨을 건진 나는 죽음의 다리에서의 약속을 흐르는 세월에 까맣게 잊고 하늘이 준 절대의 생을 낭비하고 소비하는 데 열중했다. 절체절명絶體絶命의 생을 누리면서 그때의 약속은 쏟아져 내리는 시간의 모래에 깊이깊이 매몰되고 말았다.

그리스 신화에서도 시간의 신 크로노스는 동생들을 대량 생산하는 아버지 우주의 신 우라노스의 생식기를 거세시킬 정도로 막강했다. 시간은 나를 마비에 걸리게 해 놓고 죽음으로 이끌어갈 텐데, 시간이라는 마술에 걸린 나는 한 마리 곤충처럼 꼼짝달싹 못 하고 목숨을 이어가고 있다. 세월이 흘러 공원 집을 매입하게 해달라고 기도할 때조차 그처럼 간절히 기도한 적이 없다고 단정했을 정도로 나는 '다리'의 약속을 까맣게 잊고 살아왔다.

언제나 나를 가로막는 것은 우주보다 크고, 이 세상 무엇보다 명약관화明若觀火하며, 강철보다 탄탄한 '나'라는 존재였다. '나'

는 나와 찰싹 접착된 나이므로 의문의 여지가 없었다. 나는 나를 이기지도 건너뛰지도 무시하지도 못했다. 그러니까 내가 나의 적이고 원수였다. 아마도 나는 면도날 같은 억새 우거진 죽음의 다리를 줄줄이 선혈을 흘리며 건너게 될 것이다.

환幻

나는 시체도 신체도 아니다. 사람이라고 하기엔 함량 미달이고 쓰레기라고 하기에는 함량 과잉이며 혼돈이고 모순이다. 식물인간 주제에 나는 몸부림치고 있다. 몸부림치고 있다고 생각한다. 그녀에게 마지막 침을 맞을 때까지 적어도 나는 늦여름 수목처럼 무성했다.

　그녀의 침은 신효했다. 두통과 피로가 단번에 가시는 침을 놓아주고 생긋 웃던 그녀의 얼굴을 어찌 잊을 것인가.

　"어떻게 그런 침을 놓을 수 있니?"

　"제가 꼭 아침에 침을 놓는다는 거 아시면서… 아침의 싱싱한 기氣를 모두 회장님께 쏟아붓는 거예요."

　내 안의 호수가 조용조용 소용돌이치고 있었다. 나는 감동에 젖은 내면을 응시하며 지그시 눈을 감았다. 그녀를 끌어안고 싶은 갈망에 등에 진땀이 흘렀다. 나는 서서히 그녀의 침에 중독되어 갔다.

그날 매운 모기에 쏘인 듯 따끔했다. 돌아보니 배시시 웃는 그녀의 얼굴이 닿을 듯 말 듯 가까이 다가와 있었다. 그녀의 입술에 닿고 싶은 갈망에 세포들이 아우성쳤다. 순간 이상하다는 감각이 번개 치고 죽음이다, 라는 생각이 뇌수를 갈랐다. 모든 것이 전광석화처럼 변했다. 그녀의 오랜 기획이 꽃봉오리처럼 배시시 열리고 있다는 생각이 엄습해오고, 오래전 내가 물 말아 먹은 그와 그녀의 얼굴이 비슷하다는 생각이 떠올랐다. 끝장났다는 비명이 빵 터졌다. 내가 그를 죽음으로 몰아넣은 것은 아니겠지만 생이 종말을 향해 치달려갈 때, 그의 뇌수도 초능력 공간처럼 수억 메가바이트의 사념이 번쩍거린 건 아닐까. 적어도 나는 그랬다. 그의 뇌수에 마지막 떠오른 나는 과연 어떤 모습이었을까. 지금의 나처럼 우거지상이었을까.

파격을 좋아하는 나도 그녀의 침을 대뜸 맞은 건 아니다. 그녀는 나의 의구심을 서서히 무너뜨리는 과정을 거쳐 결정적인 한 방을 먹였다. 효과도 부작용도 미미한 수지침으로 결정적인 한 방을 도모한 그녀에게 박수갈채를 보낸다.

"제 침은 효험이 있어요. 어머니의 고질병을 제가 고쳤거든요. 한의사 친구한테 배웠어요."

"효녀 심청이 따로 없구먼."

그녀는 생긋 웃었다. 나는 매일 그녀에게 침을 맞았다. 여비서를 회장실로 불러들여 탱글탱글 부드러운 손길을 즐긴 측면을 부정하지 않겠다. 최후의 한 방을 먹은 나는 천사와 악마가 모자이크된 그녀의 얼굴을 보고 경악했다. 그녀는 빙긋 웃었다.

"네가 아버지를… 내 아버지를!"

그녀는 나를 '너'라고 지칭했다. 몸이 뒤집힐 것 같았다. 살포시 웃는 그녀의 얼굴에 나와 그녀의 인생이 유리창에 떨어진 빗방울처럼 응결되고 있었다. 일그러져 흘러내리는 우연과 필연, 몸은 죽고 뇌만 살아남는 순간은 속절없이 흘러갔다. 구급대를 부르는 비명이 아득히 멀어지고 있었다.

몇 날 며칠이 지났는지, 나는 병상에 누워 눈을 떴다. 몸이 나무토막처럼 움직여지지 않았다. 이런 내게 생각이라는 것은 죽은 나무에 핀 꽃처럼 활짝 피었다. 생뚱맞고 슬프고 영묘靈妙한 꽃이다. 영묘한 꽃은 순수하다. 순수함이 인간 본연의 상태가 아닐까. 하지만 영묘한들, 순수한들 아무 소용없었다.

육신의 요구가 단절되자 비로소 순수한 생각을 하게 되었다면 그동안 내가 몸의 욕구대로 살았다는 의미일 텐데, 나는 후회한다. 사람의 일생 중 가장 순수한 순간은 죽기 직전이라는 누군가의 말이 떠오른다.

내게 사랑을 갈구하던 사람들의 얼굴이 줄줄이 떠오르고, 안타까움과 슬픔이 파동 치는데 나는 손가락 하나 까딱할 수 없고, 내 열망과 달리 과거는 반응이 없다. 과거는 지나가서 없고, 미래는 오지 않아서 없고, 현재는 현재라고 하는 순간 사라지고 없으니 시간은 없다.

사람에게 남는 건 행위의 결과뿐 아닐까. 악惡은 없으니만도 못 하니 완전한 무無이고, 사랑은 시간 속에서 꽃처럼 피었다 지는 허망한 것이었다. 그럴지라도 그 꽃을 가꾸지 않은 나는 아무 것도 하지 않은 셈이 되고, 나 자신이 나를 무無로 만들었다는 생각이 들면서, 숨이 컥 막혔다.

전 인생을 지불하고서라도 과거로 돌아가 사랑을 꽃피우고 싶은 열망이 끓어오른다. 나는 알몸으로 억새밭을 달려온 듯 아프고 쓰라리다. 하지만 쓰라리다는 말은 나의 비통함에 미치지 못하고 비통하다는 말은 내 참혹함에 닿지 못한다. 내 심장에 방울방울 돋아난 피가 주르르 흘러내린다.

당장 죽어버리면 좋겠지만 아마 그런 행운은 내게 오지 않을 것이다. 그것도 내게 침을 먹인 그녀의 소관이니 더 이를 말이 없다. 체면 유지 차원에서 가끔 병실에 들러 안타까운 눈길로 나를 바라보고 물러가는 그녀의 다음 수순이 무엇일지, 복수가 길어지기를 바라는지, 내가 빨리 죽기를 원하는지 알 수가 없다. 지금 내게는 패가 없고, 그녀의 패는 무수히 많다. 이것은 하늘과 땅 차이가 나는 일, 그녀와 나 사이에는 몇억 광년의 거리가 생겨 있다. 현재의 내게 돈은 먼지도 아니니 더 할 말이 없겠다.

의심이 전염병처럼 주위로 번진다. 나는 아내와 아들도 믿지 못한다. 내 죽음이 그들에겐 기회가 될지도 모른다. 간병인이나 마사지사 없이 가족과 단독 대면하는 순간이 무서워 나는 몸이 벌벌 떨릴 지경이다. 내가 죽으면 아내는 제 딸처럼 아끼는 여동생이 내 빚을 갚지 않아도 되고, 아들은 멋대로 영화를 찍고 옛날 여자와 재회할 것이다.

사업상의 적들도 많다. 그들은 아마 의료인의 탈을 쓰고 내게 나타날 것이다. 병원의 모든 사람이 잠재적 범인인지 모른다. 나는 눈을 떠도 감아도 불안하다. 특히 그녀는 호랑이보다 더 무섭다.

그녀는 간병인이 잠들 때를 노리고 있다가 식물인간의 명줄을 싹둑 끊어 놓을지 모른다. 바보 멍청이 같은 간병인은 온종일 병실 문을 잠그지 않는다. 식물인간도 인간인데 지킬 게 아무것도 없다는 투이다. 내가 손가락이라도 까딱할 수 있다면 출입문을 잠가 달라고 종이에 써 보이련만, 다 그만두자. 내가 만약 손가락을 움직일 수 있다면 병실 문 운운하기 전에 유서부터 고쳐 놓으려고 덤빌 것이다. 그러고 보니 나는 죽은 뒤까지 가족들의 원망은 사고 싶지 않은 모양이다. 내가 가족을 사랑하긴 하는 모양이다.

나는 빨리 죽고 싶은가 하면 어떻게든 유서를 고쳐 놓고 죽어야 한다고 꿈질거린다. 가당찮은 일이지만 생각은 수시로 바뀐다. 입술에 기는 파리를 쫓지 못해 허파가 간지러울 때, 건강한 자들이 주는 치욕에 걸레처럼 누추해질 때, 나는 그만 콕 죽고 싶다. 어느 순간 반짝 생기가 돌면 유서를 고쳐야 한다고 바짝바짝 마음을 졸인다.

죽음이 임박하다고 생각하면 가이사의 것은 가이사에게, 하느님의 것은 하느님에게, 라는 예수의 일갈을 기억하고 가족들에게 온전한 재산을 물려줘야 한다는 욕망을 깨끗이 비운다. 동시에 가짜라도 좋으니 사랑을 알게 해 준 그녀에게 유서대로 재산을 물려줘야 한다고 생각한다. 그깟 돈 누가 가진들 어떠랴, 내가 죽고 없는 마당에 이런들 어떻고, 저런들 어떤가, 중얼중얼 뇌이지만 몸과 마음은 언제나 엇박자로 나간다. 나무토막 같은 몸으로 겨우 생각이라는 것을 하는 주제에 어쩌자고 갈피를 잡지 못하는지, 한숨이 절로 나온다.

이 세상 어디에도 그녀와 내가 몸을 나눈 흔적은 없다. 침에 대해 무지한 양의가 내 뒷목에 난 침 구멍을 찾아낼 리도 없다. 나는 혈압이 높아 식물인간이 된 것뿐이다. 나는 그녀가 얽어놓은 완전범죄의 그물망에 걸려든 한 마리 벌레, 된통 욕이라도 퍼붓고 싶지만, 그냥 그녀라고 불러주기로 마음을 눙친다. 후회하는 마음이 나를 순하게 만든 모양이다. 착각에 빠져 식물인간이 된 지금도 착각을 일삼는 나, 착각은 공기처럼 나를 둘러싸고 희망 아니면 절망을 선사한다. 언젠가 죽어야 한다면 희망이나 절망은 없는 셈인데 지금도 나는 마치 희망에 살고 절망에 죽겠다는 투이다.

착각은 사랑과 미움과 섹스에도 깃들고 인생이 온통 착각이라는 생각이 든다. 세상을 불태울 것 같던 사랑도 따끔 하는 순간 물거품이 되고 말았는데, 이렇게 지절거리는 내가 착각의 산

물이 아니고 무엇이란 말인가.

인생 말년에 다가온 사랑은 거의 완벽했다. 나는 낭창낭창 부드러운 그녀의 가슴에 얼굴을 묻고 현실을 잊었다. 가난, 질병, 별리, 노쇠, 사망 등등의 현실은 망각하는 순간 행복했다. 내 머리와 눈썹을 쓸어주던 부드러운 손가락은 마법의 샘, 영원과 통하는 길이었다. 그녀의 입술이 내 이마와 눈과 코와 볼에 수액처럼 흘러내릴 때, 나는 천국을 품은 것 같았다. 나를 맘껏 발휘한 뒤 잠이 함박눈처럼 쏟아져 내리던 밤을 어찌 잊을 수 있으랴. 그 손길 그 입술을 한 번만 더 받아보고 죽겠다는 갈망에 나는 목이 메인다. 무엇으로도 살 수 없는 사랑을 얻었을 때의 감동은 상상을 초월했다.

자연이라는 괴물이 한입 가득 나를 물고 삼킬까 말까 망설이는 지금도 나는 그녀에 대한 집착을 버리지 못한다. 일곱 색깔 무지개처럼 떠올랐다 스러진 섹스에 머리를 박고 몸부림치는 나의 애칭 환을, 환, 환, 신음처럼 뇌이던 달콤한 목소리를 들으면 꿈, 무지개, 아지랑이, 저녁노을, 산들바람, 잔물결을 유리병에 넣고 흔들어 만든 향기가 그녀의 입에서 흘러나오는 것 같았다. '환'을 부르는 그녀의 애달픈 목소리를 들으며 나는 딸깍 숨이 멎기를 소원했다. 죽음 같은 섹스가 끝났을 때 우리는 상대의 가랑이에 가랑이를 끼우고 찰싹 밀착되어 있었다. 살과 살이 속삭일 때의 충일감은 농밀하고 달콤했다. 내 몸에 수컷 사마귀의 DNA가 흐르는 것일까.

314

교미 중인 암컷 사마귀에게 머리와 가슴을 다 갉아 먹힌 상태인데도 수컷 사마귀는 남은 배를 씰룩이며 교미에 몰입되어 있었다. 죽음의 황홀에 함몰된 수컷 사마귀, 그녀의 입에서 내 이름 환이 깜빡깜빡 점멸할 때, 점화와 점화 사이의 소멸은 암흑이고 무無인데, 그녀가 마지막 침을 놓을 때까지 나는 수컷 사마귀처럼 교미에 열중했었다. 내 머릿속의 무지개에 나는 흠뻑 취했다.

사람들은 돈이 없어 쓰지 못하고, 나는 개념도 없이 돈을 썼다. 마음의 충일에 필요한 돈은 밑 빠진 독에 물 붓기처럼 바닥을 몰랐다. 돈이 많으면 많을수록 세상은 조그맣게 축소되고, 가슴은 산처럼 부풀어 올랐다. 내게 허리를 굽히는 사람들 앞에서 나는 황홀할 뿐이었다.

살다 보니 어느새 나는 돈이 몰리는 허브가 되어 있었고, 세상은 허브를 중심으로 돌았다. 사내로 태어나 세상의 중심이 되었다는 충일감을 만끽하며 나는 생의 목적을 달성했다고 확신했다. 하지만 타고난 운명인 듯 나는 오르고 또 올랐다. 아마도 그리스 신화의 인간이 내 꿈이었을 것이다.

그리스 초기의 인간은 등짝이 붙은 샴쌍둥이처럼 두 사람이 합쳐진 인간으로 앞과 뒤에서 동시에 보고 느끼는 완전체였다. 자신을 넘보는 인간을 보고 대노한 신은 인간을 반으로 갈라 두 사람으로 나누어 놓았다. 이후 인간은 나머지 반쪽을 찾아 헤매게 되었다고 한다. 내가 수만 명 부하를 거느린 능력자라고 생각

하면, 부유층의 전유물인 젊은 여자를 품었다고 생각하면 황홀
했다. 그녀에 대한 탐닉은 끝이 없었다. 돈과 여자에게 차례차례
홀린 나는 과연 무엇일까.

오래전 내가 단숨에 죽을 것이라는 신입사원 면접 자문관 관
상가의 말을 달콤 쌉쌀하게 받아들인 적이 있다. 사람은 죽음도
성격대로 맞게 마련이라며 회장님은 단숨에… 그는 주저주저 말
을 잇지 못했다. 관상을 통계로 보고 반신반의하는 내 성향을 간
파하고 하는 수작이었다. 나는 펑펑 쏟아져 내리는 함박눈처럼
순식간에 나를 뒤덮어버리는 죽음이라면 죽음도 축복일 것이라
고 생각하는 사람이었다. 부모 복에 죽는 복까지 타고나다니, 환
호성이라도 지르고 싶었다. 나는 죽음도 힘이 된다는 말을 믿고
사업에 박차를 가하여 아버지에게 물려받은 회사를 세계적 기업
으로 성장시켰다.

하지만 느릿느릿 죽어가는 나를 보라, 관상이란 말짱 헛된 말
장난에 지나지 않는다. 지금 나는 듣고 보고 냄새를 맡지만 명령
이나 지시를 내릴 수 없고 요구나 애원조차 불가능한 상태이다.
얼핏 받기만 하면 좋을 것 같지만 주는 것은 독침이라도 맞아야
한다면 최악이 아니고 무엇인가. 내가 하지 못한 일을 하나하나
꼽아 보았다. 입에 금수저를 물고 태어나 힘차게 죽죽 살아온 내
가 막상 마땅히 해야 할 일을 하지 못했다는 생각이 들면 기가
막힌다. 그 벌로 관 뚜껑이 덮이기 전 최악의 불행을 맞은 것인
지 모른다.

그날 침을 맞는 내게 쌩끗 웃어 보이던 그녀의 얼굴이 붉은 부적처럼 떠오른다. 나는 헤벌쭉 웃어 보였다. 그때까지 언제나, 항상, 늘, 영원이라는 말에 중독되어 살았다 해도 식물인간은 가혹하다. 내게로 상여 뒤를 따르는 만장 같은 언어의 행렬이 다가온다.

내가 무엇인지 누구도 결정을 내릴 수 없다.
이제 내게는 전지한 예지의 총계에서 빠져나갈 구멍이 없다.
내 최후의 뉘우침과
나를 온통 뒤흔들어놓는 몸부림은
내가 그것으로 있는 것과의 연대를 끊으려는 마지막 도약이다.
그러나 죽음이 이 도약을 서서히 응고시킨다.

이것은 생의 엑기스인 시라는 것일까, 언젠가 아들놈의 책에서 본 기억이 시처럼 흘러나온 것일까, 아들은 사르트르의 『존재와 무』라는 책을 책상에 펼쳐놓고 외출하고 없었다. 아무러면 어떤가. 지금 이 순간 이런 구절이 떠올랐다는 사실이 중요하지 않은가. 권력에 버금가는 부를 거머쥐고 세상을 좌지우지하던 내가 지금은 누구라도 좋으니 동정을 한 스푼 떠서 입에 넣어주기를 갈망하는 처지가 되고 만 것이다. 한 번이라도 나를 돌아봐주고 내 뜻을 읽어주기를 바라는 마음 간절하여 나는 한껏 눈을 벌려 뜨고 얘야, 불러본다. 아들은 멀뚱히 나를 바라볼 뿐 표정이 없다. 나는 유언장을 고쳐야 한다고 차라리 하늘에 호소해본다. 유언장이 공개되면 가족들은 기절할 테고, 그녀는 회심의 미소를 지을 것이다. 아무것도 모르는 아내와 아들을 보면 딸깍 숨이 멎을 것 같다. 나처럼 그들도 처음부터 끝까지 잘 되리라 믿고 변호사에게 맡겨둔 유언장이 공개될 날만 기다리고 있을 것이다.

마사지사라는 약아빠진 인종이 내 몸뚱이를 이리저리 주물럭거리는데도 가족들은 돌아보지 않는다. 나를 상대하는 사람은 마사지사뿐이고 그녀가 나를 풀 자루 취급하면 나는 풀 자루가 되고 마는데 가족들은 내게 아무런 관심도 보이지 않는다. 빌어먹을 망종들!

가족들은 자신들의 손길은 부드럽고, 마사지사의 손길은 무자비하다는 것도 모른 채 마사지를 붙여준 것으로 도리를 다했다고 생각하고, 저희끼리 열심히 수군거린다. 내 분신답게 상상력이라고는 한 푼도 없다. 상상력이 없으니 식물인간을 이해하고 손과 발이 되어줄 생각은 꿈에도 하지 못한다. 상상력도 돈으로 살 수 없는 보물이라는 걸 나는 비로소 알게 되었다. 오히려 돈은 상상력을 차단한다. 가족들은 돈을 주고 마사지를 대주고 더 이상 생각이라는 것을 하지 않는다. 돈이라는 올가미에 걸려든 나는 죽기를 소망할 뿐이다.

뒤돌아보면 나는 평생 그들을 옥죄고 닦달했을 뿐, 진정한 자유를 주지 않았다. 자유를 상실한 뒤 비로소 그 죄가 크다는 사실을 알게 되었으니 많이 늦은 셈이다. 먹고 편히 사는 건 동물도 가능한 일, 사람은 자유를 먹지 않으면 정신을 꽃피울 수 없고 내 가족처럼 상상력 없는 인간이 되고 만다. 그래서 사람은 자유를 위해 죽음도 불사하는 모양이다. 이 사실을 좀 더 일찍 알았더라면 아마도 내 인생은 달라졌을 것이다.

가족들에게 그 보상을 해주려면 그들의 기대를 저버리지 말아야 하고, 같은 차원에서 그녀에게도 내 재산을 뚝 떼 줘야 한다. 나는 고민 갈등한다. 한쪽이 웃으면 한쪽이 우는 양상은 풀기 힘든 딜레마이다.

아내와 아들은 늘 그렇듯 내 연명 줄을 쳐다보며 병원이 지긋지긋하다는 표정을 지어 보이고, 간병인에게 잘 부탁한다는 말 한마디 남기지 않고 물러갈 것이다. 발병 이 년이 채 되기도 전에 나는 진구렁에 빠지고 말았다. 세월이 갈수록 나에 대한 관심은 얇아질 테고 급기야 나를 나무토막 취급할 날은 닥쳐오고 말리라.

오랜 경험으로 눈치 9단이 된 마사지사는 나를 멋대로 굴리며 열심히 마사지 시늉을 내고 있다. 갈비뼈에 금이 간 것 같지만 고통은 없다. 자존심이 무너진다. 마사지가 끝에 눈은 왜 뜨고 있느냐는 듯 눈을 감겨주고 돌아서자, 나는 번쩍 눈을 떴다. 나를 망자 취급하는 망할 년이 병실 문을 열고 사라지자 가슴이 두방망이질 치기 시작했다.

과연 하얀 캡을 눌러쓰고 마스크로 얼굴을 거의 다 가린 사람이 나타나 망연히 나를 내려다보고 있다. 남자인지 여자인지 구분되지 않았다. 가슴이 쿵쿵 뛰었다. 그 사람이 한 발 한 발 다가와 내 연명 줄에 손을 대고 숨을 고른다. 망설이지 마. 단칼에 끊어! 이 마당에 내 명줄을 더 늘리자는 수작이냐? 내 혼은 펄펄 용솟음친다. 죽어도 죽기 싫은 모양이다. 그자가 연명 줄을 쥔 손가락에 힘을 주면 내 숨은 딸깍 멈출 것이다. 나는 소리 없는 비명을 지르며 번쩍 눈을 떴다.

어느새 그 사람이 캡과 마스크를 벗은 것인가? 그 사람과 의사가 엇갈려 지난 것일까. 나를 내려다보는 의사의 얼굴이 닿을 듯 가까웠다. 꿈이었나? 나는 어리둥절하게 의사를 올려다봤다. 내 동공이 허연 쌀눈처럼 보이는지, 의사는 무표정하게 나를 내려다보고는 간호사에게 몇 마디 중얼거리고 물러갔다. 이렇게 나는 꿈에 시달리고, 망상에 시달리고, 상상에 시달리느라고 밤잠을 설친다. 차라리 죽자, 죽어버리자, 나는 힘껏 외쳤다. 외쳤다고 생각했다.

지난날 내가 지닌 권력은 막강했다. 정확히 말하면 금력이지만 금력과 권력은 살과 실핏줄처럼 뒤엉켜 있어 뽑거나 자르면 생명도 끊어진다. 시중에 대통령은 섭정왕, 재벌 총수는 황제라는 말이 회자되는 건 약과, 대통령을 재벌의 마름이라고 하는 사람도 있다. 금력과 권력은 뒤엉켜 있지만, 대통령은 5년이면 종치고, 재벌총수는 죽을 때까지 종치지 않는다.

대중을 모태로 태어난 금력과 권력은 이란성 쌍둥이처럼 닮

왔다. 대중은 거세게 소용돌이치며 혁명을 일으키기도 하지만 끝내 모래알처럼 흩어지고, 파워맨은 모래알 개인에게 상품을 팔아 돈을 벌고 환상을 팔아 권력을 쟁취한다. 이때쯤이면 파워맨의 하수인인 전문가들이 나타나 대중들에게 환상의 수액을 주입한다. 대중들은 술, 영화, 스포츠, 도박, 오락, 게임에 빠져 현실을 까맣게 잊고, 영상이 폭력이라는 사실도 망각한다. 사실도 사각의 프레임에 갇히면 사실이고 들어가지 못하면 사실이 아니라는 사실도 모른다. 미디어는 선택과 집중, 편집으로 사실을 날조하고 허위를 조장한다. 대중들은 사실보다 더 사실적인 영상을 철석같이 믿는다. 전문가들이 강자의 논리를 씨줄, 필요를 날줄 삼아 레드 카펫을 짜서 펼쳐주면 파워맨이 그 위를 걸어가며 손을 흔들고 대중들이 박수갈채를 보내면 만사형통, 나는 그 길의 찬란함을 잘 알고 있다.

대중의 길은 지리멸렬했다. 무력한 흐름인 대중은 당대의 세력가들을 조롱하는 맛에 살면서 언론이라는 말쟁이들의 속임수에 놀아나 정의한인 척 어깨에 힘을 주는 속 빈 강정, 그들에겐 취생몽사의 길이 있을 뿐이다. 금력과 권력은 도구로 필요할 때만 대중을 돌보는 척 시늉하고 그들의 머리 위에 군림하며 이득을 챙긴다.

한 나라의 부가 거의 내 것이라고 생각하면 가슴이 벅차올랐다. 그렇게 마냥 거들먹거리던 내가 풀 자루 신세가 되어 통탄으로 밤낮을 지새우는데도 하늘과 땅은 무너지지 않았다. 사후대비는 해놓고 죽기 전의 혼돈에 대한 대비 없이 오만방자하게 살아온 내 발등을 찍어버리고 싶다.

어딘가 들렀다 왔는지, 멀뚱히 애비를 내려다보며 서 있던 아들이 리모컨을 들고 텔레비전을 이리저리 조작하자, 화면 가득 푸른 초원이 펼쳐졌다. 저기가 어디지? 지난날 어디서 많이 본 것 같은데… 그러고 보니 내가 죽기 전에, 기억이 먼저 죽었다. 죽은 기억만큼 나도 죽었다. 애써 무시했을 뿐, 그동안 죽음의 징조는 많았다. 기억의 상실, 신체 기능의 상실, 주변 사람의 상실, 타인의 기억에서 내 존재의 상실, 이렇게 나는 매일 죽었다. 찌꺼기만 남은 지금도 나는 죽음을 느끼고 보고 누리고 있다.

화면 속의 초원은 영영 나를 찾아오지 않을 것인가. 기억이 나를 또 죽일 작정인가. 막다른 골목에서 목을 조이는 답답증을 뚫고 기억이 솟구쳐 올랐다. 나는 숨을 몰아쉬었다. 그러니까 저 필름은 젊은 아비가 어린 아들에게 보여준 아프리카 생태 다큐 필름이었다.

어쨌든 태곳적 평화가 깃든 아프리카 초원을 어슬렁거리던 기린이 긴 혀로 우산아카시아 이파리를 날름날름 뜯어 먹었다. 우산아카시아는 뾰족한 가시로 기린의 말랑한 눈과 콧구멍과 혓바닥을 공격했다. 땅의 자식들끼리 먹고 먹히지 않으려고 가열찬 싸움을 벌였다. 대지는 과연 누구의 손을 들어줄까.

카메라는 기린의 씰룩거리는 마름모꼴 무늬를 줌인으로 확대해 보여주고 살인 무기 같은 긴 가시도 보여줬다. 카메라는 눈의 기능을 초월하여 시야를 멀리 확장하고 먼 곳을 가까이 끌어오는가 하면 과거를 현재화하는 찬란한 기계이자, 사실보다 더 사실적인 사실을 보여주는 환상적인 기계였다.

가시의 공격을 받은 기린은 우산아카시아 이파리를 샅샅이 발라먹지 못하고 어물쩍 뒤로 물러섰다. 하지만 쥐가 뜯어먹은 것 같은 우산아카시아 이파리는 다시 파랗게 돋아날 것이다. 땅은 과연 생물의 어머니인 것일까.

텔레비전이 임팔라 무리가 풀을 뜯는 초원을 시야 가득 펼쳐 놓았다. 어미는 풀 사냥에 여념이 없고 새끼 임팔라는 경중경중 뛰노는 재미에 빠져 세상을 잊었다. 자유가 확장되면 될수록 어미와의 거리도 확장된다는 사실을 모르고 새끼는 경중경중 뛰어다니며 놀고 있다. 나른한 오후의 평화에 지친 초원은 가물가물 졸고, 새끼 임팔라는 초원을 뛰어다니고, 수풀 속에 숨어 있는 사자를 찍어 임팔라에게 보여줘야 할 카메라는 꼼짝도 하지 않는다.

사자가 벼락처럼 달려들어 임팔라 새끼의 목줄을 물어뜯는다. 네 굽을 휘저으며 몸부림치던 새끼 임팔라는 사지를 축 늘어뜨린다. 기다리고 있던 사자 일가족이 어슬렁어슬렁 나타나 임팔라 새끼를 갈기갈기 찢어 먹었다. 하늘에는 검은 독수리가 허공중을 빙빙 돌며 기회를 노린다. 카메라는 선혈이 낭자한 초원을 보고 빙긋 웃었다. 적어도 내 아들은 카메라 렌즈로 초원을 보지 않았다. 나는 그런 아들에게 기업을 물려줘도 되겠다고 생각했다. 아들이 물었다.

"아버지, 사자는 임팔라의 목을 물어뜯으면 죽는다는 걸 어찌 알지요? 엉덩이가 더 토실토실 맛있어 보이잖아요?"

"본능으로 알지."

"임팔라 불쌍하다."

"사자도 불쌍하단다. 살기 위해 임팔라를 먹어야 하니까."

"그럼 살기 위해 무슨 짓을 해도 되나요?"

"죽으면 끝이니까."

"죽으면 끝인데 사자는 왜 임팔라를 죽이면서까지 살아야 하지요?"

"태어난 것은 살아야 하고, 살려면 먹어야 하니까. 그런데 얘야, 저 초원에서 제일 중요한 게 뭐지?"

"…"

"그리 생각해도 모르겠니? 임팔라는 왜 죽었지?"

"약해서요."

"살아있는 것은 모두 약해."

"…"

"임팔라는 의심하지 않았기 때문에 죽은 거야. 초원을 너무 믿은 거지. 넌 누구도 믿지 마라. 아빠 엄마도 믿지 마라!"

"왜, 왜? 엄마 아빠도 믿지 않고 누굴 믿고 살아야 하나요?"

갑자기 아프리카 초원의 생태 다큐 필름이 우주의 다큐 필름으로 변했다. 공간을 초월하는 공간, 인간의 두뇌를 초월하는 광활한 공간에 희끄무레한 성운이 끼었다. 성운은 서서히 돌아 원반을 이루고, 원반은 뭉크의 시계처럼 흘러내려 블랙홀로 빨려들었다. 별이 무더기로 죽은 것이다. 블랙홀이 별 무리를 한입에 먹어 치웠다.

"어떻게 저럴 수 있어요? 아빠?"

"별들은 블랙홀의 매혹에 빨려든 거야. 그 매혹에 빨려들 수밖에 없는 거야. 블랙홀은 다른 우주일 수도, 우주로 가는 통로일 수도 있단다. 다른 세계란 매혹 덩어리 아니겠니?"

우주처럼 멍한 표정을 짓고 있는 아들에게 나는 말했다.

"우주는 별을 낳고, 별은 아빠 엄마를 낳았다. 그런데… 우주는 별을 먹고, 별은 사람을 먹는단다. 넌, 누굴 믿고 살 수 있겠니?"

아들에게 몇 번이고 다짐을 주었던 나는 그녀를 끝까지 철석같이 믿었다. 반쯤 살해당한 지금도 그녀에 대한 갈망에 입술이 탄다. 완전히 훔쳤다고 생각했지만 금세 놓쳐버린 그녀의 젊음을 다시 훔치고 싶은 마음만 간절하다.

해설

인간다움에의 옹호와 우상에의 거부
─박유하 소설집 『노을빛 스커트』

김성달·소설가

1.

　장편소설 『하얀손 그림자』와 『블랙홀』의 묵직한 주제로 독
자들에게 강렬한 인상을 심어 준 박유하 작가가 소설집 『노을빛
스커트』를 펴냈다. 현대 사회가 안고 있는 심각한 문제 가운데
하나인 인간관계의 위기와 그에 따른 인간성 상실의 문제를 짚
어온 작가는 소설집 『노을빛 스커트』에서도 우리가 살아가는 현
실에 대한 다양한 성찰과 사유를 보여주고 있다.
　박유하 작가가 그동안 탐구해온 소설의 문제를 집약하자면
인간다움에의 옹호와 우상에의 거부이다. 그의 소설에 나타나는
인간다움은 사회 혹은 가정의 획일적 강압을 비판하고 저항하려
는 개인의 성격에 국한되지 않고, 그로부터 자유를 호흡하려는
개인적 내면의 특성을 지니고 있다. 그래서 인물들은 대개 현실
과 삶에서 버림당하고 소외되지만, 그 와중에서도 믿음과 소통
을 포기하지 않는다. 이따금 소설 속의 인물들이 믿음과 소통의

의지보다는 오히려 체념에 떨어지고 증오에 휩싸여 점점 허무의 세계에 빠져드는 경우도 있는데, 그것은 인간성 상실의 불길한 징후로도 읽힌다. 또한 현대인들이 처한 고립이라는 절망적 조건과 그에 따르는 불신과 고독의 암울한 미래의 상징으로 읽히기도 한다. 하지만 그의 소설 인물은 행동의 오류에 빠지지 않고 자유롭게 현실을 보며 이념에서 발견할 수 없었던 인간적 진실을 다시 발견하고자 하는 어떤 전망에 방점을 찍고 있다.

박유하 작가에게 인간의 현실은 좀처럼 객관적이지 않고 혼돈과 무질서에 장악된 세계이다. 그래서 단순한 사실주의적 방법으로는 진실의 재현이 불가능하게 된다. 따라서 현실적인 구속에서 풀려난 어떤 환상적인 방법이 현실을 더 객관적이고 더 효과적으로 포착할 수 있다는 것을 안다. 그가 블랙홀에 집착하는 것도 그런 이유이기 때문일 수도 있다. 그가 소설 형식에서 환상의 방식을 차용해 변형과 굴절이라는 훼손된 형태를 보여주는 것은, 현실의 분열성과 파편성을 제대로 반영하기 위한 나름의 전략이다. 하지만 현실을 반영하기 위한 작가의 환상적인 방법이 때론 너무 일방적이어서 소설의 흐름을 방해하는 아쉬움이 있다. 그렇더라도 파손된 현실에 파손된 형태로 대응하는 이 전략은 현실을 비판하기 위한 일종의 방법적 저항이면서, 혼돈과 무질서에 개방된 인간다움에의 옹호와 우상에의 거부에 관한 미학적 알리바이로 읽힌다. 이 지점에서 우리는 박유하 작가의 소설에서 보이는 환상성이 현실의 제약과 구속으로부터 벗어나고 싶은 낭만적 판타지가 아니라, 인간 주체성의 제약과 구속 그 끔찍하고 어지러운 현실 자체의 묘사라는 것을 이해하게 된다.

또한 박유하 작가는 오늘날 우리가 겪고 있는 소통의 단절에서 오는 인간관계의 어려움을 현대인의 관계 장애로 진단하는 현장을 『노을빛 스커트』를 통해 밀도 높게 제시하고 있다. 「노을빛 스커트」의 딸과 어머니, 「나비, 나비」의 혜온과 새론, 「두꺼비집」의 나와 숙희, 「심연」의 한 남자를 사랑한 두 여자, 「오카프리」의 희수와 재은, 「갈 수 없는 나라」의 울타리를 가운데 두고 마주 선 남자와 여자, 「가로수 그늘」의 가로수와 남자, 「보다 큰 집」의 여자와 건축업자, 「환幻」의 남자와 여비서, 이들은 모두 겉으로는 소통의 의미를 부여하고 있는 것 같지만 실상은 허공중에 유폐된 내면의 성을 쌓고 지극히 사무적이고 지극히 탐욕적인 삶의 관계일 뿐이다.

이 소설집은 그들로 대변되는 우리 사회의 절망적인 인간관계의 단절성을 선연하게 그리고 있는데, 특이한 것은 무관심한 침묵뿐만 아니라 불성실한 다변조차도 인간관계의 단절이라는 비극을 가져온다는 사실을 깨우쳐주고 있다는 것이다. 박유하 작가는 이처럼 진정한 소통에 실패한 인물들의 삶과 내면을 통해 절망 속에서 삶이 지속되어야 하는 고통스러운 삶의 균형에 대해 이야기하기도 하는데 그것은 고단한 삶에의 위로이다.

박유하 작가의 소설집 『노을빛 스커트』는 우리가 현실에서 부닥치는 돈을 비롯한 수많은 우상들과의 싸움터이기도 하다.

우리는 현실이 만들어 놓은 우상의 질서를 자유의 질서로 착각하고 살아간다. 박유하 작가의 시선은 인간의 주체성을 상실한 그런 현장을 과감하게 치고 들어간다. 우상이 만들어 놓은 질서에 순응해 안정감과 행복을 느끼면서 그것이 인간다움에의 호흡을 억압한다는 것을 모른 채 살아가는 것에 분노한다. 그래서 그의 소설은 개개인을 단속하는 우상에의 질서를 거부하고, 인간다움을 옹호하는 의미 있는 실천으로 이해할 수 있다.

2.

표제작인 「노을빛 스커트」는 옷에 집착할 수밖에 어머니와 딸의 심리가 현실의 촘촘한 디테일 속에서 잘 엮인 소설이다. 할아버지 댁에 다녀오라고 아버지가 건넨 거금 삼십만 원을 들고 동대문시장 패션타운으로 온 나는 옷의 매력에 빠져든다. 옷은 정직하고 싹싹하고 순진하다. 옷은 나의 가면을 벗기고 나를 드러내 준다. 옷은 내 취향, 나이, 신분, 빈부 차이를 여지없이 드러낸다. 그래서 나는 옷을 무척 사랑한다. 옷에 매혹된 나는 명품을 보면 할랑거리는 가슴을 진정시키느라 정신이 없다. 가짜도 좋고 짝퉁도 좋다. 나에게도 백화점의 명품만 찾아다니던 시절이 있었다. 개업의인 아버지가 엄마의 신용카드를 빼앗아 불태운 이후 부터는 그런 호시절도 사라졌지만. 아버지가 그렇게 한 것은 엄마가 비싼 명품 옷을 마구 사들였기 때문이다. 뭐든지 쉽게 싫증을 내는 엄마와 그것을 못 견뎌 하는 아버지는 툭하면 싸웠고, 옷 사는 재미마저도 없으면 숨 막혀 죽는다며 엄마가 거칠게 항변하지만 아버지는 어머니의 옷을 가위로 난도질한다. 아버지의 눈을 피해 밤 외출이 잦은 엄마는 자정이 넘어도 들어오지 않는다. 나는 밤늦게 집을 나서는 엄마 뒤를 쫓는다. 커다란 쇼핑 가방을 들고 동대문 패션 빌딩으로 들어가 한 바퀴 돈 엄마는 달랑 티셔츠 한 장을 구매한다. 엄마는 결국 이혼하고 우리 남매는 새엄마 밑으로 들어간다. 집 나간 엄마 덕분에 혼자서 시간 보내기에 동대문처럼 좋은 곳이 없다는 것을 알게 된 나는 시간만 나면 동대문을 들락거리며 짝퉁 옷을 찾는다. 오늘도 아빠가 준 삼십만 원을 들고 동대문에서 스트라이프 원피스를 비롯한 옷을 사 들고 신상을 찾아 매장을 둘러보던 나는 3년 전에 헤어진 엄마를 발견한다. 럭셔리하고 우아한 화이트 롱 원피스를 입은 여자는 엄마가 틀림없다. 나는 발이 떨어지지 않아 엄마를 지켜만 본다. 여성 의류 매장을 모조리 돌아본 엄마는 노을빛 스커트가 걸린 가게 앞에서 꼼짝을 않는다.

스커트의 선홍색 노을빛에 눈이 부셨다. 아랫단에서 엉덩이까지는 노을빛이고, 그 위는 검청빛에 먹혀드는 티어드 스커트(충충이 주름이 잡힌 사다리꼴 스커트)였다. 제일 아래는 꿈결처럼 고운 주황색이었다. 주황색은 점점 진해져 능소화의 붉은색으로 변했다가 진홍이 되고, 진홍은 불길처럼 타올라 검붉은 핏빛을 띄우고 있었다. 그리고 검청빛에 먹혀드는, 저녁노을이 어둠에 잠길 때까지의 과정이 재현된 스커트였다. 나는 누구나 입을 수 있는 스커트로 환생한 천상의 스커트를 보며 망연자실 서 있었다. 점점 더 붉어져서 어둠에 잠기는 하늘…. 숨이 컥 막혀왔다.(「노을빛 스커트」)

엄마가 그 스커트를 사면 나도 구입하기로 작정하고 기다리지만 엄마는 매장 언니와 몇 마디 주고받더니 고개를 가로저으며 돌아선다. 가게 주변을 떠나지 못하고 빙빙 돌며 노을빛 스커트에서 눈을 떼지 못하던 엄마는 다른 손님들로 북적거리는 사이 노을빛 스커트를 만지는 척하더니 순식간에 가방 속으로 밀어 넣는다. 나도 모르게 엄마 옆으로 달려온 나는 얼른 그 스커트를 손에 쥐고 계산을 한다. 엄마는 영혼이 빠져나간 중년의 낡은 인형처럼 위태롭게 걷고 나는 그 뒤를 따른다. 엄마는 한마디 말도 없이 노을이 불타는 서쪽을 향해 천천히 걸어가기 시작한다. 내가 엄마를 붙잡아야 할지 말아야 할지 망설이는 동안에 엄마는 계속 앞만 보며 걸어간다.

엄마는 점점 작게 축소되어 사라져가고 있었다. 엄마가 없다는 상상만 해도 방울방울 눈물이 솟던 어린 시절이 떠올랐다. 길에서 우연히 엄마를 만나면 눈물부터 핑 돌던 시절이 떠올랐다. 길에서 우연히 엄마를 만나면 눈물부터 핑 돌던 시절이 내게도 있었다. 그때로부터 나는 하염없이 멀리 흘러온 것 같았다. 나는 청계천 다리에 우두커니 서 있을 뿐, 엄마가 내 앞에서 사라져 가는데, 엄마가 사라져 가는데, 꼼짝달싹도 못 했다.(「노을빛 스커트」)

이 소설은 화자의 내면적인 성숙 과정을 '옷'이라는 알레고리를 통해 표현하면서도, 우리 시대 현실이 처한 병적 상황을 정확히 읽어내고 있다. 엄마와 나의 옷에 대한 탐닉과 매혹은 뜻밖에도 돈으로 대변하는 물신적 세계의 폄훼와 경멸 그 이중의 겹을 두르고 있다. 그래서 문제적이다. '옷'에 탐닉하고 몰두하는 그 순간이 우리에게 던지는 메시지는 역설적이게도 인간 주체성의 상실이다. 옷에 몰두해서 탐닉하고, 옷을 훔치는 인물들은 시대 상황을 고스란히 반영하고 있다. 옷과 여자의 단순한 관계가 아니라 우리 시대의 물신과 인간관계에 대한 알레고리로 읽을 때 이야기는 더욱 부피를 지니고 다가온다. 다행스럽게도 이 소설은 제아무리 탐닉과 몰두를 부르는 옷이라도 그것을 만들고 입는 것이 인간이라는 사실을 망각하지 않고 있다는 점이다. 그래서 너무나 인간적인 '노을빛 스커트'이다.

「나비, 나비」는 율전 사람들과 서울시민의 이야기를 담담하게 들려주면서 우리 사회의 부와 가난의 현장을 나비의 형상화를 통해 의미 있게 전달한다. 재산이 1조 미만의 부유층이 모여 사는 율전은 서울의 남쪽 무성산 숲속에 숨어있는 마을인데 혜온과 준범은 그곳에서 살고, 아버지의 사업 실패로 율전에서 이사한 새론은 서울시민인척하지만 사실은 성남에서 산다. 새론 아버지의 회사 공장장이던 아버지가 기업을 만들어 졸지에 신분이 달라진 혜온은 새론과 늘 팽팽한 긴장감을 유지한다. 성형으로 옛날 얼굴을 감쪽같이 숨기고 여신처럼 새로 탄생한 혜온과, 일상처럼 찾아오는 주변의 상실에 인간이 오물덩어리에 불과하다는 것을 매 순간 깨달으며 살아가는 새론의 모습은 그들의 현재를 극명하면서도 기묘하게 보여준다. 그녀들 사이에서 부유한 집의 철없는 아이로 살아가는 준범의 모습도 나름의 의미를 획득하고 있다. 성남의 재래시장으로 밀려난 새론이 스스로를 자기성찰 따위는 상상도 못하고 살아온 나비로 묘사해 준범에게 보낸 '나비는 카리스마의 화신으로 변해갔지만 발치의 그림자는 점점 더 짙어지고, 두 눈에 두른 자부심이라는 검은 안대가 자기성찰을 가로막는 악성보호대라는 것을 나비는 알지 못했다'라는 문자는 작가의 의중이 고스란히 드러나 가슴 서늘하도록 의미심장한 메시지를 던진다. 그래서 자신 안의 맹아를 찾아 비명을 흘리면서, 핸드폰을 던져버리는 새론의 모습은 독자들에게 많은 것을 시사한다.

분홍나비처럼 날아간 핸드폰은 개천에 머리를 박고 가라앉았다. 개천은 잘 익은 흑미 막걸리처럼 뽀글뽀글 괴어올랐다. 뽀글거리는 거품에 석양빛이 비치어 색채의 파편을 퍼뜨렸다.

빛과 색의 난반사, 사방에서 튀어 오른 빛의 파편들이 나비처럼 팔랑팔랑 날아올랐다. 하양, 빨강, 노랑, 파랑, 보라, 검정, 연두, 초록, 주황, 파랑 나비들이 살랑살랑 춤추며 떠올랐다. 몽롱한 꿈속에서 수천 수억의 나비들이 잡힐 듯 말 듯 춤을 추었다.(「나비, 나비」)

이 소설은 우리 사회에 존재하는 '간격'의 이야기이다. 보통 개별적인 사람들 사이의 거리를 통해 간격의 의미를 투영하는데, 이 소설은 율전 사람들과 그 밖의 사람들이라는 집단속의 개인을 통해 인간 세상의 간격을 첨예하게 표현하고 있다. 사실 이들 사이의 간격에는 영구히 극복할 수 없는 한계를 내포한다. 그래서 혜온, 새론, 준범 세 사람의 삶은 상대에 대해 갖고 있는 좀처럼 좁혀지지 않는 거리를 보여주고 있다. 그 간격은 새론이 개천에 핸드폰을 집어던지는 행위로도 쉽게 해소될 수 있는 물리적 거리가 아니다. 그렇더라도 그런 실제적인 행위조차 없다면 우리의 현실은 간격의 공허함 앞에서 하염없이 머뭇거리고 정지해 있다가 사라질 것이다. 이 소설에서 나비는 인생을 불행하게 만드는 상징이기도 하면서, 희망을 보는 일종의 은유이기도 하는데 인생에 끼어드는 불행의 방식을 이렇게 다른 각도로도 보여 줄 수 있는 기묘한 소설이다.

「두꺼비집」은 그림을 그리는 사십 대 여성들의 언어유희와 권태를 대화 속에서 긴장감 있게 녹여내고 있다. 신문사 사장을 남편으로 둔 사십 대의 나는 그림을 그리는 친구들을 집으로 초대한다. 대부분 유복한 가정 출신이지만 불투명한 재능에 수십 년이라는 기간과 돈을 투자하다가 지친 그들은 화단을 떠나기에는 미련이 남고 이름을 얻기에는 역량이 부족하다. 그래서 이따금 그림을 핑계로 모여 적당히 수다를 떨면서 질투하고 시기한다. 나는 특히 숙희와 앙숙이다. 숙희의 어리숙하고 맹한 점이 싫다. 월급쟁이에게 시집을 간 숙희는 18평 아파트에 살면서 남편이 숙희의 재능을 꽃피워 주겠다며 전시회를 열어주는 사이, 13평 아파트의 전세로, 지금은 까치집 같은 이층에 세 들어 산다. 거기다가 시력이 나빠져 그림을 그만두라는 의사의 권유를 듣고도 미련을 버리지 않는다. 나는 그런 숙희를 상아색 대리석으로 된 우리 집 거실에 초청해 놓고 마음껏 비아냥거릴 참이다. 하지만 오늘따라 숙희는 '배부른 사람은 절대로 배고픈 사람을 이해하지 못한다'고 목소리를 높여 적당히 즐기려던 나의 나른한 권태를 가라앉힌다. 그러면서 성전 같은 우리 집에 앉아 바닷가에서 두꺼비집을 짓고 놀던 기억을 떠올려 내 기분을 잡치게 만든다. 늦게 돌아와 자리에 합석한 남편은 숙희의 두꺼비집에 빠져들어 아련한 표정이 된다. 숙희는 친구 중에 두꺼비라는 친구가 있다고 하고, 남편은 두꺼비집을 잘 지어서 그런 별명이 붙은 거냐며 자신에도 그런 친구가 있다고 한다. 장단이 맞는 둘의 수작을 바라보며 나는 실내의 불온한 공기에서 어떤 위기를 느낀다.

점점 잦아드는 소리로 읊조리는 숙희의 눈에 방울방울 눈
물이 맺혔다. 나는 보았다. 그녀의 눈물방울에는 어두운 창밖
에 시선을 주고 있는 남편과 친구들의 얼굴, 분해서 떨고 있는
내 얼굴이 비쳐져 있었다. 비치는 것, 갑자기 푸른 글씨가 얼
비치는 종이와 이윤우라는 이름이 떠오르더니 결혼식장에서
숙희의 옆에 서 있던 남자의 이름에 겹쳐졌다. 숨이 딸깍 멎는
것 같았다. 그래서 숙희가 오늘 내내 기가 펄펄 살아있었단 말
인가.(「두꺼비집」)

　　「두꺼비집」은 화자의 거실에 둘러앉은 사람들의 이런저런 이
야기를 통해 현대인이 처한 외로움과 삶의 현실을 상징적으로
보여준다. 함께 하지만 외로운, 외로울 수밖에 없는 현대인들의
자유를 '두꺼비집'의 형상과 회상을 통해 직절하게 증언하고 있
다. 이 소설에서는 두꺼비집을 이야기하던 그 이전과 그 이후의
시간에 주목하지 않을 수 없다. 왜냐하면 나의 현실은 사랑의 승
리에도 불구하고 그 사랑은 언제 끝날지 모르는 배신의 가능성
에 노출되어 있기 때문이다. 그리고 승리를 쟁취한 나의 가슴에
는 그럼에도 불구하고 불안, 증오, 분노, 경멸과 같은 감정의 앙
금이 남는다. 현대인이 처한 암울한 고독은 바로 여기서 시작되
고, 작가는 그 지점을 명확히 꼬집고 있다.

　　「심연深淵」은 유부남을 사랑한 여자가 그가 죽은 후 남몰래

그의 무덤을 찾아갔다가 그에게 아이를 둔 또 다른 여자가 있다는 사실을 알게 되면서 겪는 이야기이다. 직장 상사의 남편이었던 그는 언젠가 내가 제대로 눈을 뜨면 우리의 관계를 후회할 것이라고 하더니 내가 후회도 전에 저세상으로 떠난다. 나는 그의 죽음을 무덤이라도 봐야 받아들일 수 있어 찾아가다가 산속에서 삼십 대 후반의 여자를 만난다. 그 여자는 놀랍게도 내가 찾은 무덤에 예를 올리고 묘비의 이마에 손을 대고 천천히 쓰다듬으며, 내 행위를 훔치고 있다. 언젠가 내가 그의 이름을 쓰다듬어 내릴 때 흐르던 정성이 그녀의 손에 흐르고 있다. 안타까움과 그리움이 흘러넘치는 손이다. 힘겨움에 몸을 떨던 나는 겨우 용기를 내어 그녀와 대화를 나누면서 그녀가 그의 여자라는 사실을 알게 된다. 나 역시 무덤을 찾아온 것을 알게 된 여자는 나에게 아주머니와 전 모르는 사이지만 구원이 될 수도 있을 것이라고 한다. 나는 여자가 그를 빼닮은 아이까지 낳은 이야기를 듣고 영원히 눈을 뜨고 싶지 않다. 그의 부인이 그의 인생을 함께했고, 이 여자도 반쯤은 그와 인생을 함께했지만, 나만이 영화처럼 그와 순간을 산 것이라 자각하면서 이지러진 내 사랑의 비경秘經을 생각한다.

여자가 엎어 놓은 푸른 나팔꽃 같은 자세로 물끄러미 나를 올려다보았다. 나도 그녀를 내려다보았다. 나팔꽃, 조용한 눈, 그를 한없이 허우적이게 했던 심연, 그에겐 언제나 심연이 문제였다. 심연이 나를 거울처럼 비추었다. 심연 속에서 나는 불안하게 흔들리고 있었다. 가슴이 뒤집힐 것 같았다. 힘껏 돌을 던지자. 심연도, 나도 깨지겠지. 나는 내 고통과 남루함을 그녀에게 집어 던졌다.(「심연深淵」)

이 작품의 화자들은 아직까지 사랑에 대한 믿음과 의지를 간직하고 있다. 하지만 그것은 어디까지나 의지로서 요청된 희망이고, 사랑의 현실은 어쨌든 모든 것이 찢기고 조각나 기형적이라는 것을 작가는 일깨운다. 그런데도 작가는 인간다움에 관한 믿음과 희망을 버리지 않고 있는데, 무엇이 옳고 그른지 또 무엇을 믿고 말아야 할지에 대한 기준을 구하기 어려운 사랑의 욕망들이 가진 고립적 순환을 벗어나는 유일한 탈출구이기 때문이다. 배신당하고 상처받고 사는 외로운 삶 속에서 자폐적인 환상이 다치게 하는 것은 결국 자기 자신의 마음이라는 것을 우리에게 충고하는 소설이기도 하다.

「오, 카프리」는 친구의 남편과 불륜관계인 여자의 심리가 흥미로운 작품이다. 재은은 친구인 희수의 집을 돌봐주다가 그녀의 남편과 섹스에 함몰된다. 재은과의 섹스 도중에 희수의 남편은 돌연사한다. 재은은 그의 죽음을 통해 비로소 자신이 보면 그도 보고, 보이지 않으면 그도 보지 못하는 영혼의 일치에 도달한 것 같다. 뒤늦게 재은과 죽은 남편과의 관계를 알아차린 희수는 배신감에 치를 떨며 재은에게 세계 부호들의 별장들이 있다는 지중해의 파라다이스, 카프리섬으로의 여행을 제안한다. 희수는 그곳에서 재은을 죽일 계획이다. 재은은 섹스의 추억을, 희수는 남편의 추억에 빠져 카프리의 비경을 찾아다니던 둘은 카프리섬 정상에서 마주 선다. 비경을 찾아 두리번거리는 재은 앞에 희수가 비경이라고 내놓은 것은 남편과 재은이 격렬한 섹스를 하는 사진들이다. 죽여 버리겠다고 외치는 희수에게 재은이 눈을 감고 조용히 묻는다. "질투하는 거니?" 재은은 억울하다. 희수만 결핍되어 있던 건 아니다. 재은도 결핍되어 있다. 재은이 울며불며 매달리는 순간 밀어버릴 작정이던 희수는, 카프리 절벽 앞에 앉아 결핍이니 뭐니 되지도 않게 지껄이는 재은의 말을 이명처럼 듣고 있다.

"넌 왜 그리 최고의 여자라는 남편의 말에 홀려 살았니? 그는 왜 그리 최고로 받드는 나를 좋아했던 것일까. 나는 또 왜 그가 나를 최고로 사랑한다고 생각했을까. 지구의 밥인 주제에… 홀리지 않으면 어찌 살겠니? 홀려서라도 살아야하는 거 아니냐?"(「오, 카프리」)

인간은 누구나 외롭다. 그래서 종종 사랑하면서 그 외로움을 이긴다. 그러나 인간의 사랑은 자유롭지만 주체적인 개인들의 감정과 감정을 맞춰보는 일이라 현재의 사랑이 미래의 사랑으로 연결되리라는 보장은 어디에도 없다. 외로워서 사랑하지만 언제

다시 외로워질지 모르기에 사랑하고 있어도 외롭다. 그 외로움의 감정이 마성의 통로가 되어 소설 속의 남자와 여자는 그렇게 섹스에 탐닉했는지도 모른다. 섹스야말로 비합리성의 영역으로 어떤 의식으로도 포착할 수 없고, 언어로도 파악할 수 없는 유일한 것이기도 하다. 그래서 그들의 미래는 보다 심각하고 아주 위태로웠고 결국 남자가 죽게 된다. 배신과 상처로 얼룩진 두 여자의 관계와 고독, 그리고 그 속에서 이기적으로 변해가는 인간 심성의 병리가 매우 흥미롭다. 늘 불안과 경멸이라는 상처를 마음에 아프게 새기던 여자가 '홀려서라도 살아야 하는' 것이라고 하는 항변이 오랫동안 잊히지 않는 작품이다.

「갈 수 없는 나라」는 각기 다른 가정의 남편과 아내를 통해 그들의 아픈 속내를 진술하게 보여준다. 부모의 극심한 반대에도 사랑하던 여자와 결혼한 남자는 세월이 흘러 아내가 한쪽 다리를 접어 의자에 올려놓은 자세로 앉아 젓가락으로 콩나물을 자꾸 뒤집어 붉은 헛바닥으로 널름널름 삼키는 것을 보고 식탁에서 일어서고 만다. 아내가 잠옷을 훌러덩 벗어 던지고 이불 속으로 들어가는 모습에 온몸의 힘이 빠진 남자는 집을 나와 종이팩 소주와 땅콩 한 봉지를 집어 들고 아파트를 둘러싼 울타리 끝의 벤치에 앉는다. 그때 울타리 건너편에서 "어떻게 하나? 어떻게 하나?" 하면서 죽이고 싶다는 말을 중얼거리는 여자의 음성이 들린다. 어느덧 울타리를 사이에 두고 소주를 주고받을 만큼 가까워진 그들은 자신의 고민을 털어놓는다. 남자는 아내가 이혼을 원하도록 싫고, 여자는 알코올 중독의 술주정뱅이 남편의 폭력에 시달리다 못해 남편을 죽이고 싶다. 남자는 그럼 당장 이혼을 하라는 여자에게 아내는 죄가 없고, 자신만 참으면 여러 사람이 편안한 상황이라고 대답한다. 사람 목숨을 파리 취급하지 말라는 남자에게 여자는 술 취한 남편이 휘두르는 폭력에 억압당해 살아가는 자신과 아이들 이야기를 하면서 사실 자신이 정말 죽이고 싶은 것은 '정에 찍혀 흉한' 자신이라고 한다.

불 꺼진 아파트와 빌딩들은 침울한 밤기운에 잠겨 들어 무거운 괴물처럼 보였다. 울타리 밖에서 그가 말했다.
"자중자애하세요."
울타리 안에서 여자가 말했다.
"부숴야 해요. 그래야 내가 살 수 있어요."
무슨 뜻인지, 그는 종잡을 수 없었다. 좀 전에 자신을 부수겠다고 하더니 이번엔 누구를 부수겠다는 것인지, 열두 시를 가리키고 있는 시계를 보며 그는 내일 밤 열 시에 여기로 나올 수 있느냐고 물었고 긍정적인 대답을 들었다. 어떤 책임도 없는 말에는 무한 자유가 부여되어 있었다.(「갈 수 없는 나라」)

이 소설은 개인의 자유와 욕망을 억압하는 여러 형태에서 벗어나려는 이야기이다. 아내에 대한 권태와 남편의 폭력 앞에서 거세된 욕망의 현장을 선명하게 묘사하면서도, 삶의 무의식 저

깊은 곳에 대한 동경을 통해 자칫 무의식적 의미의 패배도 함께 동반할 수 있다는 것을 보여주고 있다. 그런 고도의 신경전이 남자와 여자의 감각을 마비시키고 행동의 마비로도 나타나 집 밖에서 배회하게 만든다. 일상 속의 권태와 싸움에 지친 그들의 상황은 허무감이라는 감정 반응을 낳기도 하는데 이것은 매일매일 목을 옥죄이는 정신적 긴장을 해소하려는 자기 보존의 욕구이면서 삶의 의지의 역설인 것이다. 이 작품은 그런 상황을 인상 깊게 보여주면서 비판적 문제의식이 아니라, 흥미로운 이야기 속에서 충족되는 서사적 가능성을 확대하고 있다.

「가로수 그늘」은 어린 시절부터 함께 성장한 가로수와 남자를 화자로 내세우는 독특한 소설이다. 남자는 누이와 함께 보육원에서 자란다. 보육원 원장은 보육원 사업을 하면서 가로수 납품업을 하는데 어린 원생들에게 묘목을 기르는 일을 시킨다. 그 무렵 남자 손에 길러진 묘목은 남자와 거의 같은 시기에 서울로 입성해 신도시의 호수공원과 도로 사이에 심겨졌고, 알바를 하며 대학을 다니던 남자는 아침부터 밤까지 이 도로를 질주한다. 남자는 대학을 졸업하고 사업에 성공한다. 그 무렵 남자의 눈에는 가로수 따위는 들어오지 않았고, 무엇이든 하면 된다고 믿는다. 하지만 어린 나이에 보육원 원장의 첩으로 살던 누이가 자살한 후, 회사가 어려워지더니 남자는 결국 사업에 실패한다. 용달차를 끌며 고등학교 선생인 아내에게 의지해 살아가는 남자는

자신이 '왜 사는가? 앞으로 꼭 해야 될 일이 있는가.' 자문하면서
식물로 변해가는 자신을 느낀다. 그제야 비로소 옛날의 가로수
를 기억하고 그 그늘 아래로 들어오지만 마음이 편치 않던 남자
는 결국 호수로 뛰어든다. 남자는 '호수의 품에 소롯이 안길 수
있다면 결국 나무뿌리에 닿을 테고, 한 줌 수액이 되어 푸른 이
파리까지 치솟아' 가로수의 짙은 그늘로 떨어져 누군가의 이마
를 식혀 줄 수 있으리라는 꿈을 꾼다. 하지만 구조된 남자는 가
로수와의 합일에 이르는 꿈을 이루지 못한다.

> 당신은 공원 벤치에 길게 누워 잠들어 있다. 나는 당신을
> 내려다보며 우뚝 서 있다. 나도 자살이라는 걸 하면 길게 누
> 워 편히 쉴 수 있을 텐데, 한 번이라도 누워보고 싶은 치명적
> 인 열망이 가슴 속에서 꿈틀거린다. 누울 수 있는 부드러운 몸
> 을 지닌 당신, 부드럽기 때문에 자유로운 당신을 부러워하며
> 우두커니 서 있는 나, 하필 당신은 이런 나를 사모했고, 합일을
> 시도하다 실패했다. 여름날은 뜨겁게 달아오른다. (「가로수
> 그늘」)

가로수의 시점으로 당신이라는 존재의 부각을 통해 남자의
인생을 인상적으로 조망한 이 소설은, 가로수와 사람의 밀월 관
계를 순수하게 보여주는 작품이면서도 환상과 악몽에 관한 이야
기이기도 하다. 가로수와 남자가 합일되지 못하고, 환상이 자유
의 꿈이 되지 못하고 가위눌리는 악몽이 되는 것은 그것조차 현

실에 구속되고 제약되기 때문이다. 가로수를 화자로 내세우는 작가의 방식은 현실에 관한 비판과 저항의 방법으로 읽히면서도, 오히려 현실의 일부이자 현실 그 자체가 되어있다는 것을 보여준다. 그래서 이 소설의 환상성이 단순한 낭만적 판타지가 아니라 섬뜩한 악몽의 현실이라는 것이 절실하게 느껴진다.

「보다 큰 집」은 집짓는 과정의 디테일이 생생하게 전달된 작품이다. 또한 70세 여자인 화자가 집을 지으면서 주체적인 자아를 찾으려는 심리묘사도 뛰어나다. 삼면이 이웃집에 가로막혀 바람 한 점 통하지 않은 다가구 주택에서 세를 놓고 살던 여자는 여름에 세입자의 방에 빗물이 역류해 하수도 오물을 떡가래처럼 뽑아 올리던 경험을 하면서 터 좋은 곳에 집을 지으려는 꿈을 놓지 않는다. 결국 소나무들이 이마를 마주대고 서 있는 공원 근처의 단독주택을 구입한다. 부동산업자가 소개한 건축업자는 외상으로 집을 지어주고 전세가 빠지면 공사비를 받아 가는 조건으로 다세대 주택 공사를 시작한다. 건축업자는 하얀 대리석 집을 짓고 싶어 하는 여자가 다른 사람들과는 다르게 순수하다고 하면서 개인적인 관심을 보인다. 여자는 힘들지만 매일 건축 현장을 드나들며 집을 지어도 된다는 자신감이 생긴다. 하지만 하얀 대리석 집을 짓겠다는 여자의 꿈은 건축비가 서너 배나 더 들어 경제성이 없다는 건축업자의 말에 힘없이 꺾인다. 여자의 가족이 거주할 5층 구조물이 계약대로 지어지지 않은 것을 따지는 여자에게 건축업자는 애초에 지킬 수 없는 약속이었다고 호통을 질러 문질러 버린다. 여자는 그런 건축업자를 상대하는 일이 버겁기만 하다. 계약서대로 집을 지을 수 없는 현실을 깨달으면서 전전긍긍하기에 바쁘다. 8개월 후에 여자는 집을 완성해 이사를 하지만 석재를 붙이지 않은 기둥이 그대로이다. 바쁘다는 핑계로 공사가 미뤄지다가 결국 일 년이 흐른다. 좀처럼 전화를 받지 않더니 불쑥 나타나 사람 그만 볶아대고 기둥 공사비를 공제한 나머지 금액을 입금하라는 말을 남기고 사라진 건축업자가 건축 현장에서 발을 헛디뎌 실족했다는 소식에, 여자는 돌연 우주 만물의 거처보다 크고 탄탄한 '나'라는 존재의 집을 떠올린다.

언제나 나를 가로막는 것은 우주보다 크고, 이 세상 무엇보다도 명약관화明若觀火하며, 강철보다 탄탄한 '나'라는 존재였다. '나'는 나와 찰싹 접착된 나이므로 의문의 여지가 없었다. 나는 나를 이기지도 건너뛰지도 무시하지도 못한다. 그러니까 내가 나의 적이고 원수였다. 아마도 나는 면도날 같은 억세 우거진 죽음의 다리를 줄줄이 선혈을 흘리며 건너게 될 것이다. (「보다 큰 집」)

이 소설이 특이한 점은 등장인물들이 어떤 인간적 감정으로도 연결되어 있지 않으며 다만 집짓는 과정의 일부로서 작동하고 있다는 것이다. 다시 말해 이 소설의 인물들은 인간의 모습을 하고 있지만 자신을 포함한 다른 인간들에게는 냉정하고 무관심

해서 일종의 사물로 본다. 그러다 보니 여자는 건축을 둘러싸고
걸핏하면 누구에게나 윽박지르는 건축업자를 보고도 증오나 분
노의 감정을 분출하기보다는 가슴의 통증으로 받아들이면서 다
만 알 수 없는 혼란을 느끼며 나를 가로막는 것이 '나'라는 존재
로 인식할 따름이다. 그래서 이 소설이 더 문제적이라는 것이다.
인간에게 가치 있고 의미 있는 특질들이 점점 무가치해지고 무
의미해지는 우리 시대적 상황을 집짓는 과정의 미학적 아이러니
로 표현하고 있기 때문이다.

　「환幻」은 식물인간이 된 남자의 독백이 우주의 블랙홀 속으
로 흘러들어가는 것처럼 간절하게 독자들에게 와 닿는다. 남자
는 여비서에게서 두통과 피로가 단번에 가시는 신효한 침을 매
일 맞으면서, 그녀의 부드러운 손길을 즐긴다. 어느 날 그 여비
서가 남자의 뒷목에 최후의 침을 꽂는다. 침을 꽂은 여비서가 남
자에게 '네가 아버지를…'하고 소리를 지르지만, 남자는 그 순간
이 속절없이 흘러 식물인간이 된다. 남자는 당장 죽어버리면 좋
겠지만 그런 행운은 오지 않는다. 이따금 병실에 들러 남자를 바
라보는 여비서의 표정은 복수가 길어지기를 바라는지, 빨리 죽
기를 바라는지 알 수가 없다. 그사이 의심이 전염병처럼 번진 남
자는 아내와 아들도 믿지 못해 그들을 대면하는 순간 무서워 몸
이 벌벌 떨린다. 남자의 죽음이 그들에게는 기회일 수도 있기 때
문이다. 남자는 어떻게든 유서를 고쳐놓고 죽어야 한다고 마음

을 줄이지만 그뿐이다. 남자는 언젠가 사자가 달려들어 어린 임팔라 새끼의 목줄을 물어뜯는 아프리카 생태 다큐를 보면서 어린 아들에게 '넌 누구도 믿지 마라. 아빠도 엄마도 믿지 마라'고 한 말이 문득 떠오른다. 아들에게 그렇게 다짐을 하던 남자는 여비서를 철석같이 믿었고, 식물인간이 된 지금도 그녀의 젊음을 다시 훔치고 싶은 마음만 간절하다.

　갑자기 아프리카 초원의 생태 다큐 필름이 우주의 다큐 필름으로 변했다. 공간을 초월하는 공간, 인간의 두뇌를 초월하는 광활한 공간에 희끄무레한 성운이 끼었다. 성운은 서서히 돌아 원반을 이루고, 원반은 뭉크의 시계처럼 흘러내려 블랙홀로 빨려들었다. 별이 무더기로 죽은 것이다. 블랙홀이 별무리를 한입에 먹어 치웠다.
　"어떻게 저럴 수 있어요? 아빠!"
　"별들은 블랙홀의 매력에 빠져든 거야. 그 매혹에 빨려들 수밖에 없는 거야. 블랙홀은 다른 우주일 수도, 우주로 가는 통로일 수도 있단다. 다른 세계란 매혹 덩어리 아니겠니?"
　우주처럼 멍한 표정을 짓고 있는 아들에게 나는 말했다.
　"우주는 별을 낳고, 별은 아빠 엄마를 낳았다. 그런데… 우주는 별을 먹고, 별은 사람을 먹는단다. 넌, 누굴 믿고 살 수 있겠니?"(「환幻」)

이 소설은 갑작스럽게 삶이 난파당한 남자를 통해 이 세상의 무의미성을 들여다보면서도, 약육강식의 사회적 상황을 냉정하게 보여준다. 하지만 작가가 이 작품을 통해 약육강식의 논리마저 무의미하게 만드는 것인지, 삶의 무의미를 무의미하게 만들려는 의도인지 명확하지가 않다. 또한 작가가 식물인간을 통해 구현시킨 이야기 방식은 인간의 의미와 가치를 격하시키는 것으로 나타난다. 그래서 삶의 의미와 가치의 생성을 위한 가장 기본적인 토대인 육체의 상실로 삶이 최소한의 의미마저 설 자리를 잃고 소멸되게 되는 그 지점에서 블랙홀의 매력을 이야기하고, 누굴 믿고 살겠느냐는 작가의 질문은 어찌 보면 두렵기까지 하다. 한마디로 생의 유한성이라는 우리의 숙명, 그 중심에는 우리의 몸이 있다. 영원한 정신과 함께 하지 못하는 몸의 유한성을 블랙홀로 병치하는 작가의 육체성에 관한 감각은 단연 돋보인다. 이 소설에서 무엇보다도 중요한 것은 인간이 얼마나 하찮고 왜소한지, 인간의 의미와 가치가 어떻게 사라지는를 보여주고 있는 블랙홀의 흑점일 것이다.

3.

　박유하 작가의 소설집 『노을빛 스커트』는 이처럼 우리가 살아가는 현실에 대한 다양한 성찰과 사유를 보여준다. 우리가 이 소설에서 주목해야 할 것은 보이고 들리는 그대로의 내용과 인식이 아니라 그것을 담아내는 형식과 사유가 만들어내는 어떤 징후를 느끼는 것이다. 그래야만 인간성 상실과 우상의 질서에 함몰되어 살아가는 우리 개개인의 주체성을 구원할 수 있기 때문이다. 박유하 작가는 인간적인 것의 왜곡과 그에 따라 인간성을 상실한 인간의 모습을 강조하면서 그것에 대항해 미치지 않고서는 살아갈 수 없는 순간순간을 그리는 경우가 많다. 그러면서도 무기력과 체념에 빠지지 않은 것은 작가가 지닌 인간성에 대한 믿음 때문이다. 그 믿음은 우리가 우상의 질서에 압도당한 채 외롭고 힘들게 살아가는 현실의 한복판에서도 인간성 회복에 관한 믿음과 실천을 위한 기다림의 시간과 그것을 믿는 인간이 필요하다는 작가의 확신이 있기에 가능하다.

또 한 가지 이 소설집에서 주목해야 할 것은 불행에 대응하는 박유하 작가의 관점이다. 박유하 작가는 불행의 원인과 현상을 다양한 방식으로 탐구하는데 소설집 『노을빛 스커트』에 등장하는 인물들은 하나같이 괴로운 삶을 살고 있다는 점에서는 모두 불행한 인생들이다. 이 소설집은 불행의 당사자만이 아니라 그 주변 사람들까지도 불행하게 만드는 현장을 폭넓게 형상화하고 있다. 주변에서 불행이 대물림되거나 주변 사람들까지 불행하게 만드는 경우도 묘사해 주고, 어떤 불행의 구덩이는 올라설 수 없을 만큼 너무 크고 치명적일 때가 있다는 것도 들려준다. 불행이 불행을 위로하고 구원하는 일의 불가능성을 말하는 작품으로도 읽히기도 한다. 하지만 자신이 욕망하는 것을 갖지 못하는 것이 곧 불행이라고 말하는 동시에, 자신이 갖게 되는 것이 욕망하는 것의 대용물인 것만큼 더한 불행은 없다는 사실을 특유의 환상성으로 보여주기도 한다.

그런 면에서 소설집에 묘사된 인물들이 가난과 질병, 사고같은 불행의 원인보다는 욕망과 고독, 불신이라는 불행으로부터 훨씬 더 고통받고 있다는 것을 작가는 심화된 인식으로 보여준다. 그 심화된 인식은 체념적 진단을 대안적 이해로 바꾸려는 소설 인물들의 성숙된 의식으로 전이되어 나타난다. 박유하 작가는 이처럼 불행 속에 살아가는 사람들의 싸늘한 절연의 고통을 그리면서도, 결국 그 고통과 외롭고 힘든 싸움을 벌이는 인물들의 내면을 들여다보고 보듬어 거기서 생의 균형이라는 우리 삶의 값지고 진실한 순간을 포착하고 있다.

박유하 작가가 원숙한 솜씨로 그려낸 소설집『노을빛 스커트』는 참신한 상징과 환상성을 통해 의미와 가치로 결속된 인간 세계 전체를 보여주기보다는, 현실의 불행과 상처들을 드러내는데 주안점을 두고 있다. 그것은 우상의 질서에 압도당한 인간성 상실에 관한 극한 저항의 몸부림이자, 작가 자신이 살아가면서 부딪치는 현실의 제약 속에서 인간다움에의 옹호를 위한 첨예한 작가정신의 선언인 것이다.